全国高等院校财经管理类专业计算机规划教材

Access 数据库基础及应用

潘 伟 彭晓静 简 婕 编著

中国铁道出版社
CHINA RAILWAY PUBLISHING HOUSE

内 容 简 介

本书是介绍 Access 基础知识及应用实践的教材，共分为 11 章，包括 Access 基础知识、数据库和表、查询、窗体、报表设计、数据访问页、SQL 语句、宏、VBA 编程基础、Access 2003 数据交换以及财务管理项目设计实例等内容。

本书脉络清晰，以工资管理系统贯穿前 10 章；末章的综合实例帮助学生独立设计财务管理系统；前 9 章所附二级考题均以学生档案管理系统为背景，以助学生融会贯通。

本书不仅适合作为高校财经类专业的教材，也可作为相关 Office 培训班的教材。

图书在版编目（CIP）数据

Access 数据库基础及应用/潘伟，彭晓静，简婕编著.
北京：中国铁道出版社，2008.9
全国高等院校财经管理类专业计算机规划教材
ISBN 978-7-113-09140-8

Ⅰ.A… Ⅱ.①潘…②彭…③简… Ⅲ.关系数据库－数据库管理系统，Access－高等学校－教材 Ⅳ.TP311.138

中国版本图书馆 CIP 数据核字（2008）第 133417 号

书　　名：Access 数据库基础及应用	
作　　者：潘　伟　彭晓静　简　婕　编著	
策划编辑：严晓舟　秦绪好	
责任编辑：王占清	编辑部电话：(010) 63583215
编辑助理：李旸　李庆祥	封面设计：付　巍
封面制作：白　雪	责任印制：李　佳

出版发行：中国铁道出版社（北京市宣武区右安门西街 8 号　邮政编码：100054）
印　　刷：北京市兴顺印刷厂
版　　次：2008 年 10 月第 1 版　　2008 年 10 月第 1 次印刷
开　　本：787mm×1092mm　1/16　印张：14　字数：315 千
印　　数：5 000 册
书　　号：ISBN 978-7-113-09140-8/TP·2303
定　　价：24.00 元

全国高等院校财经管理类专业计算机规划教材

序

　　教育部高等学校文科计算机基础教学指导委员会在最新编写的《大学计算机教学基本要求（2006 年版）》中指出："21 世纪是以工业文明为基础、信息文明为手段、生态文明为目标的高速发展的世纪，也是人类进入以知识经济为主导的信息时代的世纪。"作为高校基础教育，"培养德、智、体、美全面发展，具有创新精神和实践能力的专门人才，在包括文科专业在内的大学教育中继续加强计算机基础教育是十分必要的"。

　　全国高等院校计算机基础教育研究会编写的《中国高等院校计算机基础教育课程体系（2006）》中也提到："高校计算机基础教育是高等教育中的重要组成部分，它面对的是占全部大学生 95% 以上的非计算机专业学生，它的目标是在各个专业领域中普及计算机知识和计算机应用，使大学生成为既掌握本专业知识，又能熟练使用计算机技术的复合型人才。"同时还指出："财经类专业的计算机基础教育与计算机专业相比，在培养目标、学生基础、专业性质和学时数量等方面都有很大差别，因此教学要求、教学内容、教学方法以及所用教材都应当有其自身的特点，应当针对各专业的实际需要来构建知识体系和课程体系。"

　　正是在这样的背景下，全国高等院校计算机基础教育研究会财经管理信息专业委员会和中国铁道出版社，共同组织各类高校的众多有多年教学实践的专家教授共同研究，并根据专业建设和课程设置精心策划了"全国高等院校财经管理类专业计算机规划教材"和"全国高等院校信息管理与信息系统专业规划教材"两套教材，并且成立了两套丛书的编审委员会，聘请相关学校有多年教学经验的老师根据编审委员会制定的统一方案和要求编写教材。

　　两套丛书都由十几本教材组成，将会陆续出版。

　　丛书强调学生在一定的理论基础上努力提高计算机技术的实际应用能力，希望学生能够了解基本的现代信息技术，熟练地使用各种与专业相关的计算机软件，并能结合专业培养提高实践和创新的能力。为了适应社会各界对毕业生的要求，本丛书也注意了行业、企业、专业职业技能资格认证的需要，紧密把握技能培养和实际操作能力的培养问题。丛书特点可以用面向专业、突出应用、培养能力、服务社会来概括。

　　当然，本丛书难免有许多不足之处，为了出好书，出精品书，也是为了对广大读者负责，我们真诚地希望广大师生和专家读者批评指正。

丛书编审委员会
2008 年 6 月

自 1992 年开始投入使用以来，Access 已经成为目前世界上最流行的桌面数据库管理系统之一。Access 的功能也随着版本的升级而变得更加强大。无论是处理公司客户订单数据，管理个人通讯录，还是记录和处理大量科研数据，人们都可以利用它来解决大量数据的管理工作。随着信息技术尤其是数据库技术的发展，越来越多的行业领域产生了对数据库管理人才的需求，这其中就包括财政金融行业。在此形势之下，各大高校纷纷在财经类专业中开设了数据库原理等相关课程，旨在培养既懂业务又通技术的复合型人才。本书的编写工作正是在这样的背景之下展开的。

在着手编写此书之前，我们试图去了解财经类学生对数据库原理等相关课程的看法，结果让我们颇感意外。学生较为熟知的数据库基本上就是 Visual FoxPro，对于 Access、SQL Server 等仅有所耳闻；对学习数据库的目的也更多地停留在应付计算机等级考试的层面上。当问及"你认为具备一定数据库知识是否能提高就业竞争力"时，一位同学毫不犹豫地回答："能，但主要还是看业务能力。"作为一本教材的编写者，这个回答让我们深思。何谓业务能力？在信息技术普及的现代社会中，使用算盘的水平与计算机应用能力相比孰优孰劣？而如果从执行效率上看，再熟练的业务员也赢不过业务管理软件。如此看来，业务能力应该包括计算机操作能力。学生应该把学习计算机相关课程看做是提高自身业务能力的手段，而我们的教材更应该积极引导学生将计算机知识运用到业务中去，而不仅仅是知识的灌输。本着这样的思想和原则，我们开始了编写工作。

本书的特色是"三管齐下"，深入浅出，知行合一，即在阐述基本原理的同时，灵活地贯穿以财经专业为背景的实战项目演练，使得整个学习过程循序渐进，顺理成章，主要表现在：以工资管理系统贯穿前 10 章，全面介绍了 Access 2003 的各项功能；最后一章的财务管理项目设计实例帮助读者独立完成系统设计；为了兼顾学生备战计算机等级考试的情况，前 9 章附有二级考题，且均以学生档案管理系统为背景，以助读者融会贯通。全书讲解旨在化难为易，让读者充分体会"学会"的快乐。

全书共 11 章。第 1 章～第 6 章为基础篇，第 7 章～第 11 章为高级篇。如果你不是一个经验丰富的 Access 用户，可以通过阅读第 1 章对 Access 数据库有一个初步的了解并掌握有关数据库的基本概念，快速熟悉 Access 的运行界面，进而能够对其进行基本操作。第 2 章介绍数据库和表，重点讲述数据库的建立、表的建立以及表的操作等。第 3 章介绍查询，详细介绍数据查询及相关查询操作的基本知识。第 4 章介绍窗体的基本知识，包括建立简单的窗体、窗体的布局修饰以及窗体中常用控件的使用。第 5 章介绍报表设计的相关内容。报表是 Access 数据库的对象之一，主要作用是比较和汇总数据，显示经过格式化且分组的信息，并将它们打印出来。第 6 章介绍数据访问页。用户利用它不仅可以对 Access 数据库中的数据进行输入、编辑、浏览等操作，而且可以将 Access 数据库中的数据发布到 Internet 上，从而在 Internet 上达到资源共享的目的。第 7 章主要介绍 Access 支持的 SQL 语句及其使用方法。SQL 是一门功能强大的数据库语言，书后的附录 C 给出了 SQL 语句的常用语法。第 8 章介绍宏。宏是 Office 组件中能够自动执行某种操作的命令，它与菜单命令或按钮的最大不同是无需用户操作，而是多个宏命令经过编排以后按顺序执行。第 9 章介绍 Access VBA 编程基础。第 10 章介绍 Access 与其他 Office 的整合，主要分两节讨论 Access 与 Excel、Word 之间的数据交换方式，并以工资管理系统为例来讲解。第 11

章给出了一个财务管理系统开发实例，介绍如何使用 Access 2003 开发一个小型的财务管理系统来高效、快捷地管理公司财务。

本教材的教学拟用 34 学时完成。教学建议在机房进行，以学生上机操作为主，教师讲解基本原理和设计思想的时间不宜过长，重在指导学生操作以及疑难解答。具体参考课时及教学安排如下。

课时安排	教学内容	教 学 目 标
1～2	第 1 章	了解数据库基础知识以及 Access 2003
3～4	第 2 章	熟悉数据库表的基本操作
5～8	第 3 章	理解查询，会使用简单查询
9～10	第 4 章	理解窗体，会创建、编辑窗体
11～12	第 5 章	理解报表的用途，会使用报表进行数据统计分析
13～14	第 6 章	理解数据访问页的作用，且掌握其基本用法
15～16	第 7 章	熟悉 SQL 的语法，会使用 SQL 语句写查询语句
17～18	第 8 章	理解宏的用途，且掌握其基本用法
19～24	第 9 章	掌握 VBA 编程语法，熟悉 VBA 开发环境
25～26	第 10 章	掌握 Access 与 Excel、Word 的数据交换方法
27～34	第 11 章	结合书中指导，独立设计财务管理系统

本书由东北师范大学软件学院潘伟教授、彭晓静、简婕等编写。编写工作得到了于子元、刘利坤、翟冰冰、翟晓玲、陆琦、綦伟玮、刘燕玲、陈莎敏及张丽娜等研究生的大力相助，他们付出了很多宝贵的时间和精力，提供了很多有价值的资料和建议。此外，我们还得到了周山芙、杨小平以及李雁翎三位老师的指导和帮助。在此一并向所有为此书的编写付出心血的人们表示感谢。

由于编者水平所限以及数据库技术的不断更新发展，书中难免存在疏漏和不妥之处，敬请广大读者批评指正。

编 者
2008 年 8 月

目 录

第1章 ┤┢ Access 2003 基础

    Microsoft Access 2003 是一个功能强大的软件，拥有大量工具和众多特性。软件的界面简单易用，帮助系统和内嵌向导也降低了执行基本任务的难度。如果你不是一个经验丰富的 Access 用户，可以通过阅读本章对 Access 数据库有一个初步的了解，并掌握有关数据库的基本概念，同时还能快速熟悉 Access 的运行界面，进而对其进行基本操作。

1.1 数据库理论概述

    随着计算机技术的迅速发展，数据库技术也取得了长足的进步，不仅形成理论体系，而且已成为现代计算机科学与技术的重要组成部分。它是计算机数据处理与信息管理系统的核心。在学习 Access 数据库技术之前，首先应对数据库的理论知识有一定的了解。本节从基本概念入手，逐一讲解，并在此基础上向读者介绍在数据库领域中经常采用的一种基本数据库形式——关系数据库。

1.1.1 数据库系统的基本概念

1. 数据库系统的产生与发展

    数据库是一门研究数据管理的技术，始于 20 世纪 60 年代末，已经有近 40 年的历史。20 世纪 70 年代以来，数据库技术在理论研究和应用上得到了迅速发展并不断完善。数据库管理技术的发展历程主要经历了 4 个阶段：人工管理阶段、文件系统阶段、数据库系统阶段和分布式数据库系统阶段。

    ① 人工管理阶段（20 世纪 50 年代中期以前）：早期的计算机主要用于科学计算，可使用的外部存储设备只有磁带、卡片、纸带等，没有操作系统的支持，没有管理数据的软件。数据处理方式是通过批处理来执行的。程序员不但要负责处理数据还要负责组织数据。因此，这个阶段被称为人工管理阶段。

    人工管理数据的特点如下：

- 数据不保存：当时计算机只用于科学计算，一般不需要将数据长期保存。
- 应用程序管理数据：数据须由应用程序管理，无相应的软件系统负责数据的管理工作。编写程序时不仅要规定数据的逻辑结构，还要安排数据的物理存储，包括存储结构、存取结构、输入方式等。一旦数据的物理存储改变，必须重新编写程序。程序员的工作量大、繁琐，程序难以维护。
- 数据不共享：数据面向应用，一组数据只能对应一个程序。这意味着，即使多个不同程序用到相同数据，也得各自定义，无法互相使用，互相参照。数据不仅高度冗余，而且不能共享。

● 数据不具有独立性：数据依赖于程序，没有独立性。要修改数据，必须修改程序。

人工管理阶段的数据库管理模型如图 1-1 所示。

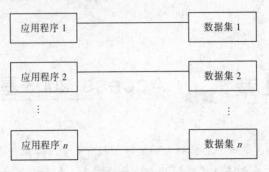

图 1-1　人工管理阶段的数据库管理模型

② 文件系统阶段（20 世纪 50 年代后期到 20 世纪 60 年代中期）：这一时期，计算机在硬件方面已有了磁盘、磁鼓等直接存取存储设备；软件方面，操作系统中已经有了专门的数据管理软件（文件系统），不但可以进行批处理，而且能够联机实时处理。

用文件系统管理数据的特点如下：

● 数据可以长期保存：由于计算机大量用于数据处理，数据需要长期保留在外部存储器中，反复对其进行查询、修改、插入和删除等操作，因此在文件系统中，按一定的规则将数据组织为一个文件放在外部存储器中长期保存。

● 数据的物理结构和逻辑结构分离：程序员只需用文件名操作数据，不必关心数据的物理位置，由文件系统提供的读写方法去读写数据。

● 由文件系统管理数据：文件系统把数据组织成相互独立的数据文件，利用"按文件名访问，按记录进行存取"的管理技术，对文件进行修改、插入和删除的操作。文件系统实现了记录内的结构性，但整体无结构。程序和数据之间由文件系统提供的存取方法进行转换，使应用程序与数据间有了一定的独立性。程序员可不必过多地考虑物理细节，而是将精力集中于算法。

● 数据共享性差，冗余度大：在文件系统中，一个文件基本上对应于一个应用程序，即文件仍然是面向应用的。当不同的应用程序具有相同的数据时，也必须建立各自的文件，而不能共享相同的数据，数据的冗余度大，浪费存储空间。同时由于相同数据的重复存储、各自管理，容易造成数据的不一致性，给数据的修改和维护带来困难。

● 数据独立性差：文件系统中的文件是为某一特定应用服务的，文件的逻辑结构对该应用程序来说是优化的。要想对现有数据再增加一些新应用会很困难，系统不易扩充。一旦数据的逻辑结构改变，其应用程序和文件结构的定义也必须随之修改。

文件系统管理阶段应用程序与数据之间的对应关系如图 1-2 所示。

③ 数据库系统阶段（20 世纪 60 年代后期）：针对文件系统的缺点，随着计算机用于管理的规模不断扩大，应用广泛推广，数据量也剧增。大容量磁盘的出现，以及硬件价格的下降，对大量数据进行管理的需求增多，并有了坚实的数据库理论基础。数据库管理系统（Data Base Manage System，DBMS）应运而生。数据库技术应用也日益普及，发展趋于成熟。

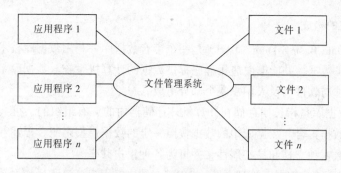

图 1-2 文件系统管理阶段应用程序与数据之间的对应关系

数据库系统管理数据的特点如下：

- 数据结构化：数据结构字段含义确定、清晰，如数据库中的表结构。
- 数据的共享度高，低冗余，易扩充：数据共享包含所有用户可同时存取数据库中的数据，也包括用户可以用各种方式通过接口使用数据库，并提供数据共享。同文件系统相比，由于数据库实现了数据共享，从而避免了用户各自建立应用文件，减少了大量重复数据，减少了数据冗余，维护了数据的一致性。此外，数据库系统的易扩充性，指系统通过增加处理和存储能力而平滑地扩展性能的能力。
- 数据独立性高：数据的独立性包括数据库中数据库的逻辑结构和应用程序相互独立，也包括数据物理结构的变化不影响数据的逻辑结构。
- 数据由 DBMS 统一管理和控制：文件管理方式中，数据处于一种分散的状态，不同的用户或同一用户在不同处理中其文件之间毫无关系。利用数据库可对数据进行集中控制和管理，并通过数据模型表示各种数据的组织以及数据间的联系。

数据库系统管理数据的模型如图 1-3 所示。

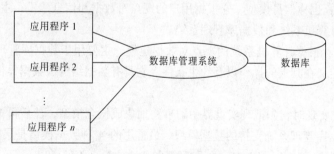

图 1-3 数据库系统管理数据的模型

④ 分布式数据库系统阶段：计算机用于管理的规模不断扩大，存储技术也得到很大的发展，并提出了对联机实时处理的要求，于是开始提出并考虑分布处理。分布式数据库是一个逻辑上的整体，是分布在不同地理位置的数据集合。它是计算机网络环境下各个局部数据库的逻辑集合，受分布式数据库管理系统的控制和管理。

分布式数据库系统管理数据的特点如下：

- 分布透明性。
- 局部自治性与集中控制相结合。
- 高可靠性和可用性。
- 高效率和灵活性。

2．数据库系统的构成

数据库系统（Data Base System，DBS）是一个带有数据库并利用数据库技术，按照数据库的管理方式存储和维护数据，并能够向应用程序提供数据的计算机系统。数据库系统由数据库、数据库管理系统、硬件与软件以及人用户 4 个部分组成。

① 数据库：数据库是指长期存储在计算机外存储器内的、有组织的、可共享的、与应用程序彼此独立的大量数据集合。数据库中的数据按照一定的数据模型组织、描述和存储，具有较小的冗余度、较高的数据独立性和易扩展性，并可为各种用户共享。

② 数据库管理系统：数据库管理系统（DBMS）是位于用户接口和操作系统之间的数据管理软件。能够对数据库进行有效的管理，其主要功能包括数据定义、数据操纵（如查询、插入、删除和修改等）以及数据库的建立、运行和维护。

③ 硬件与软件：数据库管理需要硬件和软件系统的支持。数据库要求硬件有大容量的主存用来存放和运行操作系统、数据库管理系统程序、数据库以及应用程序、系统缓冲区等；软件主要包括操作系统、数据库管理系统、应用开发工具和应用系统。

④ 人员：数据库系统中的人员主要包括数据库管理员、系统分析员和数据库设计人员、应用程序开发人员和最终用户。

3．数据库系统的数据模型

数据模型是对客观事物及其联系的数据化描述，是数据库系统的核心与基础。人们用数据模型这个工具对现实世界中的数据和信息进行抽象、表示和处理。

数据模型应该满足 3 方面的要求：能比较真实地模拟现实世界；容易被理解；便于在计算机上实现。

根据模型应用的不同目的，可以将模型分为两类：概念模型和数据模型。

① 概念模型：也称信息模型，它根据用户的观点对数据和信息建模，主要用于数据库设计。它独立于具体的计算机系统和数据库管理系统。

② 数据模型：根据计算机系统的观点对数据建模，主要用于数据库管理系统的实现。它描述数据的结构，定义在其上的操作以及约束条件。它具有数据结构、数据操作和数据完整性约束条件 3 个要素。

在数据库系统实现时，先把现实世界中的事物抽象成概念模型，然后再把概念模型转换为计算机上某一种数据库管理系统支持的数据模型。最常用的 4 种数据模型是层次模型（hierarchical model）、网状模型（network model）、关系模型（relational model）和面向对象模型（object oriented model）。其中，层次模型和网状模型统称为非关系模型。下面分别详细介绍这 4 种模型。

① 层次模型：层次模型的基本数据结构是层次结构，也称为树形结构。树中每一个结点代表一个实体类型，且每个结点必须满足以下两个条件才能构成层次模型。

- 有且仅有一个结点，无双亲结点，该结点称为根结点。
- 根以外其他结点有且只有一个双亲结点。

层次模型如图 1-4 所示。

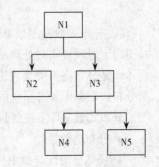

图 1-4　层次模型

注意：在层次模型中，结点之间的连线表示实体间的联系。

② 网状模型：网状模型的数据结构是一个网状结构。与层次模型不同，网状模型中的任意结点间都可以有联系，而且可以表示多对多的联系。在网状模型中，结点必须满足以下两个条件：

- 一个结点可以有多于一个的双亲。
- 允许一个以上的结点无双亲。

网状模型如图 1–5 所示。

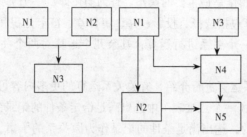

图 1–5　网状模型

③ 关系模型：关系模型是数据模型中最重要的模型，目前的数据库系统几乎全部支持关系模型。关系模型中的数据结构是二维表，它由行和列组成。下面介绍关系模型中的一些术语。

- 关系（relation）：关系模型中的一个关系就是一个二维表，每个关系有一个关系名。在关系模型中，实体与实体间的联系用关系来表示。
- 元组（tuple）：表中的一行即为一个元组。
- 属性（attribute）：表中的一列即为一个属性，给每个属性起一个名字即为属性名。
- 主码（key）：又称关键字，表中的某个属性或属性组，它可以唯一确定一个元组。
- 外码（foreign key），又称外关键字，若一个关系 R 中的属性（或属性组）F 不是其主码，但与另一个关系 S 的主码 K 相对应，则称 F 是 R 关系的外码。
- 域（domain）：属性的取值范围，如性别域是（男，女），百分制成绩域是 $0\sim100$。
- 分量：元组中的一个属性值。
- 关系模式：对关系的描述，一般表示为：关系名(属性 1,属性 2,…,属性 n)。

与层次和网状模型相比，关系数据模型具有以下优点：

- 建立在严格的数学概念基础上。
- 数据结构单一。
- 存取路径对用户透明，具有更高的数据独立性、更好的安全性，将数据定义和数据操纵统一在一种语言中，简单易学。

④ 面向对象模型：面向对象的数据模型是新一代数据库系统的基础，是数据库技术发展的方向。它的基本数据结构是对象，一个对象由一组属性和一组方法组成。面向对象数据模型主要有以下优点：

- 可以表示复杂对象。
- 模块化的结构，便于管理。
- 具有定义抽象数据类型的能力。

1.1.2 关系数据库理论

前面已经介绍了关系数据模型的基本概念。本节将主要介绍关系运算以及关系模式的规范化理论等知识。

1. 关系运算

关系模型中常用的关系操作包括查询（Query）操作和插入（Insert）、删除（Delete）、修改（Update）操作。其中，查询操作是最主要的操作。查询操作即从一个关系中找出所需要的数据，主要使用关系运算。关系运算包括选择、投影、并、集合差、笛卡儿积和连接等，其中选择和投影是一元运算，因为它们对一个关系进行运算；其余几个运算对两个关系进行运算，称为二元运算。

本书仅对几种常用的关系运算进行介绍，有关关系运算的更多内容可参阅其他相关书籍。

① 选择：从一个关系 R（一个二维表）中选出满足给定条件的记录的操作称为选择或筛选。选择是从行的角度进行运算的，选出满足条件的记录作为原关系的子集，记作 $\delta_F(R)$。其中，条件表达式 F 可以用 $=$、$\neq$、$\geq$、$>$、$\leq$、$<$ 等比较运算符，多个条件之间可用 and（$\wedge$）、or（$\vee$）和 not（$\neg$）进行连接。

② 投影：从一个关系 R 中选出若干指定字段的值的操作称为投影。投影是从列的角度进行运算，得到的字段数通常比原关系少，或者字段的排列顺序不同，记作 $\prod_A(R)$，其中 A 为关系 R 的属性列表，各属性间用逗号隔开。

③ 笛卡儿积：两个已知的关系 R 和 S 的笛卡儿积，是 R 中每个元组与 S 中每个元组连接组成的新关系，记作 $R\times S$。换言之，若有含 m 个元组的关系 R 和含 n 个元组的关系 S，$m\times n$ 元组组织一个新关系，就是 R 和 S 的笛卡儿积。

④ 连接：连接是把两个关系 R 和 S 中的记录按一定条件横向结合，生成一个新的关系。最常用的连接运算是自然连接，它利用两个关系中共用的字段，把该字段值相等的记录连接起来，记作 $R\bowtie S$。

【例 1.1】图 1-6 中有两个关系 R 和 S，图 1-7（a）表示 $\delta_{B='b'}(R)$，从 R 中选择属性 B 值为 b 的行；图 1-7（b）表示 $\prod_{A,C}(R)$，从 R 中取属性为 A 和 C 的列；图 1-7（c）表示 $R\times S$；图 1-7（d）表示 $R\bowtie S$。此处 R 和 S 有相同的属性名，应在属性名前注上相应的关系名。

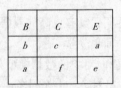

A	B	C
a	b	c
d	a	f
c	b	e

关系 R

B	C	E
b	c	a
a	f	e

关系 S

图 1-6　两个关系

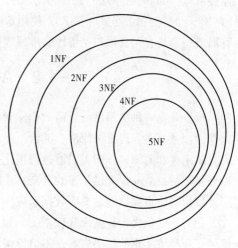

A	$R.B$	$R.C$	$S.B$	$S.C$	E
a	b	c	b	c	a
a	b	c	a	f	e
d	a	f	b	c	a
d	a	f	a	f	e
c	b	e	b	c	a
c	b	e	a	f	e

A	B	C
a	b	c
c	b	e

A	C
a	c
d	f
c	d

A	B	C	E
a	b	c	a
d	a	f	e

（a）$\delta_{B='b'}(R)$　（b）$\prod_{A,C}(R)$　　　（c）$R \times S$　　　　（d）$R \bowtie S$

图 1-7　关系代数操作结果

2. 关系模式的规范化

为了使数据库设计的方法趋于完善，人们研究了规范化理论。关系必须规范化，即关系模型中的每个关系模式必须满足一定的要求。规范化有很多层次，对关系最基本的要求是每个属性值必须是不可分割的数据单元，表中不可再包含表。

规范化是有必要的，关系数据库设计的目标是生成一组关系模式，使我们不必存储不必要的重复信息，又可方便地获取信息。所以，设计满足适当范式的模式是很好的方法。

满足一定条件的关系模式称为范式（Normal Form，NF）。在 1971—1972 年，关系数据模型的创始人 E.F.Codd 系统地提出了第一范式（1NF）、第二范式（2NF）和第三范式（3NF）的概念。1974 年，Boyce 和 Codd 共同提出了鲍依斯-科得（BCNF）范式，通常认为是修正的第三范式。一个低一级范式的关系模式，通过模式分解可以转换为若干个高一级范式的关系模式的集合，该过程就称为规范化。各范式之间的关系可由图 1-8 描述。

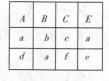

图 1-8　各种范式之间的关系

① 第一范式：在关系模式 R 中的每一个具体关系，如果每个属性值都是不可再分的最小数据单位，则称 R 是第一范式的关系（模式），记为 $R \in 1NF$，即数据库表中的字段都是单一属性的，不可再分。这个单一属性由基本类型构成，包括整型、实数、字符型、逻辑型、日期型等。在任何一个关系数据库中，1NF 是对关系模式的一个必须满足的要求，但是满足 1NF 的关系模式却不一定是好的关系模式，例如已知"学生信息"关系模式为（学号，姓名，年龄，电话号码，所在学院，学院地点），关键字为"学号"。在这个关系模式中，如果一个人有两个电话号码，那么在关系中就要出现两个元组，"学生信息"关系模式显然不满足 1NF。

② 第二范式：若关系模式 $R \in 1NF$，且所有的非主属性完全函数依赖于 R 的任何候选关键字，则称 $R \in 2NF$，即数据库表中不存在非关键字段对任一候选关键字段的部分函数依赖（部分函数依赖指的是存在组合关键字中的某些字段决定非关键字段的情况），也即所有非关键字段都完全依赖于任意一组候选关键字，例如已知"选课信息"关系模式为（学生学号，姓名，年龄，课程名

称，成绩，学分），关键字为组合关键字（学号，课程名称）。在这个关系模式中，非主属性"学分"部分依赖于"（学号，课程名称）"，所以不满足 2NF。

③ 第三范式：关系模式 $R \in 1NF$，且每个非主属性都不传递依赖于 R 的候选关键字，则称关系模式 R 是属于第三范式的，记为 $R \in 3NF$。即在第二范式的基础上，数据表中如果不存在非关键字段对任一候选关键字段的传递函数依赖则符合第三范式。所谓传递函数依赖，指的是如果存在 "$A \rightarrow B \rightarrow C$" 的决定关系，则 C 传递函数依赖于 A。因此，满足第三范式的数据库表应该不存在如下依赖关系：关键字段 $\rightarrow$ 非关键字段 $x \rightarrow$ 非关键字段 y。

在①提到的例子中，因为存在如下函数依赖关系：(学号) → (姓名，年龄，所在学院，学院地点，学院电话)，这个数据库是符合 2NF 的，但是不符合 3NF。因为存在如下关系：(学号) → (所在学院) → (学院地点)，即存在非关键字段"学院地点"对关键字段"学号"的传递函数依赖，所以不满足 3NF。

④ 第四范式（BCNF）：如果关系模式 $R<U, F>$ 中的所有属性（包括主属性和非主属性）都不传递依赖于 R 的任何候选关键字，则称关系 R 是属于第四范式的，记为 $R \in BCNF$。

⑤ 第五范式（5NF）：第四范式不是"最终"范式，有一些类型的概括多值依赖的约束称为连接依赖(join dependence)，由此引出另外一种范式称为投影-连接范式(Project-Join Normal Form，PJNF)，也称为第五范式（5NF）。使用这些通用约束的一个实际问题是难以用于推导，而且还没有形成一套具有保真性和完备性的推理规则用于约束的推导，因此 5NF 很少被使用。

1.2 Access 2003 概述

Access 是一种关系型的桌面数据库管理系统，其作为 Microsoft Office 套件产品之一，其图形化界面使数据库管理更加简洁、灵活，又具有丰富的编程接口以及强大的报表功能。它所提供的大量的工具和向导，方便人们通过可视化操作来完成大部分的数据库管理和开发工作。对于数据库开发人员，Access 提供了 VBA (Visual Basic For Application) 编程语言和相应的开发调试环境，可开发出高质量高性能的桌面数据库应用系统。

相对于其他大型数据库管理系统，如 Microsoft SQL Server、DB2、Oracle、Sybase 等，Access 提供了更经济实惠的解决方案，不但价格便宜，功能也毫不逊色。Access 为开发完整的数据库应用程序提供了一个功能强大的环境。它有独立开发和协同开发两种工作结构。

1. 独立开发工作结构

Access 强大的向导机制可帮助用户迅速建立新的数据库、数据表、查询、窗体等，来完成对数据库的常用操作。用其内部编程语言 VBA 编写代码实现对数据库的操作管理，从而开发功能更加强大的应用程序。

Access 应用会涉及到的 3 种基本 Access 对象类型。

① 表用于用户向数据库中添加数据。

② 窗体用于显示和输入数据，控制其他窗体的打开和关闭及报表打印等。

③ 报表打印表中的细节或总结信息。

Access 应用还使用查询对象来筛选、排序和组合数据，用模块对象来存储 VBA 代码。可用宏或模块自动完成任务和创建面向用户的应用程序，包含按钮、菜单和对话框等控件。所有组成应用的对象都存储在一个称为数据库对象的容器中，该对象是一个以.mdb 为扩展名的单独的文件，例如 exercise.mdb。

Accesss 的独特性在于它将整个数据库应用存储在一个单独的文件之中。而其他桌面数据库，例如 Microsoft FoxPro，需用多个文件存储它们的对象。

2．协同开发工作结构

Access 作为一个关系数据库管理系统，它的窗体、报表和数据访问页面中能同时访问来自多个数据库的数据。它还能链接来自 Access、Excel、ODBC 数据源、SQL Server 以及其他数据库资源的表，还能够把数据库表连接起来创建一个新表。这样，就可以通过创建窗体或报表来使用其中的信息，从而减少了数据的复杂性并能使工作更容易完成。Access 进行协同开发的层次结构如图 1-9 所示。

自底向上，层次结构图中首先列出的是"对象"。程序员能容易地创建表、查询、窗体和报表来显示数据信息。"函数或表达式"可做检验方面的规则处理，如检验数据、强迫遵循某种事务规则或简单的显示某个数值。内置的"宏"可完成相对较复杂的任务，无须创建正式的程序。使用 VBA、Access 也能创建高质量的专业程序。最顶层，用 Window API（应用程序编程接口）调用其他语言（如 Java 或 C++）编写的函数或 DLL（动态链接库）。程序员能使用这些函数来编写 Access 与其他程序和数据源的接口，从而开发出具有强大功能的数据库应用程序。

图 1-9 协同开发的层次结构

1.3 初识 Access 数据库

Access 作为 Microsoft Office 的套件之一，其界面风格与 Word、Excel、PowerPoint 基本相同。窗口是其工作环境的核心，以便用户对数据库进行更有效的管理。下面将一步一步来学习 Access 2003。

1.3.1 Access 的启动与退出

1．启动

若已经安装 Access，操作系统启动后，执行"开始"|"程序"|Microsoft Office|Microsoft Ofice Access 2003 命令，Access 将被启动，并打开 Microsoft Access 窗口，如图 1-10 所示。

2．退出

有 3 种方法均可退出 Access。
- 单击主窗口右上角的"关闭"按钮。
- 单击其左上角控制菜单图标，在弹出的控制菜单中选择"关闭"命令。
- 选择"文件"|"关闭"命令。

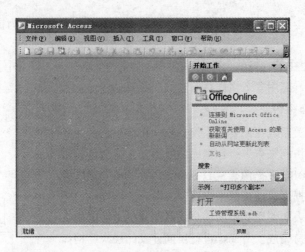

图 1-10 Microsoft Access 窗口

1.3.2 Access 主界面

Access 主窗口主要由标题栏、菜单栏、工具栏、数据库窗口、任务窗格和状态栏 6 部分组成。

- 标题栏：显示当前数据库或活动程序的名称。在窗口右上角中有 3 个按钮，分别可将窗口最小化，最大化和关闭。默认情况下，标题栏显示 Microsoft Access。
- 菜单栏：用于存放已归类整合好的 Access 的各项操作命令，可分为下拉式菜单和快捷式菜单两种。下拉式菜单位于标题栏下方，当单击菜单名时，会向下显示该菜单的命令列表，罗列了与该菜单有关的所有命令。例如，"插入"菜单中存放了与插入操作有关的所有命令。快捷菜单，是一种可移动的菜单，当鼠标移动到某处时，单击鼠标右键即可弹出一个命令列表，用于显示在当时环境下允许使用的命令。
- 工具栏：由若干个工具按钮组成，单击某个按钮就可执行一种命令，或者显示一个命令列表。这些命令均可在菜单中找到。

Access 内置有许多工具栏，在"视图"菜单的"工具栏"子菜单中，包含"Web"、"任务窗格"和"数据库" 3 种常用工具栏命令和一个"自定义"命令。选项的左侧标有对号的，表示该工具栏当前处于显示状态，如图 1-11 所示。

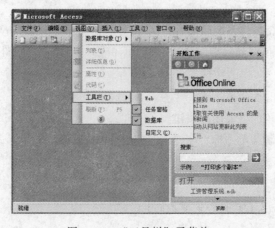

图 1-11 "工具栏"子菜单

　　"视图"菜单中的"工具栏"子菜单中包含各种工具按钮选项,可通过打开"自定义"对话框来指定,如图 1-12 所示。

图 1-12　"自定义"对话框中的"工具栏"选项卡

　　需要说明的是,Access 主窗口显示的工具栏,其内容会自动变换。例如,当打开一个数据库表以后,原来显示的数据库工具栏就会被表(数据表视图)工具栏所代替。此时,在"视图"菜单中选定"工具栏"选项,就能看到该命令的左侧此时标着对号。

　　● 数据库窗口:它是 Access 文件的命令中心,在此打开已有的工资管理系统数据库(数据库创建方法将在第 2 章中介绍)。在这里可以新建和使用 Access 数据库或 Access 项目中的任何对象,如图 1-13 所示。

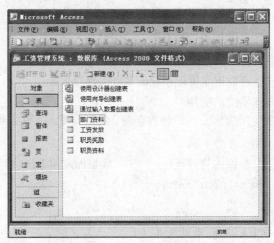

图 1-13　数据库窗口

　　数据库窗口的标题栏显示数据库名称和文件格式。工具栏中的"打开"按钮可处理现有对象,"设计"按钮可修改现有对象,"新建"按钮可创建新对象。

　　在"对象"选项组下单击某种对象类型(如"表"),可显示该类型对象的列表。在"组"选项组下显示的是一系列数据库对象组,可向组中添加不同类型的对象,组中实际包含的是所管辖数据库对象的快捷方式。

- 任务窗格：它是 Microsoft Office 2003 为它的所有应用程序（包括 Access、Word、Excel 等）提供的一种新功能，可以看做更为紧凑、灵活的工作栏。它可提供一组操作命令。

"任务窗格"提供了"新建文件"、"剪贴板"和"搜索"3 种主要功能模块。Access 启动时，默认自动显示"新建文件"任务窗格。单击该任务窗格标题栏右端的"其他任务窗格"按钮，即显示一个具有 3 种任务窗格类型的选项列表，用户可选择切换到自己需要的类型。

- 状态栏：位于主窗口的最下方，用于显示当前系统所处的状态与操作的提示文本，或键盘的按键状态，如【Caps Lock】键。打开某个数据库表后，状态栏中就会显示文本"数据表"视图。

习　题

一、选择题

1. 下列说法错误的是（　　　）。
   - A. 人工管理阶段程序之间存在大量重复数据，数据冗余大
   - B. 文件系统阶段程序和数据有一定的独立性，数据文件可以长期保存
   - C. 数据库阶段提高了数据的共享性，减少了数据冗余
   - D. 上述说法都是错误的

2. 从关系中找出满足给定条件的元组的操作称为（　　　）。
   - A. 选择　　　　　　B. 投影　　　　　　C. 连接　　　　　　D. 自然连接

3. 在关系数据库中，能够唯一地标识一个记录的属性或属性的组合，称为（　　　）。
   - A. 关键字　　　　　B. 属性　　　　　　C. 关系　　　　　　D. 域

4. 下列叙述中错误的是（　　　）。
   - A. 在数据库系统中，数据的物理结构必须与逻辑结构一致
   - B. 数据库技术的根本目标是要解决数据的共享问题
   - C. 数据库设计是指在已有数据库管理系统的基础上建立数据库
   - D. 数据库系统需要操作系统的支持

5. 使用 Access 按用户的应用需求设计的结构合理、使用方便、高效的数据库和配套的应用程序系统，属于一种（　　　）。
   - A. 数据库　　　　　B. 数据库管理系统　　　C. 数据库应用系统　　D. 数据模型

6. 二维表由行和列组成，每一行表示关系的一个（　　　）。
   - A. 属性　　　　　　B. 字段　　　　　　C. 集合　　　　　　D. 记录

7. 数据库是（　　　）。
   - A. 以一定的组织结构保存在辅助存储器中的数据的集合
   - B. 一些数据的集合
   - C. 辅助存储器上的一个文件
   - D. 磁盘上的一个数据文件

8. 关系数据库是以（　　　）为基本结构而形成的数据集合。
   - A. 数据表　　　　　B. 关系模型　　　　C. 数据模型　　　　D. 关系代数

9. 关系数据库中的数据表（　　）。

   A. 完全独立，相互没有关系

   B. 相互联系，不能单独存在。

   C. 既相对独立，又相互联系

   D. 以数据表名来表现其相互间的联系。

二、简答题

1. 什么是数据库？

2. 什么是数据库系统？

3. 什么是数据库管理系统？它有哪些主要功能？

第2章 数据库和表

创建数据库是创建新项目的第一步，创建数据表是数据处理的第一步。本章将重点讲述数据库的创建、表的创建以及表的操作等。

2.1 创建数据库

本节将通过创建一个数据库实例来介绍创建数据库的基本步骤。

2.1.1 工资管理系统数据库简介

职员为企业付出劳动，回报的主要衡量标准就是工资，这也是职员与企业之间最重要的关系纽带之一。对职员的工资进行管理即为"工资管理"，其主要内容包括资金管理、奖惩管理、工资发放管理、工资资料处理等。它是现代企业中的一个重要部分。

以前的工资管理人员要统计大量的职员奖励和惩罚记录，通过一系列工资数据的计算，最后才能得出一位职员的实发工资。这样做的效率和准确度之低可想而知。现代企业大都使用计算机对职员的工资进行管理。只要输入职员的主要信息，计算机就可以准确、快捷地计算出该职员的工资，输出职员的所有工资明细和统计结果。一个完善的工资管理系统能帮助管理企业各个阶层职员的工资，可以有效节省企业的人力物力。

本书将介绍如何使用 Access 开发一个工资管理系统。使用它可以对企业职员的各项工资明细进行方便的记录、统计和查询，并随时计算出职员的工资统计结果。

工资管理系统共需要 4 张基本数据表，分别是：职员资料表、职员奖励表、部门资料表和工资发放表。表 2-1～表 2-4 是各表的组成结构。

表 2-1　职员资料表

字　段　名	类　　　型	字　段　大　小
职员 ID	文本	10
部门 ID	文本	10
职务	文本	10
工资	数字	单精度型
姓名	文本	10
性别	文本	10
身份证 ID	文本	18
备注	文本	50

表 2-2　职员奖励表

字　段　名	类　　型	字 段 大 小
奖励 ID	自动编号	长整型
职员 ID	文本	10
部门 ID	文本	10
奖励原因	文本	30
奖励金额	数字	单精度型
奖励日期	日期/时间	
是否计入工资	是/否	
备注	文本	50

表 2-3　部门资料表

字　段　名	类　　型	字 段 大 小
部门 ID	文本	10
部门名称	文本	10
备注	文本	50

表 2-4　工资发放表

字　段　名	类　　型	字 段 大 小
发放 ID	自动编号	长整型
职员 ID	文本	10
部门 ID	文本	10
姓名	文本	10
发放日期	日期/时间	
基本工资	数字	单精度型
住房公积金	数字	单精度型
医疗保险	数字	单精度型
养老保险	数字	单精度型
工资合计	数字	单精度型
是否发放	是/否	
备注	文本	50

2.1.2　工资管理系统数据库的创建

　　数据库是以一定的组织结构保存在辅助存储器中的数据的集合。使用 Access 2003 开发数据库管理系统时，首先要创建一个空数据库，然后在该数据库中创建或导入用于实现各功能所需要的表、查询、窗体、报表、宏等对象。

　　创建工资管理系统数据库的具体操作步骤如下：

　　① 打开 Access 2003 主界面，如图 2-1 所示。

　　② 在如图 2-1 所示的菜单栏中选择"文件"|"新建"命令打开"新建文件"任务窗格，如

图 2-2 所示。单击"空数据库"选项。

　　图 2-1　Access 2003 主界面　　　　　　图 2-2　"新建文件"任务窗格

　　③ 在弹出的"文件新建数据库"对话框中选择新建数据库的"保存位置"和"保存类型"，输入"文件名"，命名为"工资管理系统"，如图 2-3 所示。单击"创建"按钮。

图 2-3　"文件新建数据库"对话框

　　④ 系统创建一个"工资管理系统"数据库，此时系统自动打开 Access 数据库窗口，如图 2-4 所示。

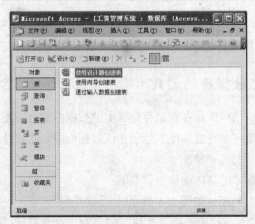

图 2-4　新创建的 Access 数据库窗口

2.2 创建数据表

表是数据库中用来存储和管理数据的对象，是整个数据库的基础，也是数据库中其他对象的数据来源。因此，建立数据库后的首要工作就是创建数据表。可以利用 Access 2003 提供的 3 种方法创建新表，包括使用设计器创建表、使用向导创建表和通过输入数据创建表。

2.2.1 数据类型简介

通常所用的数据表是二维数据表，是由行和列组成的。一行称为一条记录，一列称为一个字段。记录和字段都是由数据组成的。

表 2-5 介绍了在 Access 2003 中所有的数据类型，以及它们的用法和所占存储空间。

表 2-5 数据类型

数据类型	用　　法	大　　小	举　　例
文本	用于文本或文本与数字的组合，或者用于不需要计算的数字	最多存储 255 个字符。"字段大小"属性控制可以输入的最多字符数	姓名，职员 ID，身份证 ID
备注	用于长文本和数字	最多存储 65 536 个字符	注释或说明
数字	用于将要进行算术计算的数据，但涉及货币的计算除外（使用"货币"类型）	存储 1、2、4 或 8 个字节。"字段大小"属性定义具体的数字类型	数量
日期/时间	用于日期和时间	存储 8 个字节	工资发放时间
货币	用于存储货币值，并且计算期间禁止四舍五入	存储 8 个字节	工资金额
自动编号	用于在添加记录时自动插入的唯一顺序（每次递增 1）或随机编号	存储 4 个字节	会员卡号
是/否	用于只可能是两个值中的一个的数据。不允许空值	存储大小为 1 位	"是/否"、"真/假"、"开/关"
OLE 对象	连接或内嵌于 Microsoft Access 数据表中的对象	最多存储 1 GB（受磁盘空间限制）	Microsoft Excel 电子表、Word 文件、图形、声音或其他二进制数据
超链接	保存超链接的字段。超链接可以是某个文件的路径 UNC 或 URL	最多存储 64 000 个字符	
查阅向导	创建字段，该字段将允许使用组合框来选择另一个表或一个列表中的值。从数据类型列表中选择此选项，将打开向导以进行定义	通常为 4 个字节	

2.2.2 创建表

上面创建的"工资管理系统"数据库是一个空数据库，需要添加"职员资料"表、"职员奖励"表、"部门资料"表和"工资发放"表。下面以职员资料表为例，说明如何创建数据表。

【例 2.1】使用"设计器"的方法创建"职员资料"表，包含以下字段："职员 ID"、"部门 ID"、"职务"、"工资"、"姓名"、"性别"、"身份证 ID"和"备注"。

操作步骤如下：

① 打开数据库。

② 选择"表"对象，然后单击"新建"按钮，弹出"新建表"对话框，如图 2-5 所示。双击"设计视图"选项。

③ 打开表的设计视图，如图 2-6 所示。

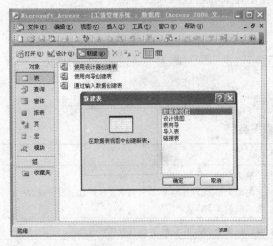
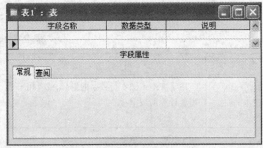

图 2-5　"新建表"对话框　　　　　　　　　　图 2-6　表的设计视图窗口

④ 在表的设计视图中的"字段名称"栏输入"职员资料"表应包含的字段，并为每个字段定义数据类型和字段属性。字段名称及数据类型如图 2-7 所示，字段属性可根据需要进行设置。

⑤ 单击工具栏中的"保存"按钮![icon]，弹出"另存为"对话框在"表名称"文本框中输入"职员资料"，单击"确定"按钮，对"职员资料"表进行保存，如图 2-8 所示。

字段名称	数据类型
职员ID	文本
部门ID	文本
职务	文本
工资	数字
姓名	文本
性别	文本
身份证ID	文本
备注	文本

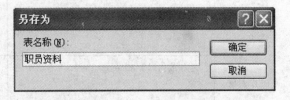

图 2-7　"职员资料"表的字段名称及数据类型　　　　　图 2-8　表的命名及保存

2.2.3　管理主键

主关键字亦称主键。在 Access 中，每一个数据表一定包含一个主关键字。主关键字可以由一个或多个字段组成。建立用户自定义的主关键字有如下优点：

- 设置主关键字能够大大提高查询和排序的速度。
- 在窗体或数据表中查看数据时，Access 将按主关键字的顺序显示数据。
- 当将新记录加入到数据表中时，Access 可以自动检查新记录是否与原有记录中有重复的数据。

在 Access 中，定义主关键字的方法比较简单。

具体操作步骤如下：

① 以数据表"设计视图"的方式打开需要设置主关键字的数据表。

②　选择要定义为主关键字的一个或多个字段。如果需要选择一个字段作为主关键字，可以单击字段所在行位于该行最左侧的行选定器；如果需要选择多个字段作为主关键字，可以先按住【Ctrl】键，然后依次单击这些字段所在行的行选定器。

③　单击工具栏上的"主关键字"按钮 ⏻。

2.2.4　表之间的关系

在工资管理系统数据库中创建了四个表之后，还必须告诉 Access 如何将这些信息组合到一起。这就涉及到表与表之间的关系。

1. 创建表之间的关系

当数据库中有多个表，且这些表不完全独立时，可以在表之间建立一定的关系，用来描述数据库的内在结构。通常，表与表之间的关系分为：一对一、一对多、多对多三种。

【例 2.2】在"职员资料"、"职员奖励"、"部门资料"和"工资发放"这四个基本数据表中建立表与表之间的关系。

具体操作步骤如下：

①　关闭所有打开的表。

②　切换到"工资管理系统"窗口，单击 Access 窗口工具栏上的 "关系"按钮 🖾，弹出"显示表"对话框，如图 2-9 所示。

③　在"显示表"对话框中，选中要建立关系的表，包括"职员资料"、"职员奖励"、"工资发放"和"部门资料"，分别单击"添加"按钮，然后关闭"显示表"对话框。此时这四个表在"关系"窗口中显示出来，如图 2-10 所示。

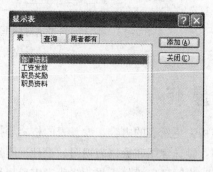

图 2-9　"显示表"对话框

图 2-10　显示在"关系"窗口中的表

④　从"职员资料"表中将"职员 ID"字段拖放到"工资发放"表中"职员 ID"字段上，弹出如图 2-11 所示的对话框，单击"创建"按钮。同理，将"职员资料"表中"职员 ID"字段拖放到"职员奖励"表中"职员 ID"字段上，将"职员资料"表中"部门 ID"字段拖放到"部门资料"表中"部门 ID"字段上。这样"职员资料"表与"工资发放"表、"职员奖励"表之间都出现了连线，表示它们建立了关系，如图 2-12 所示。

⑤ 关闭"关系"窗口，系统将提示是否保存"关系"布局，单击"是"按钮，所创建的关系保存在"工资管理系统"数据库中。

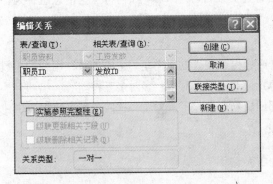

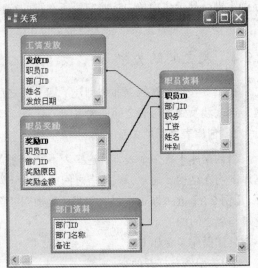

图 2-11　"编辑关系"对话框　　　　图 2-12　"工资管理系统"数据库的关系窗口

2. 删除表间关系

删除表间关系的具体操作步骤如下：

① 关闭所有已打开的表。打开的表之间的关系是无法被删除的。

② 切换到数据库窗口，单击工具栏上的"关系"按钮 。

③ 如果没有显示要删除关系的表，可单击工具栏上的"显示表"按钮 ，弹出"显示表"对话框，双击要添加的表，然后关闭对话框。

④ 在屏幕上显示的表关系布局中，单击选中所要删除关系的连线（当选中时，关系线会变粗变黑），然后按【Delete】键，会弹出一个对话框，单击"是"按钮，如图 2-13 所示。

图 2-13　确认删除提示对话框

2.3　表 的 操 作

本节将详细介绍表的基本操作，包括修改表的结构、更新表的内容、设置表的格式等操作。

用户在维护和修改表时需要用到两种不同的视图：设计视图和数据表视图。设计视图显示表的结构，表结构的维护要在设计视图中进行，通过设计视图可以添加、修改字段和字段属性。数据表视图是按行和列显示表中数据的视图，表内容的维护要在数据表视图中进行，在数据表视图中，可以进行记录内容的编辑、添加、删除操作和数据的查找、筛选等操作。

下面介绍如何打开表的设计视图和数据表视图。具体操作步骤如下：

① 在数据库窗口中，单击左边"对象"栏中的"表"对象，在右边对象列表栏中选择要修改的表的名称。

② 如果要在表设计视图中修改表，可单击工具栏上的"设计"按钮，或者是右击选中的表，在弹出的快捷菜单中选择"设计视图"命令，打开表的设计视图。

③ 如果要在数据表视图中修改表，可单击工具栏上的"打开"按钮，或者直接双击需要修改的表的名称，即可打开数据表视图。

2.3.1 修改表的结构

用户常常会根据应用的需要对表结构进行修改。修改的内容主要有添加字段、删除字段、移动字段位置等。表结构的修改只能在表的设计视图中完成。

1. 表设计视图窗口中的工具栏

Access 有七种对象，每种对象对应不同的窗口。针对不同的对象窗口，Access 会显示不同的工具按钮。表设计视图窗口中的工具栏如图 2-14 所示。各个工具按钮的功能如表 2-6 所示。

图 2-14 表设计视图窗口中的工具栏

表 2-6 表设计视图窗口中的工具栏按钮

工 具 按 钮	名 称	功 能
	主键	指定当前字段为主关键字
	索引	打开"创建索引"对话框
	插入行	在当前字段前插入一个新的字段行
	删除行	删除当前字段行
	属性	打开表的属性对话框
	生成器	显示选定项目或属性的生成器

2. 字段行的选定

在表的设计视图中，字段名称左侧的按钮被称为"行选定器"，用来选定字段名称所在的字段行。

3. 添加字段

在设计视图中打开相应的表，选中要在其上面插入行的行，单击工具栏中的"插入行"按钮，将插入一个空白行。在该行输入要添加字段的各项信息，单击"保存"按钮进行保存。

4. 删除字段

在设计视图中打开表，选中要删除的行，单击"删除行"按钮，即可删除所选中的行。

5. 移动字段位置

在设计视图中打开表，单击行选定器选择要移动的字段，用鼠标拖动被选择字段行的行选择器。随着鼠标的移动，Access 将显示一个细的水平条，将此水平条拖到要将字段移动到指定位置的行。

2.3.2 设置字段的属性

在 Access 的数据表中，字段的属性是这个字段特征值的集合，该特征值集合将控制字段的工作方式和表现形式。字段属性可分为常规属性和查阅属性两类。其中，字段常规属性如图 2-15 所示。

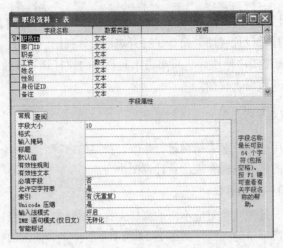

图 2-15 "职员资料"表的常规属性

在这些常规属性中,"字段大小"属性、"格式"属性和"索引"属性是三个最基本的属性,也是最常用的属性。

以下分别介绍各个常规属性的含义:

1. 字段大小

数据类型为"文本"或"数字"的字段,其属性中有字段大小的设置。

定义字段大小的方法是:在设计视图上部窗格中单击要设置的字段(该字段的数据类型是"文本"或"数字"),然后单击下部窗格"字段属性"区"常规"选项卡的"字段大小"属性框,在属性框内设置该字段的大小。

"文本"型字段的属性如图 2-16 所示。对于"文本"型字段,在"字段大小"属性框中,直接输入要设置的最大字符数(最多为 255)。比如,设置某字段大小为 50,就表示这个字段最多只能占 50 个字符。

"数字"型字段的属性如图 2-17 所示。

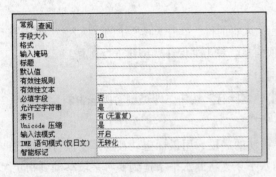

图 2-16 "文本"型字段的属性

图 2-17 "数字"型字段的属性

对于"数字"型字段,单击"字段大小"属性框右端的下三角按钮,就会出现如图 2-18 所示的下拉列表框,单击要选择的字段类型即可。

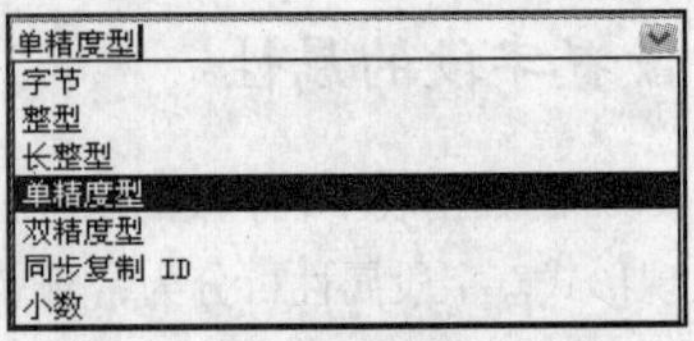

图 2-18 设置"数字"型字段的"字段大小"属性

2. 格式

"格式"属性对不同的数据类型使用不同的设置，如表 2-7 所示。

表 2-7 几种数据类型的格式

日期/时间型		数字/货币型	
设 置	格式说明	设 置	格式说明
一般日期	（默认值）如果数值只是一个日期，则不显示时间；如果数值只是一个时间，则不显示日期	一般数字	（默认值）以输入的方式显示数字
长日期	示例：星期日（4）April 3,2007	货币	使用千位分隔符；负数用圆括号括起
中日期	示例：3–Apr–2007	整型	显示至少一位数
短日期	示例：4/3/2007	标准型	使用千位分隔符
		百分比	将数值乘以 100 并附加一个百分号
		科学计数	使用标准的科学计数法

3. 输入掩码

使用"输入掩码"属性可以使数据输入更容易，并且可以提示并控制用户在文本框类型的控件中输入不符合规则的值。例如，可以为"身份证 ID"字段创建一个输入掩码，以便向用户显示如何准确地输入新号码，如 220102197607272013（共 18 位）等。通常使用"输入掩码向导"帮助完成设置该属性的工作。

4. 标题

"标题"属性值将取代字段名称在显示表中数据时的位置，即在显示表中数据时，该列的栏目名将是"标题"属性值，而不是"字段名称"值。

5. 默认值

在表中新增加一个记录且尚未填入数据时，如果希望 Access 自动为某字段填入一个特定的数据，则应为该字段设置"默认值"属性。此处设置的默认值将成为新增记录中 Access 为该字段自动填入的值。例如，可以将"性别"字段的默认值设置为"男"。

6. 有效性规则

"有效性规则"属性用于指定对输入到记录中本字段数据的要求。当输入的数据违反了"有效性规则"的设置时，将给用户显示"有效性"文本设置的提示信息。可用"向导"帮助完成设置。例如，可以将"性别"字段的有效性规则设置为"男"或"女"。

7. 有效性文本

当输入的数据违反了"有效性规则"的设置值时，"有效性文本"属性值将是显示给操作者的提示信息。例如"性别"字段的有效性文本设置为：性别只能取"男"或"女"。

8. 必填字段

"必填字段"属性取值仅有"是"和"否"两项。当取值为"是"时，表示必须填写本字段，即不允许本字段数据为空；当取值为"否"时，表示可以不填写本字段数据，即允许本字段数据为空。

9. 允许空字符串

该属性仅对指定为文本型的字段有效，其取值仅有"是"和"否"两项。当取值为"是"时，表示本字段中可以不填写任何字符。

10. 索引

索引有助于 Access 快速查找和排序记录。Access 在表中使用索引查找某个数据时，先在索引中找到数据的位置，就像在书中使用索引一样方便。索引可以分为单字段索引和多字段索引两种。一般情况下，表中的索引为单字段索引。如果经常需要同时搜索或排序两个或多个字段，可以创建多字段索引。

表中定义的主键，将被自动设为索引。如果要为其余的非主键字段设置索引关系，则需要手工创建。下面分别介绍如何创建单字段索引和创建多字段索引。

创建单字段索引的方法是：

打开表的设计视图，在窗口上部单击要为其创建索引的字段，在窗口下部"常规"选项卡中选择"索引"，单击属性框右端的下三角按钮，然后在下拉列表框中选择"有（有重复）"选项，表示本字段有索引，且各记录中的数据可以重复；或者选择"有（无重复）"选项，表示本字段有索引，且各记录中的数据不允许重复，如图 2-19 所示。

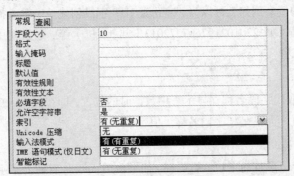

图 2-19　创建单字段索引

创建多字段索引的具体操作步骤如下：

① 打开表的设计视图单击工具栏上的"索引"按钮，弹出如图 2-20 所示的索引对话框。

② 选择索引的第二个字段，在"索引名称"列的第二个空白行，输入索引名称，例如，输入"职员姓名"，然后在"字段名称"列中，单击下三角按钮，在下拉列表框中选择索引的第二个字段，如"姓名"字段，如图 2-21 所示。重复该步骤直到选择了应包含在索引中的所有字段为止。

图 2-20　索引对话框

图 2-21　选择索引字段

③ 索引的排序次序默认设置是"升序"。若要按降序排列相应的字段数据，单击"排序次序"列，在下拉列表框中选择"降序"选项即可，如图 2-22 所示。

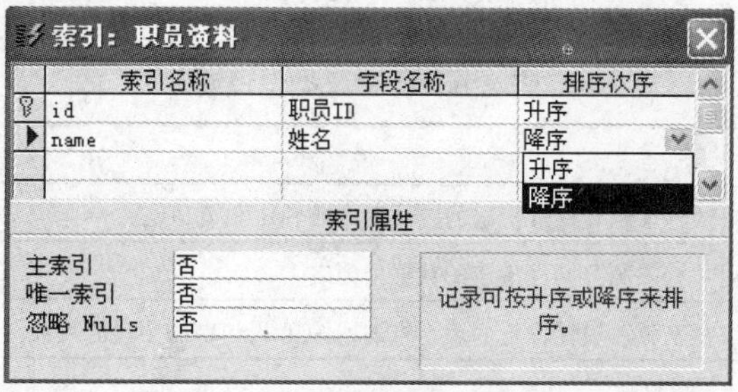

图 2-22　选择索引的排序次序

在按照多字段索引排序时，Access 将首先按照定义在索引中的第一个字段进行排序。如果在第一个字段中出现有重复值的记录，则 Access 会按照索引中定义的第二个字段进行排序，以此类推。

11．Unicode 压缩

该属性取值仅有"是"和"否"两项。当取值为"是"时，表示本字段中数据可以存储和显示多种语言的文本。

2.3.3　创建查阅属性和值列表字段

设置字段的查阅属性可以使该字段的内容取自于一组固定的数据。用户向带有查阅属性的字段中输入数据时，该字段提供一个列表以使用户从中选择该字段的值。

在表设计视图中，单击"字段属性"下面的"查阅"选项卡，可以为字段设置查阅属性，如图 2-23 所示。

图 2-23　字段属性的"查阅"选项卡

"查阅"选项卡中各项的含义如下：

1．显示控件

使用"显示控件"属性可以定义在输入该字段值时，用何种类型的控件显示数据列表，用户可以从列表中选择一个数据作为该字段的值。

2．行来源类型

该属性用来定义在输入该字段值时，提供的列表中的数据是什么来源。表 2-8 说明三种可能的数据来源的含义。

表 2-8　行来源类型说明

设　置	说　　　　明
表/查询	数据来自"行来源"属性指定的表、查询或 SQL 语句
值列表	数据是由"行来源"属性指定的数据项列表
字段列表	数据是"行来源"属性设置的表、查询或 SQL 语句中的字段名列表

3．行来源

该属性的设置取决于"行来源类型"属性的设置。表 2-9 列出了各种行来源类型所对应的行来源应该如何设置。

表 2-9　行来源说明

"行来源类型"属性的各种设置	"行来源"属性的设置选项
表/查询	表名称、查询名称或者 SQL 语句
值列表	以分号（;）作为分隔符的数据项列表
字段列表	表名、查询名或 SQL 语句

【例 2.3】设置"职员资料"表中"部门 ID"字段的查阅属性，使得在输入"部门 ID"字段值时，可以从值列表中选择。

具体操作步骤如下：

① 在设计视图中选中"部门 ID"字段，单击"查阅"选项卡，设置"显示控件"属性为"组合框"，以便输入数据时，用组合框显示"部门 ID"列表。

② 设置"行来源类型"属性为"值列表"。

③ 在"行来源"属性中输入"101"；"102"；"103"；"104"；"105"，如图 2-24 所示。

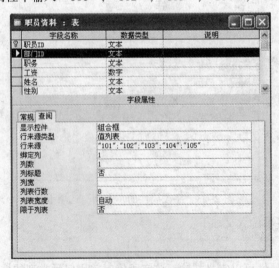

图 2-24　"部门 ID"字段的查阅属性

这样在为"部门 ID"字段输入数据时，该字段会出现一个下拉列表框，包括"101"、"102"、"103"、"104"、"105"五个选项，可以通过选择来输入"部门 ID"字段，如图 2-25 所示。

	职员ID	部门ID	职务	工资	姓名	性别	身份证ID	备注
+	1011111111	101	员工	3000	张笑	男	20240319870412401	
+	1011111122	101	科长	4000	于天立	男	10200219860214401	
+	1021111112	102	员工	3000	刘芳	女	20145719810217402	
+	1021114755	102	处长	5000	李勇	男	20144419800723401	
+	1032221253	103	处长	5200	李小娜	女	10344419780504102	
+	1042224234	104	局长	6300	刘亚	女	10241119750414402	
+	1042553656	104	员工	3100	王爽	女	10466619850213102	
+	1054445551	105	员工	3200	王丽丽	女	10111119840506302	
▶ +	1058654744	105 ▾	科长	4200	周黎明	男	10111119830706301	
*				0				

101
102
103
104
105

记录：|◀ ◀ ▶ |▶* 共有记录数: 9

图 2-25　数据表视图中的"部门 ID"字段

2.3.4　创建 OLE 字段

表 2-5 中已经介绍 OLE 对象字段用来存储诸如 Microsoft Word 或 Microsoft Excel 文档、图片、声音的数据，以及在别的程序中创建的其他类型的二进制数据。OLE 类型的字段应该使用插入对象的方式来输入。

创建 OLE 字段的具体操作步骤如下：

① 在数据表视图中打开表，单击要输入的 OLE 字段，选择"插入"|"对象"命令，弹出插入对象对话框，如图 2-26 所示。

图 2-26　插入对象的对话框

② 在插入对象对话框中，如果没有选定的对象，可选择"新建"单选按钮，然后在"对象类型"列表框中选择要创建的对象种类，则可以打开相应的应用程序创建一个新对象，并插入到字段中。如果选择"由文件创建"单选按钮，则可以单击"浏览"按钮，选择一个已存储的文件对象，单击"确定"按钮，即可将选中的对象插入到字段中，如图 2-27 所示。

需要注意的是，插入到字段中的对象在数据表视图中将显示对象的名称，例如"位图图像"。如果要查看对象内容，必须在窗体或报表中显示 OLE 对象。

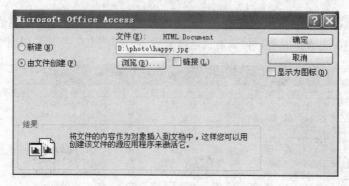

图 2-27　插入文件对象对话框

2.3.5　编辑记录

1. 编辑与删除记录

Access 的数据表视图本身就是一个编辑器，将插入点放置到某个单元格中，就可以方便地编辑或者删除数据。数据更改之后，只要将插入点移至另一个单元格，修改结果即被确认；在移动插入点前按【Esc】键，可取消对数据的更改，该单元格数据自动恢复原值。

图 2-28　确认删除对话框

在选定记录后，若按【Delete】键，选定记录即处于待删除状态，同时出现相应的确认删除对话框，如图 2-28 所示。

2. 查找数据

在数据库中查找一个特定数据不是一件容易的事，为此 Access 提供了自动查找数据的方法。查找数据的具体操作步骤如下：

① 打开数据表视图后，选择"编辑"｜"查找"命令或单击工具栏上的"查找"按钮，将弹出"查找和替换"对话框，如图 2-29 所示。

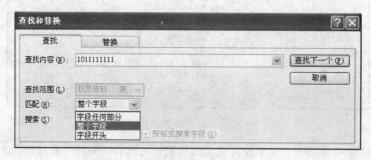

图 2-29　"查找"选项卡

② 在"查找内容"文本框中输入要查找的内容。

③ 在"查找和替换"对话框中，设置要使用的各个选项。

- "查找范围"下拉列表框：在搜索列和搜索整个表之间切换。
- "匹配"下拉列表框：选择"字段任何部分"选项，可在所有可能的值中搜索匹配项；选择"整个字段"选项,可搜索与搜索项完全匹配的字段;选择"字段开头"选项,要查找的值位于字段的开头。

- "搜索"下拉列表框:选择"向上"选项可查找插入点上方的记录;选择"向下"选项可查找插入点下方的记录;选择"全部"选项可从记录集的顶部开始,搜索全部的记录。

3. 替换数据

替换是在查找到数据的基础上,用新数据代替旧的数据。选择"编辑"|"替换"命令或单击查找和替换对话框中的"替换"选项卡,可以进行替换设置。只要在"替换为"文本框中输入要替换成的内容即可,如图 2-30 所示。

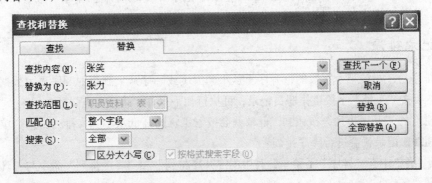

图 2-30 "替换"选项卡

2.3.6 筛选记录

筛选操作可以在数据表中只显示所需的数据记录。例如,现在需要处理"职员资料"表中男职员的信息。

实现筛选记录的具体操作步骤如下:

① 在打开"职员资料"表之后,将插入点置于某条记录的"性别"字段为"男"的单元格中。

② 单击工具栏上的"按选定内容筛选"按钮,或者选择"记录"|"筛选"|"按选定内容进行筛选"命令,都可以筛选出男职员的记录,筛选结果如图 2-31 所示。

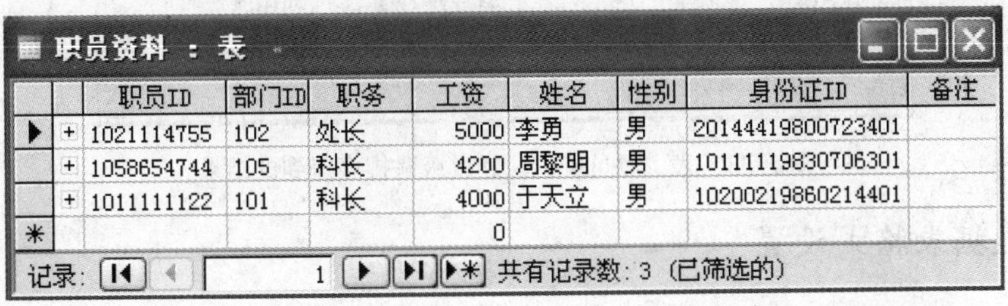

	职员ID	部门ID	职务	工资	姓名	性别	身份证ID	备注
▶ +	1021114755	102	处长	5000	李勇	男	20144419800723401	
+	1058654744	105	科长	4200	周黎明	男	10111119830706301	
+	1011111122	101	科长	4000	于天立	男	10200219860214401	
*				0				

记录: 1 共有记录数: 3 (已筛选的)

图 2-31 筛选出男职员的记录

对于连续分布的数值,可以给出筛选值的范围。例如,筛选工资在 4 000～5 000 之间的职员记录,可以右击任意一条记录的"工资"字段,在快捷菜单的"筛选目标"文本框中输入">=4000 And <=5000",然后单击数据表中的任意单元格,即可得到筛选结果,如图 2-32 所示。

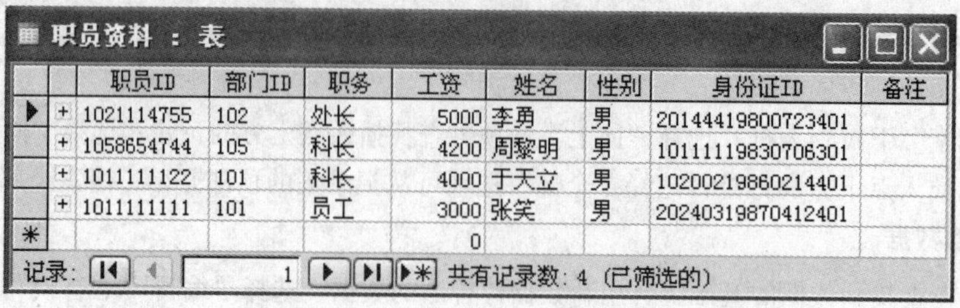

图 2-32　筛选工资在 4 000～5 000 之间的记录

单击工具栏上的"取消筛选"按钮□，或选择"记录"|"取消筛选/排序"命令，可以取消设置的筛选，使数据表中的记录全部显示出来。

2.3.7　记录排序

记录排序是，指按某个字段的值升序（从小到大）或降序从大到小的顺序显示数据表中的记录。例如，要按"工资"字段重排职员记录，可执行如下操作：将插入点设置在"工资"字段中，单击工具栏上的"升序排列"按钮□，记录就会按着工资的高低从小到大排列出来。单击"降序排列"按钮□，记录就会进行降序排列。

"记录"菜单中有"排序"子菜单，其中的"升序排列"和"降序排列"命令与工具栏上的排序按钮相同。

如果同时选中相邻的若干列进行排序，则可以实现级联排序。例如，在"职员资料"表中选定"性别"列和"工资"列，单击"升序排列"按钮，记录将遵循从左到右的顺序按"性别"升序排列，相同性别再按"工资"列升序排列。

选择"记录"|"取消筛选/排序"命令，可取消设置的排序，使数据表中的记录按原顺序显示，显示的结果如图 2-33 所示。

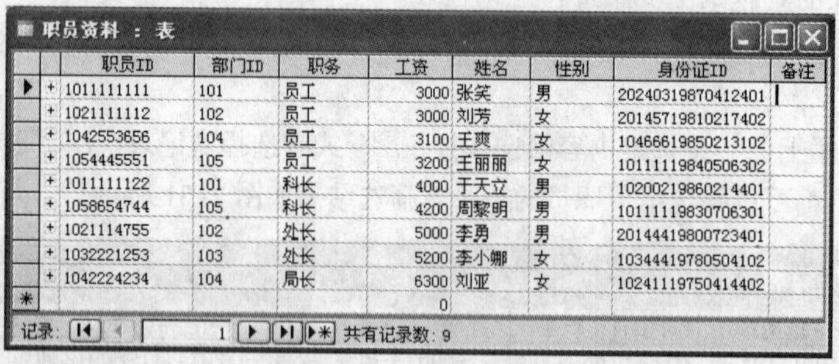

图 2-33　表"职员资料"经过级联排序得到的结果

2.3.8　数据表格式设置

数据表格式设置主要包括设置网格线样式和背景色。数据表视图的默认表格样式是白底黑字、细表格线形式。用户可以根据自己的实际需要来设计表格的样式。

数据表格式设置的具体操作步骤如下：

① 在数据表视图中打开表。

② 选择"格式"|"数据表"命令，弹出"设置数据表格式"对话框，如图 2-34 所示。

③ 设置所需的选项，并单击"确定"按钮。

不仅可以设置数据表的格式，还可以为表设置自己喜欢的字体，调整表的行高、列宽等，隐藏/显示列，冻结列等。实现这些功能，只要在"格式"菜单中选择相应的命令即可。图 2-35 所示为"格式"菜单中的命令。

图 2-34 "设置数据表格式"对话框

图 2-35 "格式"菜单中的命令

2.3.9 数据的导出/导入和链接

数据的导入/导出操作是和不同类型数据文档的格式互换，这样 Access 可以使用其他文件格式的数据，Excel 等软件也可以读取转换后的 Access 数据表，从而实现数据资源的共享。

1. 数据的导出

在数据库窗口中选择数据表之后右击，选择快捷菜单中的"导出"命令或者选择"文件"|"获取外部数据"|"导出"命令，均可打开导出对话框，在打开的对话框的"保存类型"下拉列表框中选择导出后的保存类型，如图 2-36 所示。

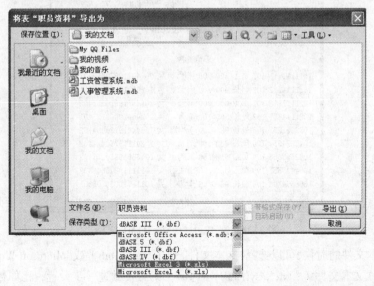

图 2-36 数据表导出对话框

要将数据表导出为 Excel 工作表，可在图 2-36 所示的导出对话框中选择"Microsoft Excel 3 (＊.xls)"或者选择"Microsoft Excel 4 (＊.xls)"选项，在"保存位置"下拉列表框中选择保存工作簿的文件夹，在"文件名"组合框中选择或输入一个工作簿文件名（默认的文件名是数据表名），在这个例子中使用的就是默认的文件名，然后单击"导出"按钮。

【例 2.4】将"职员资料"表导出为一个名为"职员资料"的工作表。

具体操作步骤如下：

① 在数据库窗口中右击选定"职员资料"表，选择快捷菜单中的"导出"命令。

② 在导出对话框中选择"保存类型"为"Microsoft Excel 3 (＊.xls)"，文件名为"职员资料"，然后单击"导出"按钮。打开"职员资料.xls"文件，显示的结果如图 2-37 所示。

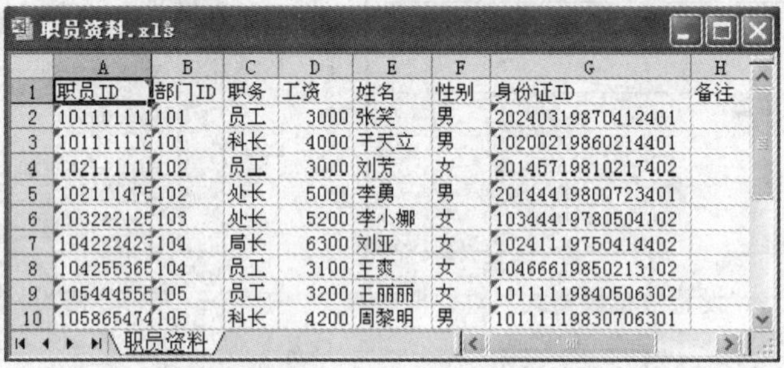

图 2-37　导出的 Excel 工作表

数据表导出为 HTML 文档，就是将数据表中的数据转换成可通过浏览器访问的 Web 文件。导出时只要选择"保存类型"为"HTML 文档 (＊.html;＊.htm)"即可，步骤基本和导出为 Excel 工作表一样。用 Internet Explorer（简称 IE）打开的通过"职员资料"表导出的 HTML 文档如图 2-38 所示。

图 2-38　在 IE 中打开的 HTML 文档

在导出文本文件的时候，可以选择"文本文件(＊.txt;＊.csv;＊.tab)"或"Microsoft Word 合并(＊.txt)"选项。若选择"文本文件(＊.txt;＊.csv;＊.tab)"选项，就需要做进一步设置，比如数据项之间的隔离方式，为数据项加上双引号等。

【例 2.5】将"职员资料"表导出为"职员资料.txt"文本文件。

具体操作步骤如下：

① 在数据库窗口中选定"职员资料"表，选择快捷菜单中的"导出"命令。

② 在导出对话框中选择"文本文件（*.txt;*.csv;*.tab）"选项，并设置文本文件的保存路径和文件名，就会出现如图 2-39 所示的"导出文本向导"对话框。

③ 这里选择"固定宽度"单选按钮，单击"下一步"按钮，如图 2-40 所示。

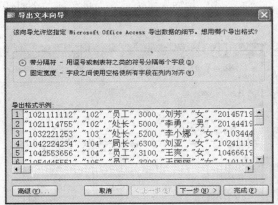

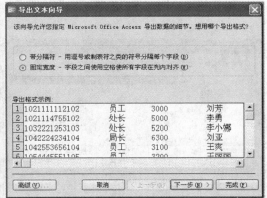

图 2-39 "导出文本向导"对话框　　　　　　图 2-40 选择文本的导出格式

④ 在图 2-41 中进一步设置字段的分隔位置，然后单击"下一步"按钮。

⑤ 在弹出的对话框中单击"完成"按钮，并在随后出现的对话框中单击"确定"按钮，完成将数据表导出为文本文件的操作。生成的文本文件内容如图 2-42 所示。

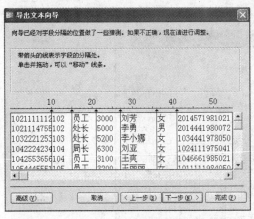

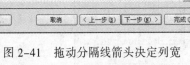

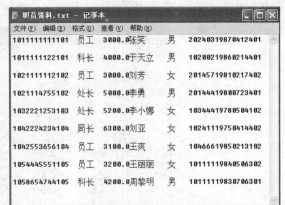

图 2-41 拖动分隔线箭头决定列宽　　　　　图 2-42 "职员资料"文本文件的内容

2. 数据的导入

在数据库窗口中选择数据表之后，右击空白处，弹出快捷菜单，选择"导入"命令，或者选择"文件"|"获取外部数据"|"导入"命令，均可打开导入对话框，同样需要在导入对话框中选择导入对象的路径、文件类型和文件名。

【例 2.6】 将数据导出为"职员资料.xls"的工作表导入为 Access 数据表。

具体操作步骤如下：

① 选择"文件"|"获取外部数据"|"导入"命令，打开导入对话框，在"查找范围"下拉列表框中选择"职员资料.xls"工作表所在的文件夹，在"文件类型"下拉列表框中选择"Microsoft Excel（*.xls）"选项，双击文件名列表框中的 Excel 文件"职员资料.xls"，打开导入向导的第一个对话框，如图 2-43 所示。

② 采用默认的"显示工作表"单选项，单击"下一步"按钮，进入导入向导的第二个对话框，如图 2-44 所示。

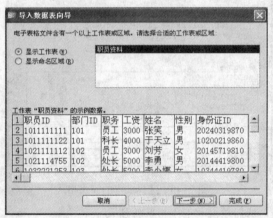

图 2-43　"导入数据表向导"对话框 1

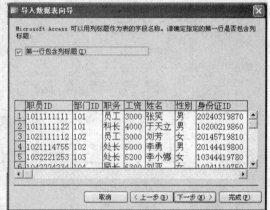

图 2-44　　"导入数据表向导"对话框 2

③ 默认选中"第一行包含列标题"复选框，即让"职员 ID"，"部门 ID"等成为数据表的字段名。单击"下一步"按钮，则进入导入向导的第 3 个对话框，如图 2-45 所示。

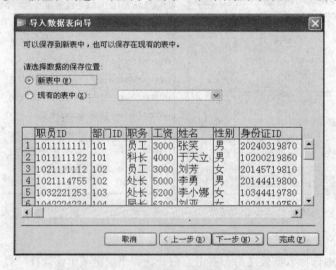

图 2-45　"导入数据表向导"对话框 3

④ 可以将数据导入一个新表，也可以追加到一个已经存在的表中。如果追加，则两个表的结构要相同或者兼容，并且新数据导入后不得违反各类完整性约束。在这里，选择"新表中"单选按钮，单击"下一步"按钮，进入导入向导的第四个对话框，如图 2-46 所示。

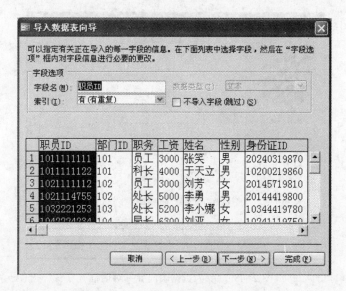

图 2-46　"导入数据表向导"对话框 4

⑤ 选择需要导入的工作表的字段（默认为全部导入）。如果某列无须导入，可以选定该列，同时选中"不导入字段"复选框。如果需要，还可为即将导入的字段创建索引。在这里保持默认设置，单击"下一步"按钮，进入导入向导的第 5 个对话框。

⑥ 第 5 个对话框要求选择是否需要设定主键。若选择"让 Access 添加主键"单选按钮，则数据表将新加一个"ID"字段，其值是从 1 开始的自然数，用来标识不同的记录。本例选择"我自己选择主键"单选按钮，并通过右侧的下拉列表框选择"职员 ID"字段为表的主键，如图 2-47 所示。单击"下一步"按钮，弹出导入向导的第 6 个对话框。

图 2-47　"导入数据表向导"对话框 5

⑦ 第 6 个对话框要求输入新数据表的名称，本例为新表起名"职员资料 1"，然后单击"完成"按钮结束导入工作，如图 2-48 所示。

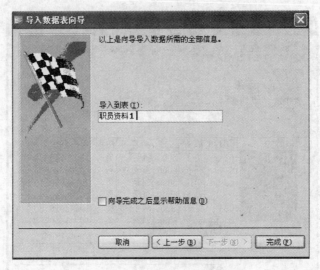

图 2-48 "导入数据表向导"对话框 6

3. 数据的链入

通过数据的导入操作可以将一个 Excel 工作表转变成 Access 数据库中的数据表，导入操作完成后，在"工资系统管理"数据库中添加了一个新表"职员资料 1"表，这个数据表与数据源"职员资料.xls"工作表没有任何联系，当 Access 的"职员资料 1"表数据变化时，"职员资料.xls"工作表没有任何变化；反之"职员资料.xls"工作表中的数据更新也不会影响到"职员资料 1"表。但是在很多场合需要 Access 与 Excel 共享一组数据，也就是说任何一方对数据的更新要让另一方共同更新，Access 提供的数据链入操作可以实现这个功能。

【例 2.7】将例 2.5 数据导出生成的"职员资料.xls"工作表链入"工资管理系统"数据库中。其操作与导入数据相似。

具体步骤如下：

① 选择"文件" |"获取外部数据" |"链接表"命令，打开与导入数据相似的链接对话框 。

② 以下步骤与导入数据类似，读者可以自己尝试。链接后形成的表的图标与数据源程序图标相似，而与 Access 生成的表的图标不同，其图标为 。

习   题

一、选择题

1. 表的组成内容包括（   ）。

    A. 查询和字段　　　　　　　　　　B. 字段和记录

    C. 记录和窗体　　　　　　　　　　D. 报表和字段

2. 利用 Access 创建"学生档案管理"数据库文件，其扩展名为（   ）。

    A. .adp　　　　　　B. .dbf　　　　　　C. .frm　　　　　　　D. .mdb

3. 数据类型是（   ）。

    A. 字段的另一种说法

    B. 决定字段能包含哪类数据的设置

C. 一类数据库的应用程序

D. 一类用来描述 Access 表向导允许从中选择的字段名称

4. Access 表中字段的数据类型不包括（　　）。

　　A. 文本　　　　　　B. 备注　　　　　　C. 通用　　　　　　D. 日期/时间

5. 修改表的结构只能在（　　）。

　　A. 数据表视图　　　B. 设计视图　　　　C. 表向导视图　　　D. 数据库视图

6. 在数据表视图中，不能（　　）。

　　A. 修改字段的类型　　　　　　　　　B. 修改字段的名称

　　C. 删除一个字段　　　　　　　　　　D. 删除一个记录

7. 要想在表中看到在表中与某个值匹配的所有数据，应该采取的方法是（　　）。

　　A. 查找　　　　　　B. 替换　　　　　　C. 筛选　　　　　　D. 查找或替换

二、应用题

1. 在 Access 中创建"学生档案管理"数据库。

2. 在"学生档案管理"数据库中，用"表向导"的方法创建表"学生信息表"和"个人简历表"，并设置相应主键。

3. 在"学生档案管理"数据库中，用"输入数据创建表"的方法创建表"家庭成员表"和"班级表"，并设置相应主键。

4. 在以上创建的四个表的基础上，建立它们之间的表关系。

5. 在设计视图向四个表中输入记录，并在"学生信息表"中创建"筛选"，选出所有男学生的信息。

第3章 查 询

查询是 Access 组织和提取数据的一种重要手段。使用查询，可以将多个表或查询中的数据组织到一起，为应用程序服务。本章将在介绍查询基础知识的同时，重点讲解如何使用查询向导创建各类查询以及如何在设计视图中创建查询。

3.1 查询的基本知识

在设计一个数据库时，为了节省存储空间，通常把数据分类并分别存储在多个表里，但这也相应地增加了浏览数据的复杂性。很多时候需要从一个或多个表中检索出符合条件的数据，以便执行相应的查看、计算等。查询实际上就是将这些分散的数据按一定的条件重新组织起来，形成一个动态的数据记录集合，而这个记录集合在数据库中并没有真正存在，只是在查询运行时从数据源表中抽取并生成，数据库中只保存查询的方式。当关闭查询时，动态数据集会自动消失。

3.1.1 查询的作用

查询的基本作用如下：

① 通过查询，人员可以浏览表中的数据，分析数据或修改数据。

② 利用查询可以使用户的注意力集中在符合筛选条件的数据上，而将当前不需要的数据忽略在查询之外。

③ 将经常处理的原始数据或统计计算定义为查询，可大大简化处理工作。用户不必每次都在原始数据上进行检索，从而提高了整个数据库的性能。

④ 查询的结果可以用于生成新的数据表，可以进行新的查询，还可以为窗体、报表和数据访问提供数据。

3.1.2 查询的类型

Access 支持五种查询类型：选择查询、参数查询、交叉表查询、操作查询和 SQL 查询。

1. 选择查询

选择查询是最常见的查询类型。它从一个或多个表中检索数据，用户可以通过选择查询来对记录进行分组，并对记录做总计、计数、平均值以及其他类型的总和计算。

2. 参数查询

参数查询在执行时会通过显示对话框来提示用户输入信息，从而检索相应的记录或值。例如，通过设计参数查询提示用户输入两个日期，检索在这两个日期之间出版的所有图书信息。

3. 交叉表查询

使用交叉表查询可以计算并重新组织数据的结构，这样可以更加方便地分析数据。交叉表查询计算数据的总计、平均值、计数或其他类型的总和。这种数据可分为两类信息：一类在数据表左侧排列；另一类在数据表的顶端显示。

4. 操作查询

操作查询是指通过执行查询，对数据表中的记录进行更改。操作查询分为以下四种。

① 生成表查询：将一个或多个表中数据的查询结果创建成新的数据表。生成表查询有助于数据表备份，也便于将数据导出到其他数据库中。

② 更新查询：根据指定条件对一个或多个表中的记录进行修改。

③ 追加查询：将查询结果添加到一个或多个表的末尾。

④ 删除查询：从一个或多个表中删除一组记录。

5. SQL 查询

SQL 查询是用户使用 SQL 语句时创建的查询，可以用结构化查询语言（SQL）来查询、更新和管理 Access。

在查询设计视图中创建查询时，Access 将在后台构造等效的 SQL 语句。实际上，在查询设计视图的属性表中，大多数查询属性在 SQL 视图中都有等效的可用子句和选项。如果需要，可以在 SQL 视图中查看和编辑 SQL 语句。但是，在对 SQL 视图中的查询做更改之后，查询可能无法再以更改前的显示方式进行显示。

3.2 创建选择查询

选择查询是最常见的一种查询方式。它从一个或多个表中检索数据，并且允许在可以更新记录（带有一些限制条件）的数据表中进行各种数据操作。用户也可以使用选择查询来对记录进行分组，并且对记录作总计、计数、平均以及其他类型总和的计算。选择查询的优点在于能将多个表或查询中的数据集合在一起，或对多个表或查询中的数据执行操作。

一般情况下，建立查询的方法有两种：使用查询向导和使用查询设计视图。下面分别介绍如何使用这两种方法创建查询。

3.2.1 使用向导创建选择查询

【例 3.1】查找并显示"职员资料"表中的"职员 ID"、"姓名"、"工资"、"身份证 ID"4 个字段。具体操作步骤如下：

① 在"工资管理系统"数据库窗口左侧单击"查询"对象，然后双击"使用向导创建查询"选项。这时弹出"简单查询向导"第一个对话框，如图 3-1 所示。

② 在"简单查询向导"第一个对话框中，单击"表/查询"下拉列表框右侧的下三角按钮，从弹出的列表中选择"表：职员资料"选项。这时，"可用字段"列表框中显示"职员资料"表中包含的所有字段。分别双击"职员 ID"、"姓名"、"工资"、"身份证 ID"4 个字段，把它们添加到"选定的字段"列表框中，结果如图 3-2 所示。

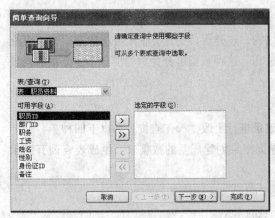 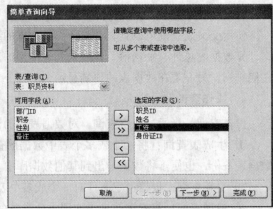

图 3-1 "简单查询向导"对话框　　　　　　图 3-2 添加字段后的查询向导对话框

③ 确定所需字段后,单击"下一步"按钮。这时屏幕显示"简单查询向导"第二个对话框,如图 3-3 所示。在"请为查询制定标题"文本框中输入查询名称,也可以使用默认的"职员资料查询",这里就使用默认的标题。如果要打开查询查看结果,则选择"打开查询查看信息"单选按钮;如果要修改查询设计,则选择"修改查询设计"单选按钮。这里选择"打开查询查看信息"单选按钮。

④ 单击"完成"按钮。Access 创建查询结束,并将查询结果显示在屏幕上,如图 3-4 所示,显示了"职员资料"表中的一部分信息,也就是需要检索的信息。

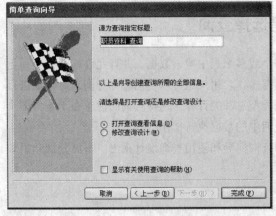 

图 3-3 指定查询标题对话框　　　　　　图 3-4 查询结果显示窗口

3.2.2　在设计视图中创建选择查询

在 Access 中,查询有 3 种视图:设计视图、数据表视图和 SQL 视图。使用设计视图不仅可以创建各种类型的查询,也可以对查询进行修改。

1. 设计视图

查询设计视图窗口分为两个部分,上部显示查询所使用的表对象,下部是定义查询设计的网格。查询设计网格每一列对应着查询结果数据集中的一个字段,每一行分别是字段的属性和要求。

● 字段:设置定义查询对象时要选择的表对象的字段。

- 表：设置字段的来源。
- 排序：定义字段的排序方式。
- 显示：设置选择的字段是否在数据表视图中显示出来。
- 条件：设置字段限制条件。

2．使用设计视图建立新查询

【例 3.2】查找并显示"职员资料"表中的"职员 ID"、"姓名"、"工资"、"身份证 ID"4 个字段。

具体操作步骤如下：

① 在"工资管理系统"数据库窗口中，单击"查询"对象，然后双击"在设计视图中创建查询"选项，将显示查询的设计视图，并弹出如图 3-5 所示的对话框。

② 在"显示表"对话框中单击"表"选项卡，然后双击"职员资料"表，此时"职员资料"表添加到查询设计视图的上半部分中，然后单击"关闭"按钮。

③ 双击"职员资料"表中的"职员 ID"、"姓名"、"工资"、"身份证 ID"，此时这 4 个字段依次显示在设计视图下面窗格的"字段"行的相应列中，同时"表"行显示出这些字段所在表的名称，如图 3-6 所示。

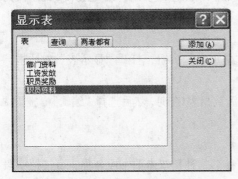
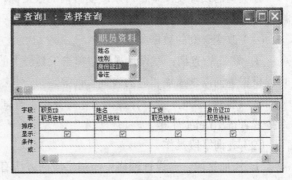

图 3-5 "显示表"对话框   图 3-6 选择查询设计视图

④ 单击工具栏上的"保存"按钮，弹出"另存为"对话框，在"查询名称"文本框中输入"职员资料 2"，如图 3-7 所示。

⑤ 单击工具栏上的"运行"按钮，运行查询并显示查询结果，如图 3-8 所示。

图 3-7 "另存为"对话框   图 3-8 查询结果

3. 使用设计视图修改查询设计

查询建立后，用户可以通过查询的设计视图修改查询设计。操作方法是在"查询"对象中选中要修改的查询，然后单击"设计"按钮，如图 3-9 所示。

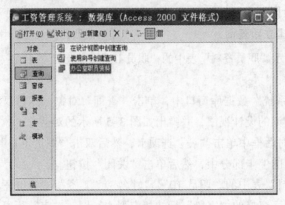

图 3-9　打开查询的设计视图

在查询的设计视图中，可以改变查询的数据源，增加、删除查询字段，改变原来查询字段的顺序等。

（1）改变查询的数据源

① 添加表/查询：在设计视图中单击工具栏上的"显示表"按钮，打开"显示表"对话框，可以根据查询需求添加相应的表或查询等。

② 删除表/查询：在设计视图上半部分单击查询的源数据表/查询，然后选择"编辑"|"删除"命令或者按【Delete】键。

（2）查询字段操作

① 添加字段：向设计网格中添加字段的方法有两种。一种是双击源字段名称，直接把字段从源字段列表中拖动到设计网格中；另一种是在网格字段行中选择相应的字段。其中"*"表示选择所有的字段，可以直接将"*"添加到设计网格中。

② 插入字段：从设计视图上半部分源字段列表中选择要插入的字段，然后用鼠标直接拖动到目的位置。

③ 删除字段：将鼠标指向要删除字段的最上方，单击鼠标左键以选中整列，然后选择"编辑"|"删除"命令或者按【Delete】键。

④ 改变字段顺序：选中要移动的一个或多个字段，然后用鼠标将字段拖放到目的位置。

3.2.3　多表查询

例 3.1 和例 3.2 是从一个表中检索需要的数据。下面的例 3.3 实现了多表查询，查询的结果信息来源于多个数据表。

【例 3.3】查询在办公室中的职员资料，并显示"部门资料"表中的"部门名称"字段和"职员资料"表中的"姓名"、"职务"和"工资"字段。

具体操作步骤如下：

① 在"工资管理系统"数据库窗口中单击"查询"对象，然后双击"在设计视图中创建查询"选项，显示查询的设计视图，并弹出"显示表"对话框，如图 3-10 所示。

② 在"显示表"对话框中，单击"表"选项卡，然后分别双击"部门资料"和"职员资料"，将"部门资料"表和"职员资料"表添加到查询设计视图的上半部分中，然后单击"关闭"按钮。

③ 双击"部门资料"表中的"部门名称"和"职员资料"表中的"姓名"、"职务"和"工资"，此时这4个字段依次显示在设计视图下面窗格的"字段"行的相应列中，同时"表"行显示出这些字段所在表的名称，并在"部门名称"字段所在列的"条件"行输入查询条件"办公室"，如图 3-11 所示。

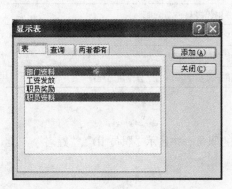

图 3-10 "显示表"对话框

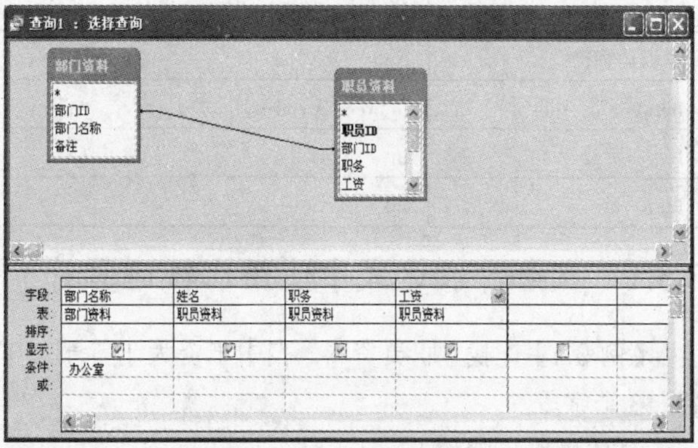

图 3-11 查询设计视图

④ 单击工具栏上的"保存"按钮，出现"另存为"对话框，在"查询名称"文本框中输入"办公室职员资料"，如图 3-12 所示。

⑤ 单击工具栏上的"运行"按钮，运行查询并显示查询结果，如图 3-13 所示。

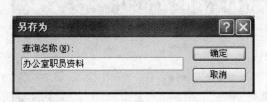

图 3-12 "另存为"对话框

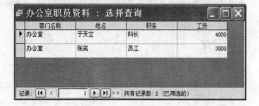

图 3-13 查询结果

3.3 创建条件查询

通过上面两节的例子，知道可以在查询的设计视图上添加查询条件。那么如何准确有效地添加查询条件呢？首先应该考虑为哪些字段添加条件，其次是如何在查询中添加条件。较难掌握的是如何将自然语言变成 Access 可以理解的表达式。这就需要先了解 Access 中表达式的基本知识。表 3-1 列出了表达式中常量的写法，表 3-2 列出了表达式中的常用符号。

表 3-1 表达式中常量的写法

常 量 类 型	写 法	举 例
数字型	直接输入数值	123，123.4
文本型	直接输入文本或者以双引号括起来	英语，"英语"
日期型	直接输入或者用符号"#"括起来	76-1-1，#76-1-1#
是/否型	Yes/No 或者 True/False	Yes/No，True/False

表 3-2　表达式中的常用符号

名　称	描　述	含　义
数学运算符	+, -, *, /	分别代表加、减、乘、除
比较运算符	=, >, >=, <, <=, <>	分别代表等于、大于、大于等于、小于、小于等于、不等于
连接运算符	&	表示将两个值连接。例如："ab"&"cd"结果为 "abcd"
逻辑运算符	And、Or、Not	分别代表与、或、非
Between … And …	Between A and B	指定 A 到 B 之间的范围
In	In	指定一系列值的列表
Like	Like	指定某类字符串，配合使用通配符

3.3.1　在条件表达式中使用比较运算符

【例 3.4】查找 "职员资料" 表中工资大于等于 4 000 的职员，并显示 "职员 ID"、"姓名"、"工资" 3 个字段。

具体操作步骤如下：

① 参照例 3-2 中的步骤①～步骤③，切换到选择查询设计视图，并选中 "职员 ID"、"姓名"、"工资" 3 个字段。在 "工资" 字段所在列的 "条件" 行输入 ">=4000"，如图 3-14 所示。

② 单击 "运行" 按钮，查询结果如图 3-15 所示。

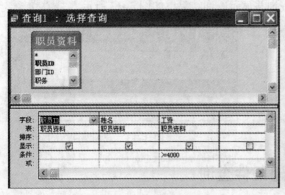

图 3-14　设置比较运算符　　　　　　　图 3-15　比较运算符查询结果

③ 保存查询。

3.3.2　在条件表达式中使用 BETWEEN 运算符

【例 3.5】查找 "职员资料" 表中工资在 4 000～5 500 之间的职员，并显示 "职员 ID"、"姓名"、"工资" 3 个字段。

具体操作步骤如下：

① 参照例 3-2 中的步骤①～步骤③，切换到选择查询设计视图，并选中 "职员 ID"、"姓名"、"工资" 3 个字段，在 "工资" 字段所在列的 "条件" 行输入条件：Between 4000 And 5500，如图 3-16 所示。

② 单击"运行"按钮，查询结果如图 3-17 所示。

图 3-16　设置 BETWEEN 运算符　　　　图 3-17　BETWEEN 运算符查询结果

③ 保存查询。

3.3.3　在条件表达式中使用 IN 运算符

【例 3.6】查找职员资料表中工资为 3 000、4 000 和 5 000 的职员，并显示"职员 ID"、"姓名"、"工资" 3 个字段。

具体操作步骤如下：

① 参照例 3-2 中的步骤①～步骤③，切换到选择查询设计视图，并选中"职员 ID"、"姓名"、"工资" 3 个字段，在"工资"字段所在列的条件行输入条件：IN（3000，4000，5000），如图 3-18 所示。

② 单击"运行"按钮，查询结果如图 3-19 所示。

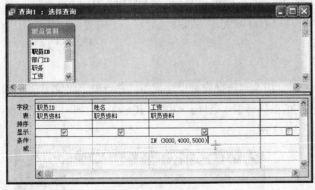

图 3-18　设置 IN 运算符　　　　　　　图 3-19　IN 运算符查询结果

③ 保存查询。

3.3.4　在条件表达式中使用 LIKE 运算符和通配符

LIKE 指定某类字符串，配合使用通配符。通配符"?"表示任意单一字符；通配符"*"表示零个或多个字符；通配符"#"表示任意一个数字。例如，若要查找姓"王"的人，则条件为 LIKE "王*"；若要查找姓名为两个字并且姓"王"的人，则条件为 LIKE"王?"；若要查找姓名中含有"王"

的人，则条件为 LIKE "*王*"。

【例 3.7】查找"职员资料"表中所有姓"王"的职员，并显示"职员 ID"、"姓名"、"工资" 3 个字段。

具体操作步骤如下：

① 参照例 3-2 中的步骤①～步骤③，切换到选择查询设计视图，并选中"职员 ID"、"姓名"、"工资" 3 个字段，在"姓名"字段所在列的"条件"行输入条件：LIKE"王*"，如图 3-20 所示。

② 单击"运行"按钮，查询结果如图 3-21 所示。

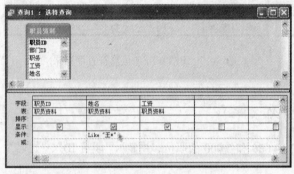

图 3-20　设置 LIKE 运算符和通配符　　　图 3-21　LIKE 运算符和通配符查询结果

③ 保存查询。

3.3.5　在条件表达式中使用 AND 和 OR 组合条件表达式

AND、OR 和 NOT 可以将表达式组合。例如，若要查找 1～10 之间的数，则条件可以写为：>= 1 AND <= 10；若要查找不及格或优秀的学生，则条件可以写为：> 89 OR < 60。

【例 3.8】查找"职员资料"表中工资小于 4 000 或大于 6 000 元的职员，并显示"职员 ID"、"姓名"、"工资" 3 个字段。

具体操作步骤如下：

① 参照例 3-2 中的步骤（1）～步骤（3），切换到选择查询设计视图，并选中"职员 ID"、"姓名"、"工资" 3 个字段，在"姓名"字段所在列的条件行输入条件：<4000 OR >6000，如图 3-22 所示。

② 单击"运行"按钮，查询结果如图 3-23 所示。

图 3-22　设置组合运算符　　　　　图 3-23　组合运算符查询结果

③ 保存查询。

3.4 创建参数查询

参数查询是利用对话框提示用户输入参数，并检索符合所输入参数的记录或值。在 Access 中，用户可以创建单参数查询和多参数查询。

3.4.1 单参数查询

【例 3.9】创建参数查询，根据用户输入的职员资料表名称查询相关信息。要求查询结果显示"职员 ID"、"部门 ID"、"职务"、"姓名"、"工资"和"身份证 ID"字段，运行时提示信息显示"请输入职员姓名"。

具体操作步骤如下：

① 打开"工资管理系统"数据库，单击"查询"对象，双击"在设计视图中创建查询"选项。

② 在弹出的"显示表"对话框中双击"职员资料"表，然后单击"关闭"按钮。

③ 在查询设计视图中将"职员 ID"、"部门 ID"、"职务"、"姓名"、"工资"和"身份证 ID" 6 个字符段添加到设计网格的"字段"行上。

④ 在"姓名"字段列的"条件"行输入"[请输入姓名：]"，如图 3-24 所示。

图 3-24 单参数查询的设计视图

⑤ 单击工具栏上的"保存"按钮，输入查询的名称为"职员资料查询"，然后单击"确定"按钮。

⑥ 单击工具栏上"运行"按钮，屏幕出现提示信息为"请输入姓名："的"输入参数值"对话框，输入"张笑"，如图 3-25 所示，单击"确定"按钮。此时可以看到查询结果，如图 3-26 所示。

图 3-25 "输入参数值"对话框

图 3-26 单参数查询运行结果

通过此例可以知道，在 Access 中创建参数查询就是在创建查询时，在查询条件区域中输入用方括号"[]"括起来的提示文本信息。

3.4.2 多参数查询

用户还可以创建多参数查询，通过输入多个条件来检索指定记录。

【例 3.10】创建多参数查询，提示用户输入要查询的最低工资和最高工资，查询工资在最低工资和最高工资之间的职员信息。

具体操作步骤如下：

① 打开"工资管理系统"数据库，单击"查询"对象，双击"在设计视图中创建查询"选项。

② 在弹出的"显示表"对话框中双击"职员资料"表，然后单击"关闭"按钮。

③ 在查询设计视图中将"职员ID"、"部门ID"、"职务"、"姓名"、"工资"和"身份证ID"6个字符段添加到设计网格的"字段"行上。

④ 在"工资"字段列的"条件"行输入"BETWEEN [最低工资] AND [最高工资]"，如图3-27所示。

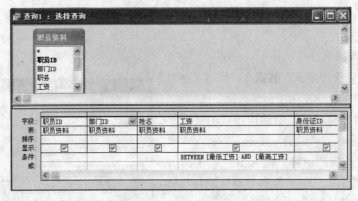

图3-27　多参数查询的设计视图

⑤ 单击工具栏上的"保存"按钮，输入查询的名称"员工信息多参查询"，然后单击"确定"按钮，再单击工具栏上的"运行"按钮，系统会提示用户输入参数"最低工资"，输入"3000"，如图3-28所示，单击"确定"按钮后，系统提示用户继续输入参数"最高工资"，输入"6000"，如图3-29所示，单击"确定"按钮后，就可以看到检索到的工资在3 000～6 000之间的职员信息，如图3-30所示。

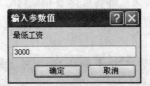

图3-28　第一个参数

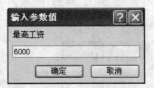

图3-29　第二个参数

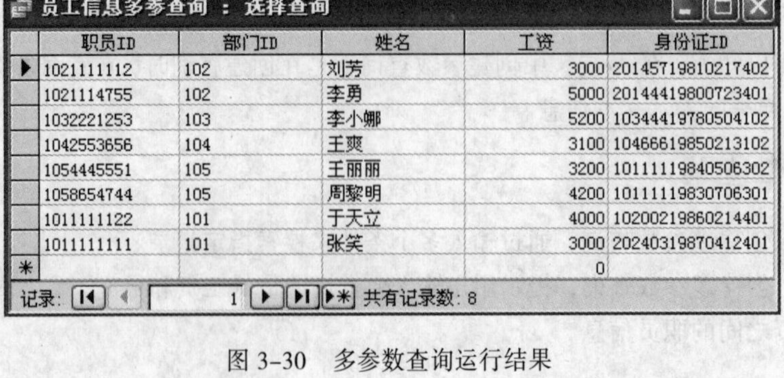

职员ID	部门ID	姓名	工资	身份证ID
▶ 1021111112	102	刘芳	3000	20145719810217402
1021114755	102	李勇	5000	20144419800723401
1032221253	103	李小娜	5200	10344419780504102
1042553656	104	王爽	3100	10466619850213102
1054445551	105	王丽丽	3200	10111119840506302
1058654744	105	周黎明	4200	10111119830706301
1011111122	101	于天立	4000	10200219860214401
1011111111	101	张笑	3000	20240319870412401
＊			0	

记录: ◄◄ ◄ 1 ► ►► ►＊ 共有记录数: 8

图3-30　多参数查询运行结果

3.5 使用向导创建交叉表查询

使用交叉表查询可以计算并重新组织数据的结构，这样可以更加方便地分析数据。交叉表查询计算数据的总计、平均值、计数或其他类型的总和。这种数据可分为两组信息：一类在数据表左侧排列，另一类在数据表的顶端。

【例 3.11】使用向导创建交叉表查询，显示不同部门职员的工资总额，并且统计出每个部门职员工资的最高金额。其中数据表左侧排列的为"部门 ID"字段，以及"总计工资"字段（显示该部门职员工资的最高金额），数据表顶端排列的为职员姓名，每个单元格的数据为职员的工资金额。

具体操作步骤如下：

① 打开"工资管理系统"数据库，单击"查询"对象，单击"新建"按钮，如图 3-31 所示。

② 在"新建查询"对话框下，选择"交叉表查询向导"选项，单击"确定"按钮，如图 3-32 所示。

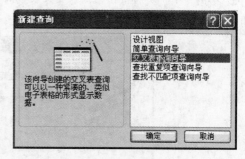

图 3-31 工资管理系统界面　　　　　　图 3-32 选择交叉表查询

③ 弹出"交叉表查询向导"对话框，选择"职员资料"表，单击"下一步"按钮，如图 3-33 所示。

④ 利用"选择"按钮 ▷ 选中"部门 ID"字段移入"选定字段"列表框中，如图 3-34 所示。

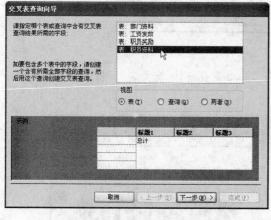
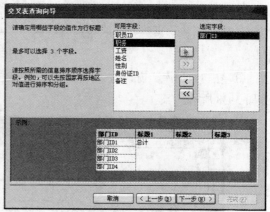

图 3-33 选择"职员资料"表　　　　　　图 3-34 添加"部门 ID"字段

⑤ 单击"下一步"按钮，选择"姓名"字段，如图 3-35 所示。

⑥ 单击"下一步"按钮，在确定交叉点计算对话框中，在"字段"列表框中选择"工资"

字段，在"函数"列表框中选择"最大值"字段，如图 3-36 所示。

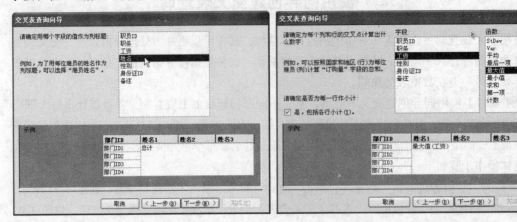

图 3-35 选择"姓名"字段   图 3-36 选择"工资"和"最大值"选项

⑦ 单击"下一步"按钮，输入交叉表查询名称："职员工资统计_交叉表"，单击"完成"按钮如图 3-37 所示。

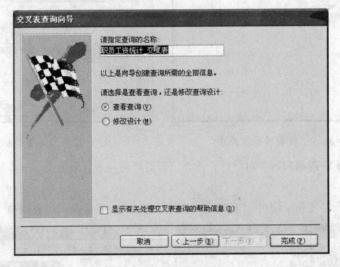

图 3-37 定义查询名称

⑧ 在"数据库"窗口的"查询"对象中双击"职员工资统计_交叉表"，将会显示记录集，如图 3-38 所示。

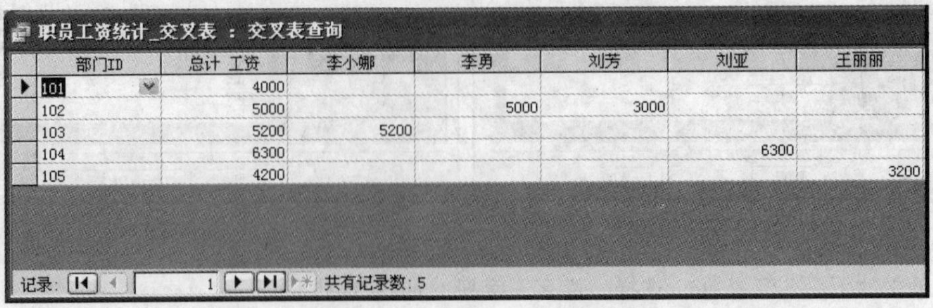

部门ID	总计 工资	李小娜	李勇	刘芳	刘亚	王丽丽
101	4000					
102	5000		5000	3000		
103	5200	5200				
104	6300				6300	
105	4200					3200

记录: 14 ◀ 1 ▶ ▶I ▶* 共有记录数: 5

图 3-38 职员工资统计_交叉表

3.6 操 作 查 询

在数据库应用中，经常需要大量地移动数据。例如在学生管理系统中，需要将每年毕业的学生信息追加到"已毕业学生信息表"中，并且将这些信息从"在校学生信息表"中删除。这样的操作既要检索记录，又要更新记录。根据功能的不同，操作查询分为生成表查询、更新查询、追加查询和删除查询。

操作查询的运行与选择查询、交叉表查询和参数查询的运行有很大不同。选择查询、交叉表查询和参数查询的运行结果是从数据基本表中生成的动态记录的组合，并没有物理存储，也没有修改基本表中的记录，用户可以直接在数据视图中查看查询结果。而操作查询的结果是对数据表的创建或更新，运行结果无法在数据视图中查看，只能通过打开操作的表对象浏览。由于操作查询可能对基本表中的数据进行大量的修改或删除操作，为了避免错误运行操作查询带来的损失，在"查询"对象窗口中每个操作查询图标都有一个感叹号，以提醒用户注意。

3.6.1 生成表查询

生成表查询利用一个或多个表中的全部或部分数据创建新表。

【例 3.12】将职员通过科技贡献获得奖金的信息存储到一个新表中，数据表名称为"科技贡献信息表"，新表字段为"职员 ID"、"部门 ID"、"奖励金额"和"奖励日期"。

具体操作步骤如下：

① 打开"工资管理系统"数据库，单击"查询"对象，双击"在设计视图中创建查询"选项。

② 在"显示表"对话框中双击"职员奖励"表，然后单击"关闭"按钮。

③ 在查询设计视图中将"职员 ID"、"部门 ID"、"奖励原因"、"奖励金额"和"奖励日期" 5 个字符段添加到设计网格的"字段"行上。

④ 在"奖励原因"字段列的"条件"行输入"科技贡献"，如图 3-39 所示。

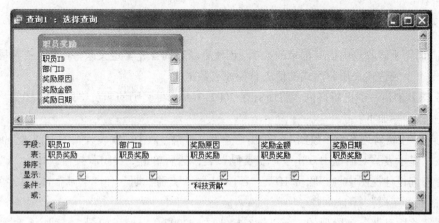

图 3-39 查询设计图

⑤ 在"查询"菜单中或在工具栏上单击"查询类型"按钮 右边下三角按钮，选择"生成表查询"选项，弹出"生成表"对话框，如图 3-40 所示。

⑥ 在"表名称"文本框中输入要创建的表名"科技贡献奖励信息表",选择"当前数据库"单选按钮,然后单击"确定"按钮。

⑦ 单击工具栏上的"保存"按钮,输入查询的名称"科技贡献奖励查询",然后单击"确定"按钮。

⑧ 单击工具栏上的"运行"按钮。由于查询结果要生成一个新的数据表,因此屏幕出现一个提示框,提示用户将要向新创建的表中添加记录,如图 3-41 所示。

图 3-40 "生成表"对话框

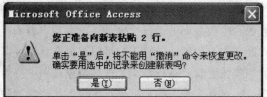

图 3-41 生成表提示框

⑨ 单击"是"按钮,Access 将在"表"对象中创建新的数据表"职员科技贡献信息表"。在工资管理系统中单击"表"对象,可以看到新增的"职员科技贡献信息表"。双击"职员科技贡献信息表",将会显示此表中的数据,如图 3-42 所示。

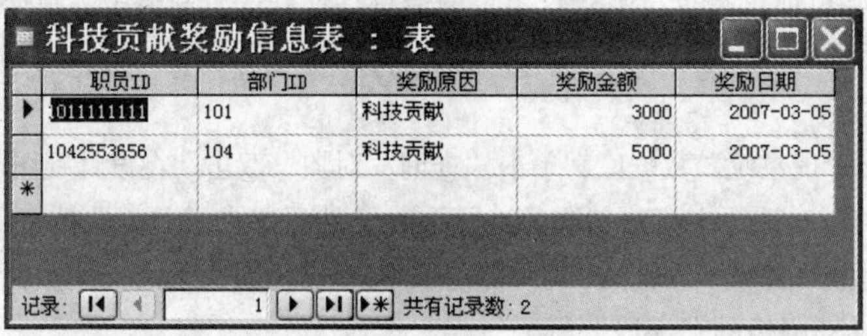

职员ID	部门ID	奖励原因	奖励金额	奖励日期
1011111111	101	科技贡献	3000	2007-03-05
1042553656	104	科技贡献	5000	2007-03-05

图 3-42 职员科技贡献信息表

3.6.2 更新查询

更新查询用于修改表中已有记录的数据。创建更新查询首先要定义条件准则、找到目标记录,还需要提供一个表达式,用表达式的值去替换原有数据。

【例 3.13】创建一个更新查询,将所有在 2007-3-5 获得奖励的职员奖励增加 10%。

具体操作步骤如下:

① 打开"工资管理系统"数据库,单击"查询"对象,双击"在设计视图中创建查询"选项。

② 在"显示表"对话框中双击"职员奖励"表,然后单击"关闭"按钮。

③ 在查询设计视图中将"职员 ID"、"部门 ID"、"奖励日期"和"奖励金额"4 个字段添加到设计网格的"字段"行上。

④ 在"奖励日期"字段列的"条件"行输入"=#2007-3-5#",如图 3-43 所示。

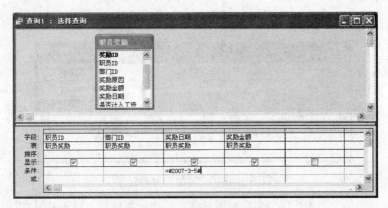

图 3-43 更新查询日期条件

⑤ 选择"查询" | "更新查询"命令。此时设计网格增加"更新到"行，在"奖励金额"列的"更新到"单元格中输入"[奖励金额]*1.1"，如图 3-44 所示。

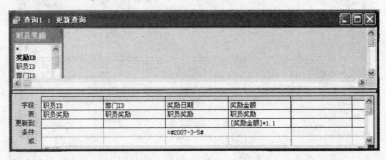

图 3-44 更新查询设计视图

⑥ 单击工具栏上的"保存"按钮，输入查询的名称"2007.3.5 获得奖励职员信息表"，然后单击"确定"按钮。

⑦ 单击工具栏上的"运行"按钮。由于查询结果要修改原数据表中的数据，因此屏幕弹出一个提示框，提示用户将要更新记录，如图 3-45 所示。

图 3-45 更新查询提示框

⑧ 单击"是"按钮，将执行更新查询。查询执行后切换到"工资管理系统"数据库窗口，选择"表"对象，打开"职员奖励"表就可以看到所有获得奖励的职员奖励金额都已经被更新。

3.6.3 追加查询

追加查询可将查询结果追加到其他表中。这种查询以查询设计视图中添加的表为数据源表，在"追加"对话框选定的表为目标表。

【例 3.14】创建一个追加查询，用来在"职员奖励"表中添加"科技贡献"的编号。

具体操作步骤如下：

① 打开"工资管理系统"数据库，单击"查询"对象，双击"在设计视图中创建查询"选项。

② 在弹出的"显示表"对话框中双击"职员奖励"表，然后单击"关闭"按钮。

③ 在窗口中右击"右键"，选择快捷菜单中的"查询类型" | "追加查询"命令，弹出"追加"

对话框，在"表名称"文本框中输入"职员奖励"，如图 3-46 所示。

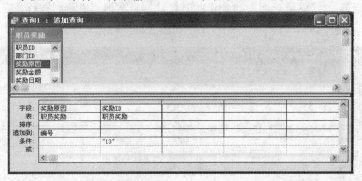

图 3-46 "追加"对话框

④ 在"职员奖励"表中选择"奖励原因"字段，在追加到行中输入"编号"，在第二列第一行中选"奖励 ID"字段的"条件"行中输入""13""，如图 3-47 所示。

图 3-47 "追加查询"设计视图

⑤ 打开"职员奖励"表则看到增加了表项"奖励 ID"，如图 3-48 所示。

图 3-48 追加"奖励 ID"字段后的"职员奖励"表

3.6.4 删除查询

删除查询可以从一个或多个表中删除符合指定条件的记录。使用删除查询将删除整个记录，而不是删除记录中的所选字段。

【例 3.15】创建一个删除查询，删除"职员奖励"表中所有 2007-3-5 获得奖励的职员信息。具体操作步骤如下：

① 打开"工资管理系统"数据库，单击"查询"对象，双击"在设计视图中创建查询"选项。

② 在"显示表"对话框中双击"职员资料"表，然后单击"关闭"按钮。

③ 在查询设计视图中将"奖励日期"字段添加到设计网格的"字段"行上。

④ 在"查询"菜单中或者在工具栏上单击"查询类型"按钮右边的下三角按钮，选择"删除查询"命令。此时设计网格中会出现"删除"行，输入 Where，并在"条件"行输入"=#2007-3-5#"，如图 3-49 所示。

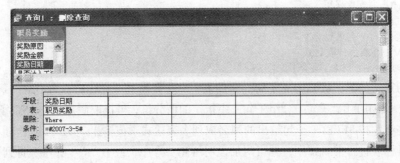

图 3-49 删除查询设计视图

⑤ 单击工具栏上的"保存"按钮，输入查询的名称"删除 2007 年获得奖励的职员信息"，然后单击"确定"按钮。

⑥ 单击工具栏上的"运行"按钮。由于查询运行删除"职员奖励"表中的数据，因此屏幕出现一个提示框，提示用户将要删除记录，如图 3-50 所示。

⑦ 单击"是"按钮，执行删除查询。查询执行后切换到工资管理系统数据库窗口，选择"表"对象，打开"职员奖励"表就可以看到所有 2007-3-5 获得奖励的职员信息都已经被删除。

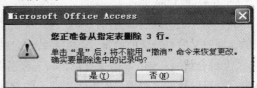

图 3-50 删除查询提示框

3.7 SQL 查询

SQL 是 Structured Query Language（结构化查询语言）的缩写。SQL 是专为数据库而建立的操作命令集，是一种功能齐全的数据库语言。在使用它时，只需要发出"做什么"的命令，"怎么做"是不用考虑的。SQL 的功能强大、简单易学、使用方便，已经成为数据库操作的基础，并且现在几乎所有的数据库均支持 SQL。

SQL 是一种数据库子语言，可以被嵌入到任何一种语言中，从而使其具有数据库存取功能。SQL 不是严格的结构式语言，它的句法更接近英语，因此易于理解。大多数 SQL 语句都是直述其意，读起来就像自然语言一样明了。SQL 还是一种交互式查询语言，允许用户直接查询存储数据。利用这一交互特性，用户可以在很短时间内回答相当复杂的问题，而同样的问题若让程序员编写相应的报表程序，则可能要用几个星期甚至更长时间来完成。

这里只对 SQL 语言作一个简单的讲解，要学习 SQL 语言的详细内容，读者可参阅本书第 7 章。

3.7.1 SQL 语句简介

1. SQL 查询及其语句

查询是 SQL 语句的核心，常用的 SQL 语句包括 SELECT、INSERT、UPDATE、DELETE、CREATE

以及 DROP 等。而用于表达 SQL 查询的 SELECT 语句则是功能最强大也是最为复杂的 SQL 语句，它从数据库检索数据，并将查询结果提供给用户。

完整的 SELECT 语句可以有 6 个子句。其完整的语法如下：

```
SELECT 目标表达列名或列表表达式集合
FROM 基本表或视图
[WHERE 条件表达式]
[GROUP BY 列表结合]
[HAVING 组条件表达式]
[ORDER BY 列名 [集合] …]
```

整个语句定义如下：从 FROM 子句列出的表中，选择满足 WHERE 子句中给出条件表达式的元组，然后按 GROUP BY 子句（分组子句）中指定的值分组，再提取满足 HAVING 子句中组条件表达式的那些组，按 SELECT 子句给出的列名或列表表达式求值输出。ORDER 子句（排序子句）是对输出的目标表进行重新排序，并可附加说明 ASC（升序）或 DESC（降序）排列。

例如，查询姓名为张笑的职员的相关资料，如"职员 ID"、"部门 ID"、"职务"、"姓名"、"工资"和"身份证 ID"。用 SQL 语句实现如下：

```
SELECT  职员 ID,部门 ID,职务,姓名,工资,身份证 ID
FROM    职员资料
WHERE   姓名="张笑"
```

2. SQL 的特点

SQL 语言之所以能够为用户和业界所接受并成为国际标准，是因为它是一个综合的、功能极强的，同时又简单易学的语言，其主要特点包括：

① 综合统一。SQL 集数据查询语言、数据操纵语言、数据控制语言的功能于一体，其语言风格统一，可以独立完成数据库生命周期中的全部活动，包括定义关系模式、录入数据、建立数据库、查询数据、更新维护数据、数据库重构、数据库安全性控制等一系列操作要求，这就为数据库应用系统提供了良好的环境。用户在数据库投入运行后，还可以根据需要随时地、逐步地修改模式，并且不影响数据库运行，从而使系统具有良好的扩充性。

② 高度非过程化。SQL 具有高度的非过程化的特点，只要提出"做什么"，而无须指出"怎样做"，大大减轻了用户的负担，也有利于提高数据独立性。

③ 面向集合的操作模式。SQL 采用集合操作方式，不仅插入、删除、更新操作的对象是元组的集合，而且操作的结果也是元组的集合。

④ 以同一种语法结构提供两种使用方式。SQL 既是自含式语言，又是嵌入式语言。作为自含式语言，它能够独立地用于联机交互的使用方式，用户可以在终端键盘上直接键入 SQL 命令对数据库进行操作。作为嵌入式语言，SQL 能够嵌入到高级语言（如 C 语言）程序中，供程序员设计程序时使用。而两种不同的使用方式下，SQL 的语法结构基本上是一致的。这种以统一的语法结构提供两种不同使用方式的做法，为用户提供了极大的灵活性与方便性。

⑤ 语言简洁、易学易用。SQL 功能极强，但由于设计巧妙，语言十分简洁，完成数据定义、数据操纵、数据控制的核心功能只用了 9 个动词；而且 SQL 语法简单，接近英语口语，因此容易学习，容易使用。

3.7.2　创建 SQL 查询

SQL 查询是使用 SQL 语句创建查询。SQL 语句可以用来查询、更新和管理 Access 这样的关系数据库。

在查询设计视图创建查询时，Access 将在后台构造等效的 SQL 语句。事实上，在查询设计图的属性表中，大多数的查询属性在 SQL 视图中都有可用的等效子句和选项，用户可以在 SQL 视图中查看和编辑 SQL 语句。图 3-51 给出了姓名为张笑的职员的相关资料信息的 SQL 视图查询。

图 3-51　职员信息查询的 SQL 视图

对于熟悉 SQL 语句的用户，可以直接在 SQL 视图中书写 SQL 语句完成对数据库的查询和更新。通过 SQL 视图，用户也可以很方便地把 SQL 语句复制到其他应用程序中，如 VB 程序或 ASP 程序中。操作方法是先在设计视图中实现查询，然后切换到 SQL 视图，将 SQL 语句复制到应用程序中，这种方法方便其他语言的程序开发人员实现对数据库的操纵。

3.7.3　创建 SQL 特定查询

在 Access 中某些 SQL 查询不能在查询对象的设计网格中创建，这些查询称为 SQL 特定查询，包括联合查询、传递查询、数据定义查询和子查询。对于联合查询、传递查询和数据定义查询，必须直接在 SQL 视图中创建 SQL 语句。对于子查询，则要在查询设计网格的"字段"行或"条件"行中输入 SQL 语句。

1. 联合查询

联合查询将两个或多个表或查询中的字段合并到查询结果的一个字段中。使用联合查询可以合并两个表中的数据。

2. 传递查询

传递查询使用服务器能接受的命令并且直接将命令发送到 ODBC 数据库，如 Microsoft SQL Server。例如，可以使用传递查询来检索记录或更改数据。使用传递查询可以不必连接服务器上的表而直接使用他们。传递查询对于在 ODBC 服务器上运行存储过程也很有用。

3. 数据定义查询

数据定义查询可以创建、删除或变更表，也可以在数据库表中创建索引。例如，下面的数据定义查询使用 CREATE TABLE 语句创建名为"朋友"的表：

```
CREATE TABLE  朋友
([朋友 ID])integer
[姓名] text,
[出生日期] date,
[电话] text,
```

[备注] memo,
CONSTRAINT[Index1] PRIMARY KEY ([朋友ID]);

4. 子查询

子查询由另一个查询或操作查询之内的 SQL SELECT 语句组成。用户可以在查询设计网格的"字段"行输入这些语句来定义新字段，或在"条件"行来定义字段的条件。

习　　题

一、选择题

1. 在 Access 中已建立了"工资"表，表中包括"职工号"、"所在单位"、"基本工资"和"应发工资"等字段，如果要按单位统计应发工资总数，那么在查询设计视图的"所在单位"的"总计"行和"应发工资"的"总计"行中分别选择的是（　　）。

   A. sum, group by

   B. count, group by

   C. group by, sum

   D. group by, count

2. 在创建交叉表查询时，列标题字段的值显示在交叉表的位置是（　　）。

   A. 第一行　　　　　　B. 第一列　　　　　　C. 上面若干行　　　　　D. 左面若干列

3. 若在某表中查找所有姓"王"的记录，可以在查询设计视图的准则行中输入（　　）。

   A. Like "王"

   B. Like "王 *"

   C. ="王 "

   D. ="王 *"

4. 图 3-52 所示为查询设计视图的"设计网格"部分，从此部分所示的内容中可以判断出要创建的查询是（　　）。

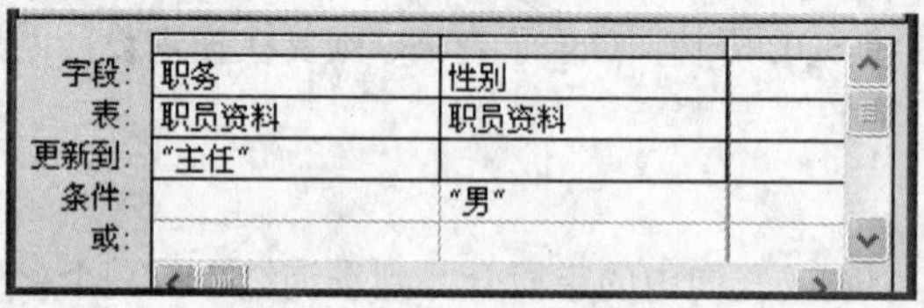

图 3-52　选择题 4 图

   A. 删除查询　　　　　B. 生成表查询　　　　C. 选择查询　　　　　D. 更新查询

5. 图 3-53 显示的是查询设计视图，从设计视图所示的内容中判断此查询将显示（　　）。

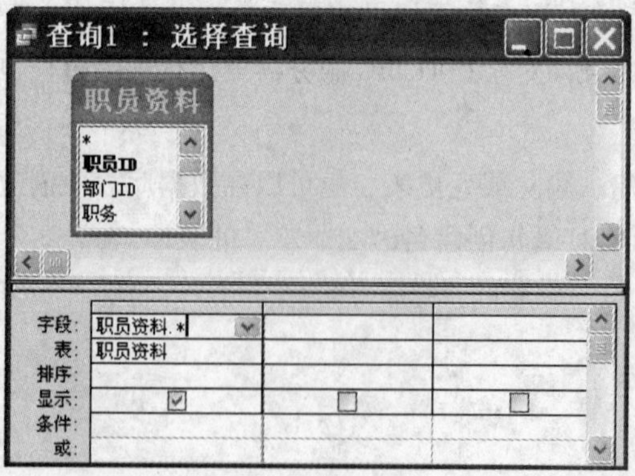

图 3-53　选择题 5 图

A. 出生日期字段值　　　　　　　　　　B. 所有字段值

C. 除出生日期以外的所有字段值　　　　D. 雇员 ID 字段值

6. 下列不属于操作查询的是（　　　　）。

A. 参数查询　　　　B. 生成表查询　　　C. 更新查询　　　　D. 删除查询

7. 以下关于查询的叙述正确的是（　　　　）。

A. 只能根据数据表创建查询　　　　　　B. 只能根据已建查询创建查询

C. 可以根据数据表和已建查询创建查询　D. 不能根据已建查询创建查询

8. Access 支持的查询类型有（　　　　）。

A. 选择查询、交叉表查询、参数查询、SQL 查询和操作查询

B. 基本查询、选择查询、参数查询、SQL 查询和操作查询

C. 多表查询、单表查询、交叉表查询、参数查询和操作查询

D. 选择查询、统计查询、参数查询、SQL 查询和操作查询

二、简答题

1. 如何在查询中提取多个表或查询中的数据？

2. 如何用子查询来定义字段或定义字段的准则？

三、应用题

1. 设计一个查询显示所有学生的"学号"、"姓名"、"班级名称"和"入学成绩"字段。

2. 设计一个查询显示所有任课教师的"学号"和"姓名"字段。

3. 设计一个查询显示最高分的学生的"学号"、"姓名"、"班级代号"和"入学成绩"字段。

4. 设计一个查询显示所有平均分大于 80 学生的"学号"字段。

第4章 窗 体

"窗体"译自英文的 form 一词。广义地说，窗体是 Windows 应用程序用户操作界面的统称，同时也是 Access 数据库的 7 种对象之一。在前三章学习过的设计视图、向导、对话框等各类窗口，也都可以称为窗体。

本章介绍窗体的基本知识，包括建立简单的窗体、窗体的布局修饰，以及窗体中常用控件的使用。为了设计出符合各种要求的窗体，除学习上述知识外，还需要学会编程。在高级篇里将会继续学习宏以及 VBA 编程等知识。

4.1 初 识 窗 体

读者对于窗体并不陌生，日常应用的各种软件几乎都是由窗体组成。窗体是一种用于在数据库中输入和显示数据的数据库对象。窗体可被用做切换面板来打开数据库中的其他窗体和报表，或者用做自定义对话框来接收用户的输入及根据输入执行的操作。

Access 2003 窗体对象的类别可以按照不同的分类方法分为多种。此处，仅按其应用功能的不同，将 Access 2003 窗体对象分为以下两类。

1. 数据交互型窗体

这是数据库应用系统中应用最多的一类窗体，主要用于显示数据，接收数据输入、删除、编辑与修改等操作。数据交互式窗体必须基于数据源。其数据源可以是数据库中的表、查询，或是一条 SQL 语句。如果一个数据交互式窗体的数据源来自若干个表或查询，则需要在窗体中设置子窗体，每一个子窗体均拥有一个自己的数据源。数据源是数据交互型窗体的基础。

2. 命令选择型窗体

数据库应用系统通常具有一个主操作界面窗体。在这个窗体上放置一些命令按钮，用以实现数据库应用系统中对其他窗体的调用，也表明了本系统所具备的全部功能。从应用的角度看，主操作界面窗体属于命令选择型窗体。命令选择型窗体不需要指定数据源。

4.1.1 窗体的功能

多数窗体都与数据库中的一个或多个表和查询绑定，窗体的记录源引用基础表和查询中的字段，窗体无需包含每个基础表或查询中的所有字段。在这里与窗体绑定的数据源（表或查询等）必须已经存在。

绑定窗体存储或检索其基础记录源中的数据。窗体上的其他信息（如标题、日期和页码）存储在窗体的设计中。

- 图形元素（如线条、矩形）存储在窗体的设计中。
- 日期来自基础记录源中的字段。
- 计算结果来自存储在报表设计中的表达式。
- 说明性文本存储在窗体的设计中。

通过使用控件显示数据、选项或执行操作，也可以使用图形化对象创建窗体及其记录源之间的链接。显示和输入数据所用的最常用控件类型是文本框。

也可在数据透视表视图或数据透视图视图中打开一个窗体以分析数据。在这些视图中，可以动态地更改窗体的版式，以便以各种不同的方式展示数据，可以重新排列行标题、列标题和筛选字段，直到形成所需的版式为止。每次改变版式时，窗体会立即按照新的布局重新计算数据。

4.1.2 窗体视图

窗体视图是一个用来显示或接收数据的窗口，用于维护表数据的用户界面。它和数据表视图一样，下端有一个记录导航栏，可以切换和添加数据。可以在已创建的窗体中直接修改数据。若添加记录，在输入数据后单击记录选定器，该记录就被保存了。若删除记录，可单击记录选定器，再按【Delete】键。

在 Access 中打开的窗体可按不同的视图类型显示。窗体共有设计视图、窗体视图、数据表视图、数据透视表视图和数据透视图视图 5 种视图。只要打开窗体的任何一个视图，"视图"菜单中就会含有关于这些视图的命令，以便切换到其他视图。

4.2　创建简单的窗体

创建窗体共有 3 种方法，包括使用窗体向导、使用自动窗体命令和在设计视图中自行定义等。前两种属于快速创建方法，后一种方法更加灵活。使用窗体向导创建窗体，系统会向用户提出一些问题，并根据问题的答案创建窗体；使用自动窗体命令创建窗体，系统会显示基础表或查询中所有字段和记录的窗体；除此之外，用户还可以按自己的喜好在"设计"视图中对窗体进行自定义。

4.2.1　使用窗体向导创建窗体

窗体向导的任务是以数据源为基础来引导用户创建窗体。

具体操作步骤如下：

① 在数据库窗口中，单击"对象"下的"窗体"按钮，如图 4-1 所示。

② 双击"使用向导创建窗体"选项，弹出"窗体向导"对话框，如图 4-2 所示。

③ 在"表/查询"下拉列表框中选定"职员资料"表，在"可用字段"列表框中，依次选择需要包含在窗体中的字段，并单击 按钮，使其逐个添加到"选定的字段"列表框中。如果数据源中的所有字段都是需要的，可以单击 按钮，使其所有字段

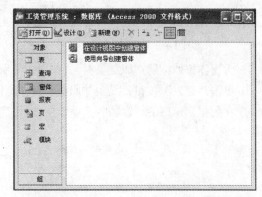

图 4-1　数据库窗体中的"窗体"对象

一次性添加到"选定的字段"列表框中；如果添加了用户不想不的字段，可以单击 < 按钮或 << 按钮，使其逐个或全部返回到"可用字段"列表框中。选定字段操作完毕后，单击"下一步"按钮。这里将"可用字段"列表框中所有的字段移动到"选定的字段"列表框中，如图 4-3 所示，单击"下一步"按钮。

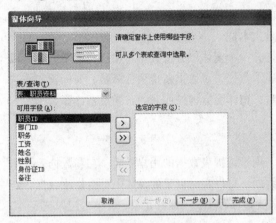

图 4-2　使用向导创建窗体

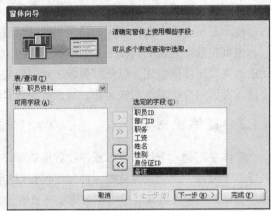

图 4-3　选定字段

④ 显示如图 4-4 所示的确定窗体使用的布局对话框，当选中一种布局后左侧的小窗口中会显示相应布局的样式。选择"纵栏表"单选按钮，单击"下一步"按钮。

⑤ 显示如图 4-5 所示的确定样式对话框，当选中一种样式后左侧的小窗口会显示选定样式的图示。选择"标准"样式后单击"下一步"按钮。

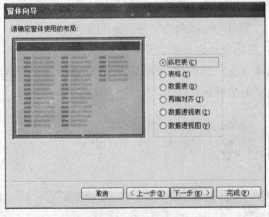

图 4-4　确定布局

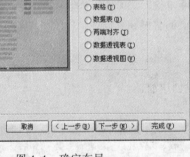

图 4-5　确定样式

⑥ 为窗体添加标题"职员资料"，如图 4-6 所示。

⑦ 单击"完成"按钮，显示"职员资料"窗体视图，如图 4-7 所示。

⑧ 在数据库窗口的"窗体"选项卡中显示"职员资料"选项，如图 4-8 所示。

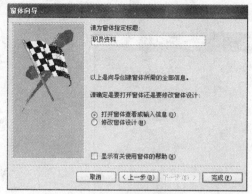

图 4-6　确定窗体标题

图 4-7　"职员资料"纵栏表版式窗体视图

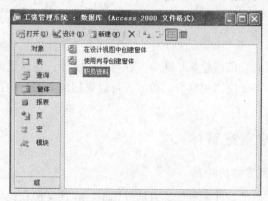

图 4-8　显示"职员资料"选项

4.2.2　自动创建窗体

自动创建窗体比使用窗体向导的方法更加简单。它能跳过窗体向导中的选择字段、布局、样式等步骤，操作更加简单。

自动创建窗体的具体操作步骤如下：

① 在"数据库"窗口中，单击"对象"下的"窗体"按钮。单击数据库窗口工具栏中的"新建"按钮，弹出"新建窗体"对话框，如图 4-9 所示。

② 在对话框的列表中选择"自动创建窗体：纵栏式"选项，并在其下方的组合框中选择"职员资料"表作为数据来源，如图 4-10 所示。

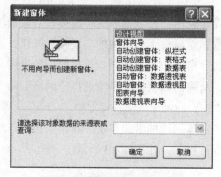

图 4-9　"新建窗体"对话框

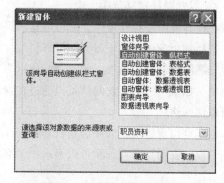

图 4-10　选择"职员资料"表

③ 单击"确定"按钮，显示结果如图 4-11 所示。

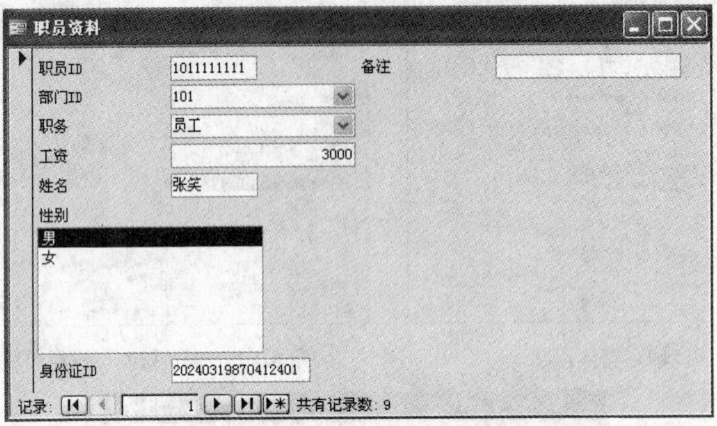

图 4-11 "职员资料"纵栏表版式窗体视图

使用自动窗体方法可以直接创建纵栏式等 5 种布局的窗体。在这里窗体的数据源可以是表，也可以是查询。如果窗体需要使用关联表的数据，可以先创建有关查询，然后以查询为数据源来创建窗体。

4.2.3 在设计视图中创建窗体

1. 在设计视图中创建窗体的特点

除上述的窗体向导和自动窗体两种快速方法外，Access 还支持在设计视图中创建窗体。在设计视图中创建窗体具有如下特点：

① 不但能创建窗体，还可以修改窗体，使设计的窗体更加人性化。无论使用哪种方法创建的窗体，如果生成的视图没有达到预期效果，都可以在设计视图中进行更改（数据透视表视图、数据透视图视图除外）。

② 支持可视化程序设计，用户可以利用工具箱、工具栏、下拉菜单和快捷菜单在窗体中创建或修改对象。

这里的对象是面向对象程序设计方法的基本单位和运行实体。面向对象程序设计（object-oriented programming，OOP）是一种新的可视化程序设计方法。对象是 OOP 方法区别于结构化程序设计方法的重要部分之一，任何对象都有自己的特征和行为。

2. 打开窗体设计视图

在设计视图中打开窗体，就可以显示现有窗体的设计视图。在数据库的"窗体"对象选项卡中，选择某个窗体选项（如"职员资料"），然后单击数据库窗口工具栏中的"设计"按钮，窗体的设计视图就会显示出来。图 4-12 所示为"职员资料"窗体的设计视图。这里的设计视图是有网格的，如果用户不喜欢网格可以通过在窗体中右击，从弹出的快捷菜单中选择"网格"命令，即可取消网格。

创建空白窗体视图的方法是打开数据库窗口中的"窗体"选项卡，单击"新建"按钮，然后双击"设计视图"选项，就可以显示一个空白的窗体设计视图，如图 4-13 所示。

图 4-12　"职员资料"窗体设计视图

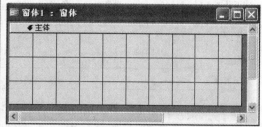

图 4-13　空白窗体设计视图

3. 窗体设计视图中的对象

窗体设计视图中的对象包括 3 类：窗体，节和控件。

（1）节与控件

如图 4-12 所示，窗体最多可以有"主体"、"窗体页眉"、"窗体页脚"、"页面页眉"和"页面页脚"这 5 个节。节以带区的形式分布在窗体的背景区中，每个节又包括节栏和节背景区两个部分。节栏的左端显示了节的标题，还有一个向下的箭头 ![箭头]，表示该节栏下方为其背景区。

控件是窗体上的图形化对象，如文本框、复选框、滚动条和按钮等，用于显示数据和执行操作。信息通过控件分布在窗体的各个节中。

在设计视图中对窗体的操作需要注意以下两点：窗体页眉和窗体页脚只能同时添加和删除，页面页眉和页面页脚也只能同时添加和删除。表 4-1 列出了窗体中各种节的添加与删除方法。

表 4-1　节与控件在窗体中的显示位置和操作方法

节的名称	添加与删除方法	设置控件举例	控件显示位置	
			在窗体视图中	窗体打印或打印预览时
窗体页眉	选择"视图"|"窗体页眉/页脚"命令	标题、列标题、日期、页码、按钮	窗体顶部	首页顶部
页面页眉	选择"视图"|"页面页眉/页脚"命令	标题、列标题、日期、页码		首页在窗体页眉后，其他页在页的顶部
主体	默认存在	与字段绑定的控件，非绑定的控件	窗体页眉与窗体页脚之间	页在窗体页脚之前，其他页在页面页眉与页面页脚之间
页面页脚	选择"视图"|"页面页眉/页脚"命令	页汇总、日期、页码		每页底部
窗体页脚	选择"视图"|"窗体页眉/页脚"命令	页汇总、日期、页码、按钮	窗体底部	末页中最后一个主体节之后

（2）窗体和节的选择与操作

窗体和节各有自己的选定器，用于选择窗体或某个节，从而调整节背景区的大小，以及显示属性表，具体操作如表 4-2 所示。

表 4-2　窗体和节的选择与操作

选择与操作	窗　　　体	节
选定器的位置	在水平标尺和垂直标尺交叉处	在节栏左侧垂直标尺上
选择窗体或节	单击窗体选定器，或窗体背景区外部	单击选定器，节栏或背景区中未设置控件的部分
调节节的高度与宽度	拖动节的下边缘调节节高，拖动节的右边缘调节宽度，拖动节的右下角调节节高与节宽	
显示属性表	双击窗体或节的选定器，若属性表已显示，只要选择窗体或节就会切换到相应的属性表	

　　调节节背景区的大小将使窗体背景区大小随之变化，但这并不影响窗体视图的大小。窗体视图大小仅由设计视图窗口的大小而定，与窗体背景区大小无关。

4.3　创建图表与数据透视图窗体

　　在很多情况下用户需要很直观地去分析一些数据，这时可以利用图表这种简单又直观的方法。本节就介绍图表和数据透视图窗体的创建。

4.3.1　创建图表窗体

　　创建图表窗体的具体操作步骤如下：

　　① 在数据库窗口中选择"对象"列表中的"窗体"选项，然后单击工具栏中的"新建"按钮，弹出"新建窗体"对话框。

　　② 从打开的"新建窗体"对话框中，选择"图表向导"选项，然后在下拉列表框中选择"职员资料"表作为当前所创建窗体的数据源，单击"确定"按钮，如图 4-14 所示。

　　③ 打开的"图表向导"对话框，如图 4-15 所示，将"可用字段"列表框中的"工资"和"职员 ID"字段添加到"用于图表的字段"列表框中，单击"下一步"按钮。

　　注意：在向"用于图表的字段"列表框中添加可用字段时，首先添加需要作为汇总的字段，因为系统会自动将添加的第一个字段作为汇总字段。

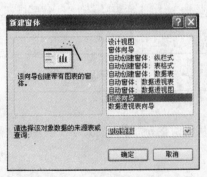

图 4-14　"新建窗体"对话框

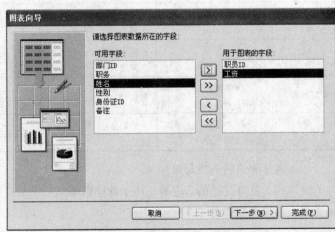

图 4-15　选择数据所在字段

④ 系统将提示选择图表的类型，选择某一种图表类型时，该图表按钮将凹陷显示，系统将在窗口的右下角显示相应图表类型的说明，单击"下一步"按钮如图 4-16 所示。

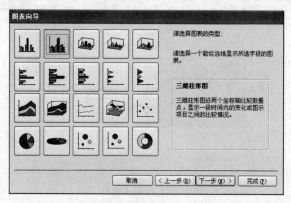

图 4-16 选择图表类型

⑤ 系统将提示指定数据在图表中的布局方式，即确定图表的行、列字段和汇总字段等。

⑥ 打开"汇总"对话框，在列表中选择"无"选项，然后单击"确定"按钮。这时可以单击"图表向导"上方的"预览图表"按钮，弹出"示例预览"对话框，可以看到系统根据设置所生成的图表效果，如图 4-17 所示，单击"关闭"按钮即可返回"图表向导"对话框。

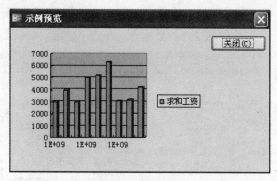

图 4-17 预览图表

⑦ 单击"下一步"按钮，系统将提示指定图表的标题，在文本框中输入一个图表标题选择"是，显示图例"和"打开窗体并在其上显示图表"单选按钮，单击"完成"按钮，如图 4-18 所示。

图 4-18 指定图表标题

⑧ 系统将打开窗体，并将根据设置所生成的图表显示在窗体上，如图 4-19 所示。

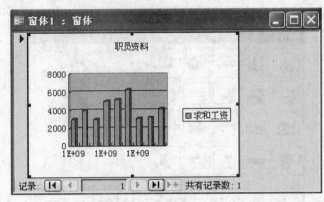

图 4-19 图表窗体

4.3.2 创建数据透视图窗体

创建数据透视图窗体的具体操作步骤如下：

① 在数据库窗口中选择"对象"列表中的"窗体"选项，然后单击工具栏中的"新建"按钮，弹出"新建窗体"对话框。

② 从打开的"新建窗体"对话框中，选择"数据透视表向导"选项，然后在下拉列表框中选择"职员资料"表作为当前所创建窗体的数据源，单击"确定"按钮如图 4-20 所示。

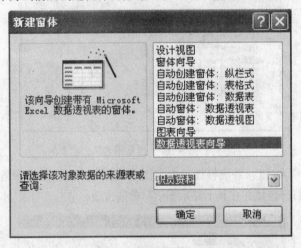

图 4-20 "新建窗体"对话框

③ 打开"数据透视表向导"对话框，系统将详细介绍一些有关数据透视表的知识。单击"下一步"按钮，如图 4-21 所示。

④ 将"可用字段"列表框中的所有字段添加到"为进行透视而选取的字段"列表框中，单击"完成"按钮如图 4-22 所示。

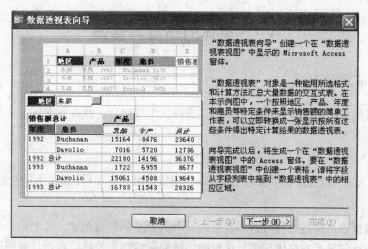

图 4-21 "数据透视表向导" 对话框

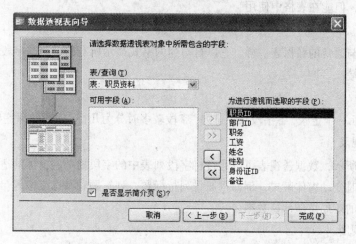

图 4-22 "为进行透视而选取的字段" 列表框

⑤ 打开窗体的数据透视表视图, 如图 4-23 所示。前面已经介绍了对数据透视表的操作, 这里就不再赘述了。

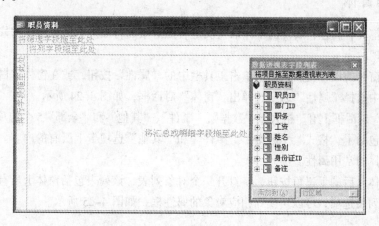

图 4-23 窗体的数据透视表视图

4.4 窗体的布局与修饰

4.4.1 窗体布局的种类

图 4-4 所列的选项显示了 6 种窗体布局，选择某个按钮后，就在该窗体左上方显示这种布局的图示。

1. 纵栏表

一个页面显示一条记录，各字段垂直排列，字段较多时分为几列，每个字段左边带有一个标签。

2. 表格

表格形如数据表，也具有行与列。表格的一个页面显示所有记录，每个记录的所有字段显示在一行上，字段标签显示在窗体顶端。这里的字段和标签都是控件，在设计视图创建的空间不能在数据表中显示，但能在表格中使用。

3. 数据表

窗体数据表与通常的数据表一样，它以行与列的格式显示所有的记录与字段。字段的名称显示在每一列的顶端。

4. 两端对齐

一个页面显示一个记录，各字段水平排列，字段较多时分为几行，字段的标签显示在字段上方。

5. 数据透视表

如图 4-23 所示，数据透视表可以通过将字段列表中的字段拖动到窗体的适当区域来产生结果，而且允许随时变动窗体版式，例如重新排列行标题、列标题和筛选字段等。一旦版式变化，窗体即会按照新的布局重新计算数据。

6. 数据透视图

数据透视图与数据透视表相似。

在这 6 种布局中前 3 种比较常用。

4.4.2 修饰窗体

任何对象都具有属性，属性的不同取值决定着该对象的特征。这里对窗体的修饰是通过修改窗体的属性实现的。

打开一个窗体的设计视图，然后单击工具栏中的"属性"按钮，或在窗体空白处右击，从弹出的快捷菜单中选择"属性"命令，弹出"窗体"对话框，如图 4-24 所示。

在"窗体"对话框上有"格式"、"数据"、"事件"、"其他"和"全部"5 个选项卡，其中"全部"选项卡上包括了"格式"、"数据"、"事件"和"其他"选项卡上所有的内容。在这些选项卡上可以设置窗体的常用属性。

单击"窗体"后的下三角按钮，将打开一个对象列表，该列表包括窗体上所有的对象。选择任意一个对象列表选项，可以切换到相应对象的属性框，如图 4-25 所示。

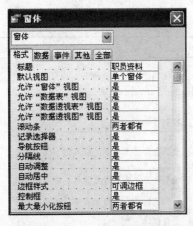

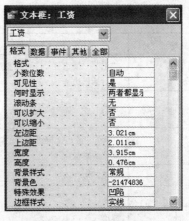

图 4-24　"窗体"对话框　　　　　图 4-25　"工资"属性框

下面简略介绍这两个选项卡上的属性选项。表 4-3 所示为"格式"选项卡上的命令选项及其功能。

表 4-3　"格式"选项卡上的命令选项及其功能

命 令	取 值	功 能
标题	字符串	指定在窗体视图的标题栏中显示的标题
默认视图	"单个窗体"、"连续窗体"、"数据表"、"数据透视表"或"数据透视图"	决定窗体的默认显示形式
允许"窗体"视图	"是"或"否"	是否允许使用"窗体"视图显示当前窗体。如果设置为"否",则不允许通过"视图"按钮将当前窗体切换到"窗体"视图
允许"数据表"视图	"是"或"否"	是否允许使用"数据表"视图显示当前窗体。如果设置为"否",则不允许通过"视图"按钮将当前窗体切换到"数据表"视图
允许"数据透视表"视图	"是"或"否"	是否允许使用"数据透视表"视图显示当前窗体。如果设置为"否",则不允许通过"视图"按钮将当前窗体切换到"数据透视表"视图
记录选择器	"是"或"否"	是否显示记录选择器,即当前选中数据记录最左端的标志
滚动条	"两者均有"、"两者均无"、"只水平"或"只垂直"	是否显示窗体的水平或垂直滚动条
允许"数据透视图"视图	"是"或"否"	是否允许使用"数据透视图"视图显示当前窗体。如果设置为"否",则不允许通过"视图"按钮将当前窗体切换到"数据透视图"视图
导航按钮	"是"或"否"	是否显示数据表最低部的记录浏览按钮工具栏
分隔线	"是"或"否"	是否显示窗体各节间的分隔线
自动调整	"是"或"否"	是否可在窗体设计视图中调整窗体的大小
自动居中	"是"或"否"	窗体显示时是否自动居中于 Windows 窗口
命令	取值	功能

命　令	取　　值	功　　能
边框样式	"无"、"细边框"、"可调整边框"和"对话框边框"	窗体的边框样式类型
控制框	"是"或"否"	窗体显示时是否显示窗体的控制框，即窗体右上角的控制按钮
最大最小化按钮	"无"、"最小化按钮"、"最大化按钮"或"两者都有"	是否在窗体上显示"最大化"或"最小化"按钮
关闭按钮	"是"或"否"	是否在窗体右上角上显示"关闭"按钮
问号按钮	"是"或"否"	是否在窗体右上角上显示"问号"按钮
宽度	数值	设置窗体宽度
图片	路径字符串	是否给窗体添加背景图片
图片类型	"嵌入"或"链接"	在窗体中使用图片的方式
图片缩放模式	"剪裁"、"拉伸"或"缩放"	图片的缩放模式
图片对齐方式	"左上"、"右下"、"中心"、"左下"、"右下"或"窗体中心"	图片对齐方式
图片平铺	"是"或"否"	是否允许图片以平铺的方式显示
网格线 X 坐标	1～64 之间的数值	网格线 X 坐标
网格线 Y 坐标	1～64 之间的数值	网格线 Y 坐标
打印版式	"是"或"否"	是否将当前窗体设置为打印版式
子数据表高度	数值	子数据表高度
子数据表展开	"是"或"否"	是否展开子数据表
调色板来源		设置调色板的来源
方向	"从左到右"或"从右到左"	窗体上内容的显示方式为"从左到右"还是"从右到左"
可移动的	"是"或"否"	窗体在显示时是否可以通过拖动窗体的标题栏移动窗体

"窗体"对话框的"数据"选项卡上的命令选项及其功能，如表 4-4 所示。

表 4-4　"数据"选项卡上的命令选项及其功能

命　令	功　　能
记录源	与当前窗体绑定的数据源
筛选	数据筛选的条件
排序依据	数据显示的顺序
允许筛选	是否允许进行筛选动作
允许编辑	是否允许对数据源表的记录进行编辑操作
允许删除	是否允许对数据源表的记录进行删除操作
允许添加	是否允许对数据源表进行追加记录的操作
数据输入	是否允许更新数据源表中的数据

命　　令	功　　能
记录集类型	窗体数据源的类型
记录锁定	设置不锁定记录，或是锁定所有的记录，或是锁定已编辑的记录
抓取默认值	设置抓取默认值

4.5　窗体中的控件使用

要在 Access 窗体中显示数据或实现窗体切换，首先必须在窗体中添加控件，然后绑定数据源和控件，可见控件在 Access 窗体中的重要地位。本节将介绍一些常用控件的创建、编辑和删除等操作。

1. 创建控件

在基于数据源的窗体中，可以通过将字段从字段列表中直接拖动到窗体中创建控件，以实现数据显示的功能，如图 4-26 所示。Access 2003 根据所拖动字段的数据类型为字段创建适当的控件，并自动设置某些控件属性。

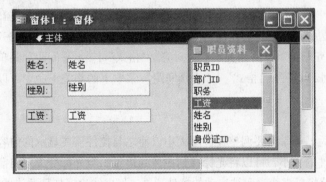

图 4-26　字段从字段列表中直接拖动到窗体中创建控件

如果自行创建控件，可以在工具箱中单击选中需要的控件，然后把光标移动到窗体中拖动，即可创建所需的控件，如图 4-27 所示。

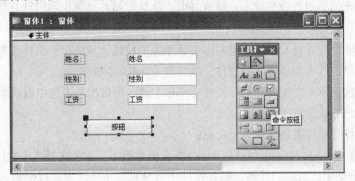

图 4-27　单击工具箱创建控件

注意：使用此类方法绘制控件时，如果选择"控件向导"选项，一般在绘制完成后系统自动弹出一个控件向导对话框，方便用户设置控件的属性。

2．编辑控件

创建控件完成之后，需要经常编辑控件，例如选择控件，移动控件，对齐控件，调整控件的间距、大小等。

以下是 4 种控件操作的含义：

（1）选择控件

要选择某个控件，直接单击该控件即可。要选择多个控件，可以按住【Shift】键，然后逐一单击需要选择的控件。注意：如果单击选择了某个标签控件或文本框，然后再单击该控件，该控件立即变成可编辑状态。另外，在窗体上拖动鼠标，拖出一个矩形框，然后释放鼠标，位于该区域内的控件将全部被选中。

（2）移动控件

如果要移动某个控件，首先要选中该控件，按键盘上的方向键移动即可；也可以把光标移到被选中的控件上，当光标变成黑色的手形时拖动。

如果要移动多个控件，首先按住【Shift】键，同时选中需要移动的多个控件，然后通过以上介绍的移动控件的方法，移动被选中的多个控件。

（3）控件的对齐和间距

当窗体上的控件很多时，需要对控件之间的间距和对齐方式进行调整，窗体才显得美观整齐。要以窗体的某一个边界或网格作为基准对齐多个控件时，首先要选中需要对齐的多个控件，然后选择"格式"|"对齐"菜单下的相关子命令对齐。"格式"|"水平间距"菜单下的相关子命令可以调整控件之间的水平间距。"格式"|"垂直间距"菜单下的相关子命令可以调整控件之间的垂直间距。

（4）调整控件大小

在创建完控件后，经常需要调整控件的大小以使之与控件需要显示的内容相匹配。

要调整一个控件的大小，可以将光标移到控件的边缘，当光标变成双向箭头形状时拖动。在拖动的过程中，系统将以虚线表示被拖动的控件边框，将虚线边框拖到适当的位置后，释放鼠标，即可改变控件的大小。但是，单靠拖动控件的边框很难使控件的大小和控件的内容相匹配，即很难使控件的大小刚好容纳控件需要显示的内容。要实现这一功能，可以将光标移到控件的一个角点上，光标会自动变成斜向的双箭头，然后双击，控件会放大或缩小到恰好和控件内容相匹配。

3．删除控件

当需要删除单个控件时，可以直接右击需要删除的控件，从弹出的快捷菜单中选择"剪切"命令；还可以先单击选中需要删除的控件，然后按【Delete】键删除。

如果需要一次删除多个控件，可以按住【Shift】键，再依次单击选中需要删除的控件，然后再使用以上介绍的方法删除这些控件。

另外，删除控件操作需要注意以下几点：

① 只有安装了 Microsoft Internet Explorer 5.5 或更高版本，才能选择多个控件。

② 如果单击某个已选定的控件，则在控件中会显示一个插入点，以便输入或编辑文本。若要重新选择控件，请单击控件以外的区域，然后再重新单击控件。

③ 如果要删除的控件带有附加标签，Access 2003 会将该控件连同标签一起删除。如果只想删除附加标签，则单击标签，然后按【Delete】键删除。

4．控件的类型

打开窗体的设计视图，单击工具栏中的"工具箱"按钮，打开"工具箱"工具栏，如图 4-28 所示。

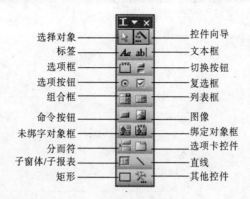

图 4-28 "工具箱"工具栏

4.5.1 标签

"标签"控件主要用于显示文字。创建"标签"控件的具体操作步骤如下：

① 单击"工具箱"工具栏中的"标签"控件。

② 将光标移到窗体设计窗口中，用鼠标拖出一个虚线框。该虚线框表示所创建控件的大小，然后释放鼠标，即出现一个空白的可编辑的矩形区域。为了能清楚地看到控件的效果，可以选择"视图"|"网格"命令将网格隐藏起来，如图 4-29 所示。

③ 在空白区域中输入内容，然后按【Enter】键完成输入，也可以单击标签区域外的任何位置完成输入，如图 4-30 所示。

图 4-29 拖动"标签"

图 4-30 输入标签内容

系统默认的标签文字的字号比较小，文本样式也比较单调。使用"格式"菜单下的命令或单击工具栏中的格式命令按钮，可以设置标签文本的字号大小、颜色、填充等效果。

4.5.2 文本框

文本框控件主要用来输入信息，是用户和系统进行交互的媒介之一。

创建文本框控件的具体操作步骤如下：

① 在工具箱中单击选中"控件向导"按钮（以下将结合控件向导进行控件的创建）。

② 在工具箱中单击"文本框"控件按钮。

③ 将光标移动到窗体设计视图中拖动，然后释放鼠标，系统将创建一个文本框，并弹出"文本框向导"对话框，如图 4–31 所示。

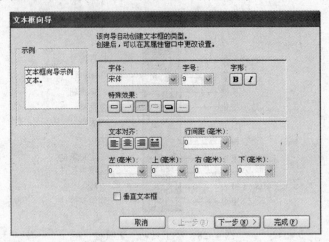

图 4-31　"文本框向导"对话框

④ 在"文本框向导"对话框中，设置文本框的字体、字号、字形、特殊效果、文本对齐、行间距以及和文本框的文字方向有关的"垂直文本框"复选框选项，设置文本框中文本内容与文本框左、上、右、下边框的距离，单击"下一步"按钮。

⑤ 系统将切换到文本框控件的输入法模式设置界面。在"输入法模式"下拉列表框中设置输入法，如图 4-32 所示。

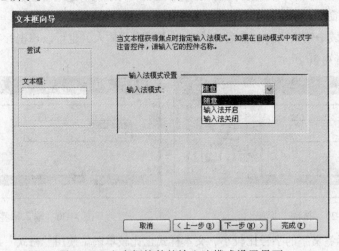

图 4-32　文本框控件的输入法模式设置界面

如果将输入法模式设置为"输入法开启"选项，则每当该文本框获得焦点成为当前对象时，即当光标在文本框中时，系统将自动打开中文输入法。

⑥ 单击"下一步"按钮，切换到下一个设置界面，如图 4-33 所示。系统将提示为文本框控件指定一个名称，该名称在窗体中将显示在文本框控件的左侧。

图 4-33　设置文本框名称

⑦ 为文本框指定名称后，单击"完成"按钮，即可完成文本框控件的创建，效果如图 4-34 所示。文本框控件中显示着"未绑定"文本内容，文本框的左侧显示文本框的名称。

图 4-34　创建的文本框

注意：大多数控件的名称标题都将显示在该控件的左侧或右侧，所以控件名称应赋予一定的意义，以增强可读性。

4.5.3　切换按钮和选项按钮

1. 切换按钮

"切换按钮"控件是一种普通的按钮类型，创建该控件的方法很简单，所以系统并未给该控件配置控件向导。

创建"切换按钮"控件的具体操作步骤如下：

① 在工具箱中单击"切换按钮"按钮。

② 将光标移动到窗体设计视图中拖动，当所创建的控件达到满意的大小时释放鼠标，如图 4-35 所示。

③ 单击已创建的"切换按钮"控件，该控件上的标签变成可编辑状态，输入一个标题名称，以增强可读性，如图 4-36 所示。

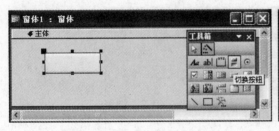 

图 4-35　创建"切换按钮"控件　　　　图 4-36　编辑"切换按钮"内容

可以使用"生成器"为切换按钮控件添加事件代码。当打开该窗体时，单击"切换按钮"按钮，系统会运行添加在切换按钮控件上的事件代码。

2．选项按钮

"选项按钮"控件也是单选按钮控件，可以提供一组值，用户可以从中选择一个并且只可以选择一个选项。

创建"选项按钮"控件的具体操作步骤如下：

① 在工具箱中单击"选项按钮"按钮。

② 将光标移动到窗体设计视图中拖动，当所创建的控件达到满意的大小时释放鼠标，如图 4-37 所示。

③ 单击窗口中选项按钮控件的 Option 标签，输入一个标题名称，如图 4-38 所示。

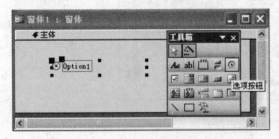

图 4-37　创建"选项按钮"控件　　　　图 4-38　编辑"选项按钮"内容

④ 按【Enter】键即可。

4.5.4　复选框和选项组

1．复选框

"复选框"控件也是多选按钮控件，可以提供一组值，用户可以从中选择一个或多个。

创建"复选框"控件的具体操作步骤如下：

① 在工具箱中单击"复选框"按钮。

② 将光标移动到窗体设计视图中，当所创建的控件达到满意的大小时释放鼠标，如图 4-39 所示。

③ 单击窗口中选项按钮控件的 Check 标签，输入一个标题名称，如图 4-40 所示。

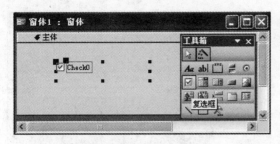 

图 4-39 创建"复选框"控件 　　　　图 4-40 编辑"复选框"内容

④ 按【Enter】键即可。

2.选项组

"选项组"控件主要是提供一组值进行选择。例如,可以提供一个选项组,该选项组提供了有关"性别"的两个单选按钮:"男"和"女",只能从其中选择一个选项。

创建"选项组"控件的具体操作步骤如下:

① 在工具箱中单击"控件向导"按钮。

② 在工具箱中单击"选项组"控件按钮。

③ 将光标移动到窗体设计视图中,然后释放鼠标,系统将创建一个文本框,并弹出"选项组向导"对话框,如图 4-41 所示。

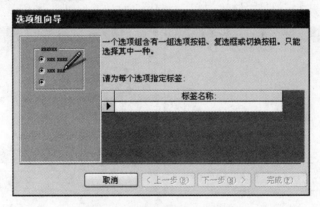

图 4-41 "选项组向导"对话框

④ 在"标签名称"中为选项指定一个名称为"职员资料"。

⑤ 单击"下一步"按钮,系统将提示一个默认选项,即系统默认选中的选项。如果需要指定默认选项,则选择"是,默认选项是"单选按钮,并从后面的下拉列表框中选择一个选项作为默认选项值。如果不需要默认选项,则选择"否,不需要默认选项"单选按钮,单击"下一步"按钮,如图 4-42 所示。

⑥ 系统将提示为每个选项赋值,如图 4-43 所示。系统按升序的方式给每个选项赋值为自然数,如 1、2、3 等,也可以更改这些值。当给这些选项赋值后,就可以在程序代码中使用这些值,以实现使用代码操纵选项组的目的,单击"下一步"按钮。

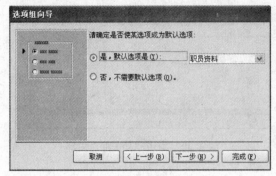 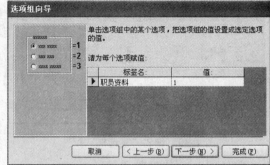

图 4-42　是否使某选项成为默认选项　　　　　图 4-43　设置选项的值

⑦　系统将提示为选项选择一种控件类型，并确定选项组控件显示的样式，单击"下一步"按钮，如图 4-44 所示。

当将选项设置为"选项按钮"控件类型时，则以单选按钮的方式显示这些选项，只可以从所设置的选项组中选择一个选项，如当选项组属于"性别"取值的"男"或"女"时，则应选择"选项按钮"选项；当将选项设置为"复选框"控件类型时，则以复选框的方式显示这些选项，可以从所设置的选项组中选择一个或多个选项；当将选项设置为"切换按钮"控件类型时，则以普通切换按钮的方式显示这些选项。

⑧　系统将提示为选项组指定标题，单击"完成"按钮，如图 4-45 所示。

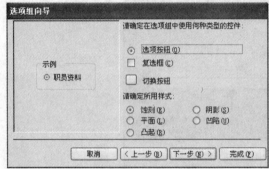 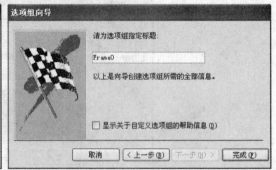

图 4-44　确定选项组控件显示的样式　　　　　图 4-45　为选项组指定标题

⑨　完成对选项组控件的设置后，选项组控件的标题将显示在上方，所设置的选项将显示在选项组控件中。

4.5.5　列表框和组合框

1．组合框

"组合框"控件是文本框和列表框的组合，可以单击文本框后面的三角按钮，打开下拉列表框，从中选择所需的选项值，该选项值自动显示到文本框中。

在创建组合框控件的过程中，需要从外部获取数据作为控件的列表选项组。其中，最常用的 3 种获取方式如下：

● 将某一个数据表或查询的数据作为组合框的列表选项值的数据来源。

● 自行输入所需值，即自定义组合框的列表选项。

● 在基于组合框中选定的值而创建的窗体上查找记录。

创建"组合框"控件的具体操作步骤如下：

① 在工具箱中单击"组合框"按钮。

② 将光标移动到窗体设计视图中拖动，当所创建的控件达到满意的大小时释放鼠标，系统将弹出"组合框向导"对话框，如图 4-46 所示。

在向导的第一个界面（见图 4-46）中，系统将提示确定组合框获取其数值的方式。获取数值方式不同，接下来的向导界面也不相同。以下将以"使用组合框查阅表或查询中的值"为例，说明组合框的创建过程。

③ 选择"使用组合框查阅表或查询中的值"单选按钮，单击"下一步"按钮。

④ 系统将提示选择为组合框提供数值的表或查询。在对象列表框中选择作为数据源的数据表或查询选项即可，然后单击"下一步"按钮，如图 4-47 所示。

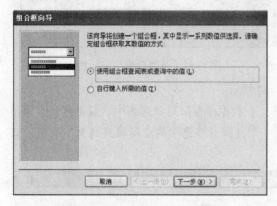
图 4-46　"组合框向导"对话框

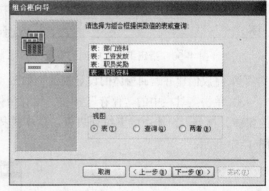
图 4-47　为"组合框"提供数据源

⑤ 系统将提示从数据源表中选择指定列的值，作为组合框列表的选项集合，单击"下一步"按钮，如图 4-48 所示。

⑥ 系统将提示确定列表使用的排序方式，如图 4-49 所示。可以选择需要排序的字段，单击"升序"按钮为其进行排序，也可不为字段指定排序方式，单击"下一步"按钮。

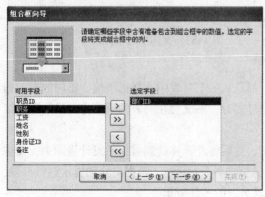
图 4-48　选择字段

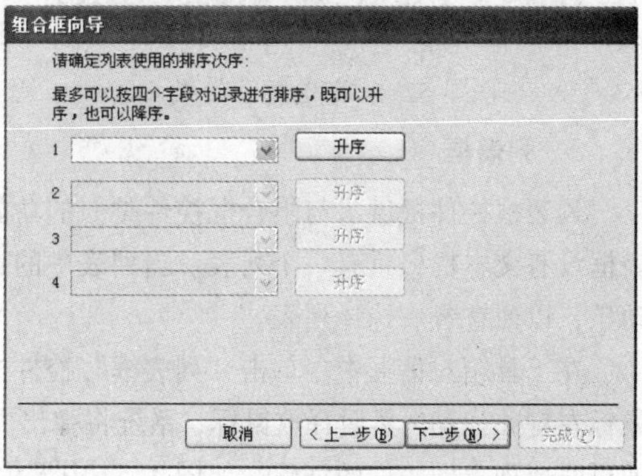

图 4-49　确定列表使用的排序方式

⑦ 系统将提示指定组合框中列的宽度，如图 4-50 所示。

如果要调整组合框的列宽度，可将光标指向组合框的右边缘，按住鼠标左键将其拖到所需的宽度。此外，还可以选择"隐藏键列"复选框，使组合框在显示时只显示下拉列表框。如果未选择该复选框，系统将在文本框的下方显示列表框，单击"下一步"按钮。

⑧ 系统将提示为组合框指定标签，单击"完成"按钮，如图 4-51 所示。这里输入"部门 ID"作为标签。

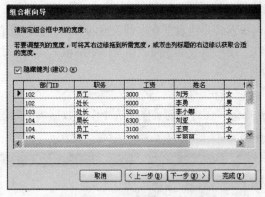 

图 4-50 指定组合框中列的宽度   图 4-51 为组合框指定标签

⑨ 完成创建并返回窗体的设计视图，如图 4-52 所示。

⑩ 单击工具栏中的"保存"按钮，保存窗体。在数据库窗口对象列表中，双击打开刚保存的窗体，再单击窗体中的下拉列表框，从中选择一个选项。该选项将立即填充到文本框中，如图 4-53 所示。

图 4-52 "组合框"效果   图 4-53 窗体中组合框效果

2. 列表框

列表框控件提供了与组合框控件类似的功能，都是从一个列表中选择选项值。不同的是，列表框没有文本框，只有一个列表。当列表中的选项过多时，系统会在列表的垂直方向显示垂直滚动条，以便查看和选择列表。

在工具箱对话框中，单击"列表框"控件按钮，然后将光标移动到窗体的设计视图中，按住鼠标左键并拖动，然后释放鼠标，系统将弹出"复选框向导"对话框，根据向导的提示进行设置，即可完成列表框控件的创建，如图 4-54 中显示"姓名"的控件所示。

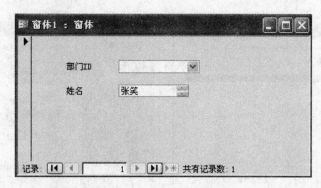

图 4-54 窗体中列表框的效果

4.5.6 命令按钮和选项卡

1. 命令按钮

通过命令按钮控件，不必编写任何事件代码，即可实现功能强大的交互动作。

创建"命令按钮"控件的具体操作步骤如下：

① 在工具箱中单击"命令按钮"按钮。

② 将光标移动到窗体设计视图中拖动，当所创建的控件达到满意的大小时释放鼠标，弹出"命令按钮向导"对话框，如图 4-55 所示。

在该对话框中，系统提示选择按下按钮时产生的动作。为命令按钮选择不同"类别"的动作时，可以选择的"操作"动作也不相同。选择不同的"类别"或"操作"动作，接下来的向导操作步骤也会不相同。本例将以"窗体操作"的"打开窗体"动作为例，说明命令按钮控件的创建过程。

③ 在"类别"列表框中选择"窗体操作"选项，然后在"操作"列表框中选择"打开窗体"选项，单击"下一步"按钮，如图 4-56 所示。

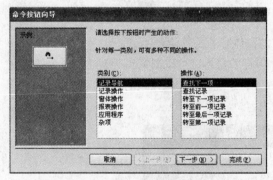

图 4-55 "命令按钮向导"对话框

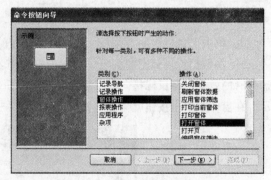

图 4-56 选择动作

④ 系统将提示确定命令按钮打开的窗体。这里选择"职员资料"，如图 4-57 所示。

⑤ 系统将提示指定打开窗体后的动作，如图 4-58 所示。如果要在打开窗体后，实现查找并显示特定数据的功能，则选择"打开窗体并查找要显示的特定数据"单选按钮；如果只需要具有显示所有记录功能的窗体，则选择"打开窗体并显示所有记录"单选按钮。单击"下一步"按钮。

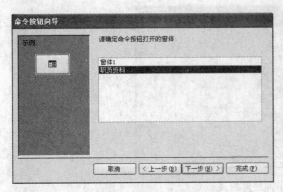

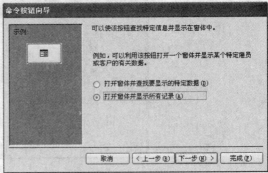

图 4-57 选择打开的窗体   图 4-58 选择"打开窗体并显示所有记录"

⑥ 系统将提示确定在按钮上显示文本还是图片，如图 4-59 所示。如果选择"图片"选项，可以单击"浏览"按钮，手动选择一张图片，单击"下一步"按钮。

⑦ 系统将提示为按钮指定名称，在文本框中为按钮指定名称，输入"打开窗口"，单击"完成"按钮，完成命令按钮的创建，如图 4-60 所示。

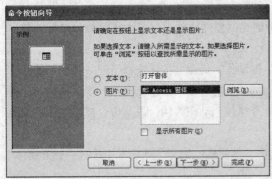

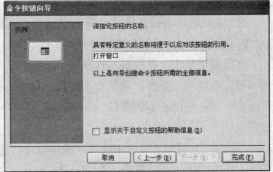

图 4-59 选择图片   图 4-60 指定按钮名称

⑧ 单击工具栏中的"保存"按钮，保存当前的窗体。

⑨ 在数据库窗口对象列表中，双击打开刚才保存的窗体，可以浏览到所创建的命令按钮在运行时的效果，将鼠标指向命令按钮并停在上面数秒，系统将显示该按钮的标题，如图 4-61 所示。在窗体中单击按钮就会显示如图 4-62 所示的内容。

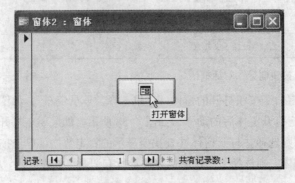

图 4-61 按钮效果

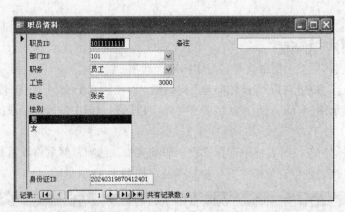

图 4-62 单击按钮后显示内容

2．选项卡

创建选项卡控件和创建其他控件的操作相同，只要单击工具箱上的"选项卡"控件，然后将鼠标移到窗体设计视图中拖动即可。

如果要修改选项卡的标签，可在选项卡标签上右击，从弹出的快捷菜单中选择"属性"命令。在"格式"选项卡的"标题"中为选项卡标签指定标题名称，按【Enter】键即可。

创建完选项卡就可以向选项卡中添加其他控件。首先选择工具箱中所需的控件，然后把光标移动到选项卡上，选项卡的可编辑区变为黑色，在此黑色区域里可添加内容。当所添加内容的高度或宽度超过选项卡时，系统会自动调整选项卡控件的大小以容纳所添加的内容。

要查看某一个选项卡界面内容时，可以单击相应的选项卡标签，被选中的选项卡标签将呈凸状显示，如图 4-63 所示。

图 4-63 选项卡标签

4.5.7 子窗体的使用

创建子窗体有两种方法：一种是同时创建主窗体和子窗体，即将子窗体添加到已有的主窗体中；另一种方法是将已有的窗体添加到另一个窗体中，创建带有子窗体的主窗体。

1．同时创建主窗体和子窗体

这里将以职员资料和职员奖励两个表为数据源，同时创建"职员资料"主窗体和"职员奖励"子窗体，来介绍使用窗体向导同时创建主窗体和子窗体的操作方法。

具体操作步骤如下：

① 打开数据库。

② 在数据库窗口中选择"对象"列表中的"窗体"选项，然后单击工具栏中的"新建"按钮，弹出"新建窗体"对话框。

③ 从"新建窗体"对话框中选择"窗体向导"选项。

④ 单击"确定"按钮，打开"窗体向导"对话框。首先从"表/查询"下拉列表框中选择"表：职员资料"选项，如图 4-64 所示。然后将"可用字段"列表框中的所有字段添加到"选定的字段"列表框中。

⑤ 从"表/查询"下拉列表框中选择"表：职员奖励"选项，然后将职员奖励表的字段添加到"选定的字段"列表框中，单击"下一步"按钮，如图 4-65 所示。

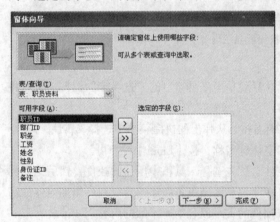
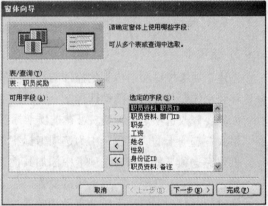

图 4-64 "窗体向导"对话框   图 4-65 选定的字段

注意：在使用这两个表之前，必须在两个表之间建立起一对多的关系。

⑥ 从设置界面中选择"带有子窗体的窗体"单选按钮，单击"下一步"按钮，如图 4-66 所示。

⑦ 系统将提示确定子窗体使用的布局，如图 4-67 所示，选择"数据表"单选按钮，单击"下一步"按钮。

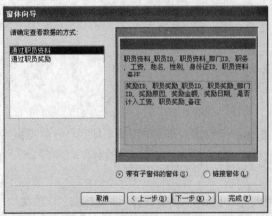

图 4-66 带有子窗体的窗体   图 4-67 确定子窗体使用的布局

⑧ 系统将提示确定窗体的样式风格，如图 4-68 所示，从样式列表框中选择"工业"样式选项，单击"下一步"按钮。

⑨ 系统将提示为主窗体和子窗体指定标题。在"窗体"文本框中将窗体的标题命名为"职员资料 1"，在"子窗体"文本框中将子窗体的标题命名为"职员奖励 1"，单击"完成"按钮，如图 4-69 所示。

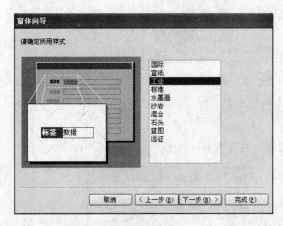
图 4-68　确定窗体的样式风格

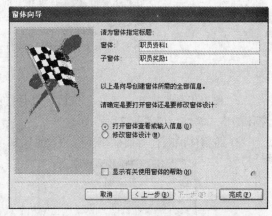
图 4-69　命名窗体

⑩ 系统将根据设置同时创建主窗体和子窗体，如图 4-70 所示。

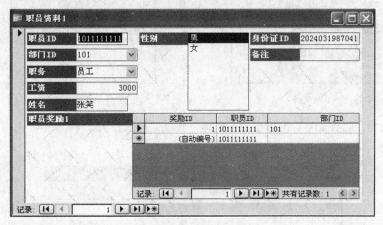
图 4-70　主控窗体和子窗体

2. 创建子窗体并将其添加到已有窗体中

除了上面介绍的同时创建主窗体和子窗体的方法外，还可以创建子窗体并将其添加到已有的窗体中。

具体操作步骤如下：

① 首先创建一个"职员奖励"窗体作为要插入到其他窗体中的子窗体，其设计视图如图 4-71 所示。

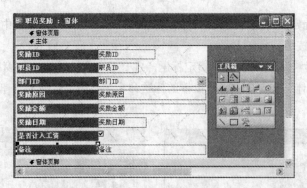

图 4-71　待插入到其他窗体中的子窗体

② 单击工具栏中的"属性"按钮，打开窗体的属性对话框，切换到格式"选项卡，设置该窗体的格式属性，如图 4-72 所示。

③ 将窗体的属性对话框切换到"数据"选项卡，并设置其"数据"属性，如图 4-73 所示。

图 4-72　"属性"窗体

图 4-73　"数据"选项卡

④ 建立一个"职员资料"窗体作为主窗体，其设计视图如图 4-74 所示。主窗体的所有元素都放在"窗体页眉"部分。

图 4-74　"职员资料"窗体的设计视图

⑤ 打开主窗体，单击"工具箱"对话框中的"子窗体/子报表"按钮，然后将鼠标移到主窗口的"主体"部分，拖动鼠标到合适的位置然后释放，系统将弹出如图 4-75 所示的"子窗体向

导"对话框。选择"使用现有的窗体"单选按钮,然后在窗体列表框中选择"职员奖励"选项,单击"下一步"按钮。

⑥ 系统将提示是自行定义将主窗体链接到该子窗体的字段,还是从下面的列表中进行选择,如图 4-76 所示,选择"从列表中选择"单选按钮,单击"下一步"按钮。

⑦ 指定子窗体的名称为"职员奖励 2",如图 4-77 所示,单击"完成"按钮。

⑧ 返回窗体的设计视图,打开窗体的普通视图,系统将在窗体中显示职员资料表中的数据记录,并在该条数据记录后面,以子窗体的方式显示该职员的所有奖励,如图 4-78 所示。

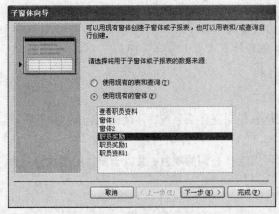

图 4-75　"子窗体向导"对话框　　　图 4-76　选择将主窗体链接到该子窗体的字段

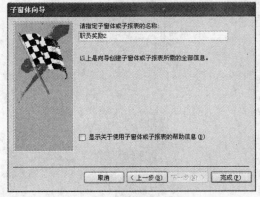

图 4-77　指定子窗体名称　　　　　　图 4-78　设计视图

习　　题

一、选择题

1. Access 数据库中,若要求在窗体上设置输入的数据,是取自某一个表或查询中记录的数据,或者取自某固定内容的数据,可以使用的控件是(　　　)。

　　A. 选项组控件　　　　　　　　　　B. 列表框或组合框控件

　　C. 文本框控件　　　　　　　　　　D. 复选框、切换按钮、选项按钮控件

2. 为窗体中的命令按钮设置单击时发生的动作，应选择设置其属性对话框的（　　　）。

    A. "格式"选项卡　　　　　　　　　B. "事件"选项卡

    C. "方法"选项卡　　　　　　　　　D. "数据"选项卡

3. 要改变窗体上文本框控件的数据源，应设置的属性是（　　　）。

    A. 记录源　　　　　　　　　　　　B. 控件来源

    C. 筛选查询　　　　　　　　　　　D. 默认值

4. 若要求在文本框中输入文本时密码显示为 "*" 符号，则应设置的属性是（　　　）。

    A. "默认值"属性　　　　　　　　　B. "标题"属性

    C. "密码"属性　　　　　　　　　　D. "输入掩码"属性

5. 使用窗体向导创建基于一个表的窗体，可选择的布局方式有（　　　）种。

    A. 4　　　　　　　B. 6　　　　　　　C. 2　　　　　　　D. 3

二、应用题

1. 为学生档案管理系统设计一个主界面。要求用标签说明是什么系统，并设置 "退出" 和 "进入" 两个命令按钮。

2. 为学生档案管理系统设计一个查询窗体。要求可以选择查询的项目，并以子窗体的形式显示查询结果。

第 5 章　报 表 设 计

报表是 Access 的数据库的对象之一，主要作用是比较和汇总数据，显示经过格式化且分组的信息，并将其打印出来。本章介绍报表设计的相关内容。

5.1　报表的基础知识

5.1.1　报表的作用

报表是专门为打印而设计的特殊窗体。Access 中使用报表对象来实现打印格式数据的功能，将数据库中的表、查询等数据进行组合，形成报表，还可以在报表中添加多级汇总、统计比较、图片和图表。建立报表和建立窗体的过程基本一样，只是窗体最终显示在屏幕上，而报表还可以打印在纸上；窗体可以与用户进行信息交互，而报表没有交互功能。

5.1.2　报表的构成

打开一个报表设计视图，如图 5-1 所示，可以看出报表的结构有如下几部分区域组成：

图 5-1　报表的组成区域

1. 报表页眉
在报表的开始处用来显示报表的标题、图形或说明性文字，每份报表只有一个报表页眉。

2. 页面页眉
用来显示报表中的字段名称或对记录的分组名称，报表的每一页有一个页面页眉。

3. 主体

打印表或查询中的记录数据，是报表显示数据的主要区域。

4. 页面页脚

打印在每页的底部，用来显示本页的汇总说明，报表的每一页有一个页面页脚。

5. 报表页脚

用来显示整份报表的汇总说明，在所有记录都被处理后，只打印在报表的结束处。

5.2 创 建 报 表

在 Access 中主要有两种方法用于创建报表：使用报表向导和报表设计视图创建报表。使用报表向导又分为使用"自动报表"、"报表向导"、"图表向导"和"标签向导"4 种方式。

5.2.1 使用自动创建报表

"自动创建报表"功能是一种快速创建报表的方法。在设计时，先选择表或查询作为报表的数据源，然后选择报表数据类型：纵栏式或表格式，最后会自动生成报表，显示数据源所有字段记录数据。

【例 5.1】对于工资管理系统数据库中职员资料表，使用"自动创建报表"创建纵栏式职员信息报表。

具体操作步骤如下：

① 在 Access 中打开工资管理系统数据库文件；在"数据库"窗体中单击"报表"对象，再单击"新建"按钮。出现如图 5-2 所示的"新建报表"对话框，选择"自动创建报表：纵栏式"选项，在"请选择对象数据的来源或查询"下拉列表中选择"职员资料"表，单击"确定"按钮。

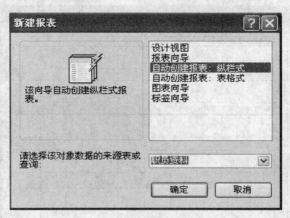

图 5-2 "新建报表"对话框

② Access 自动生成一个报表，其报表的设计视图如图 5-3 所示，报表的预览视图如图 5-4 所示。

③ 选择"文件"菜单中的"保存"命令，命名存储该报表。

 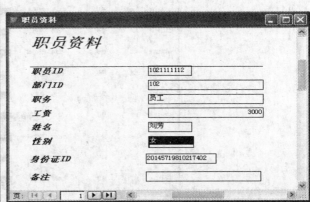

图 5-3 职员信息纵栏式报表的设计视图　　　图 5-4 职员信息纵栏式报表的预览视图

【例 5.2】对工资管理系统数据库中职员资料表使用"自动创建报表"创建表格式职员信息报表。
具体操作步骤如下：

① 在 Access 中打开工资管理系统数据库文件；在"数据库"窗体中单击"报表"对象，再
单击"新建"按钮，出现图 5-2 所示"新建报表"对话框，选择"自动创建报表：表格式"选项，
在"请选择对象数据的来源或查询"下拉列表框中选择"职员资料"表，单击"确定"按钮。

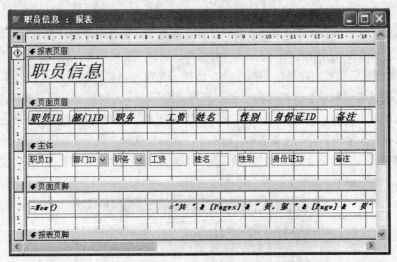

图 5-5 职员信息表格式报表的设计视图

② Access 自动生成一个报表，其报表的设计视图如图 5-5 所示，报表的预览视图如图 5-6
所示。

③ 选择"文件"菜单中的"保存"命令，命名存储该报表。

图 5-6 职员信息表格式报表的预览视图

5.2.2 使用向导创建报表

使用"报表向导"创建报表,"报表向导"会提示用户输入相关的数据源、字段和报表版面格式等信息,根据向导提示可以完成大部分报表设计基本操作,加快了创建报表的过程。

【例 5.3】以工资管理系统数据库中的职员奖励表为基础,利用向导创建"职员奖励表"报表。具体操作步骤如下:

① 在 Access 中打开工资管理系统数据库文件;在数据库窗体中单击"报表"对象,单击"新建"按钮,出现如图 5-2 所示的"新建报表"对话框,选择"报表向导"选项,单击"确定"按钮。

② 这时屏幕显示"报表向导"的第 1 个对话框,与窗体一样,报表也需要选择一个数据源,数据源可以是表或查询对象。这里选择"表:职员奖励"表作为数据源,在"可用字段"列表框中列出数据源的所有字段,从"可用字段"列表字段中选择需要的报表字段,单击 > 按钮,所需字段就会显示在"选定的字段"列表框中,如图 5-7 所示,选择"职员奖励"表的"职员 ID"、"部门 ID"、"奖励原因"、"奖励金额"和"奖励日期"字段到"选定的字段"列表框中。当选择完合适的字段后,单击"下一步"按钮。

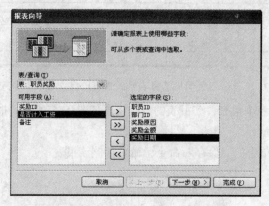

图 5-7 "报表向导"第 1 个对话框

③ 这时屏幕显示"报表向导"的第 2 个对话框，即在确定了数据的查看字段后，定义分组的级别。如图 5-8 所示，这里选择"奖励原因"字段为分组级别，然后单击"下一步"按钮。

④ 这时屏幕显示"报表向导"的第 3 个对话框。当定义好分组之后，用户可以指定主体记录的排序次序，如图 5-9 所示，这里指定"奖励日期"字段为排序次序。单击"汇总选项"按钮，弹出如图 5-10 所示的"汇总选项"对话框，指定计算汇总值的方式为"汇总"方式，然后单击"确定"按钮。

⑤ 在"报表向导"第 3 个对话框中单击"下一步"按钮，屏幕显示"报表向导"的第 4 个对话框，可以选择报表的布局样式，如图 5-11 所示。这里选择"递阶"布局样式。单击"下一步"按钮，进入"报表向导"的第 5 个对话框，用于选择报表标题的文字样式，如图 5-12 所示。这里选择"正式"样式，然后单击"下一步"按钮。

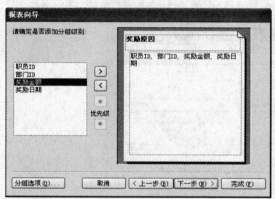

图 5-8 "报表向导"第 2 个对话框　　　　图 5-9 "报表向导"第 3 个对话框

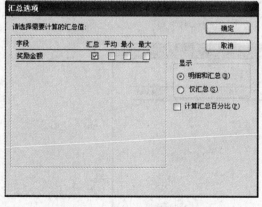

图 5-10 "汇总选项"对话框　　　　图 5-11 "报表向导"第 4 个对话框

⑥ 这时屏幕显示"报表向导"的最后一个对话框，按要求给出报表标题名称，如图 5-13 所示。这里指定报表标题名称为"职员奖励表"，单击"完成"按钮。这样可以得到一个初步报表，该报表的设计视图如图 5-14 所示，该报表的预览视图如图 5-15 所示，用户可以使用垂直和水平滚动条来调整预览窗体。

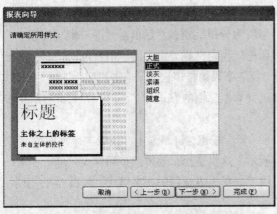

图 5-12　"报表向导"第 5 个对话框　　　　　　图 5-13　"报表向导"最后一个对话框

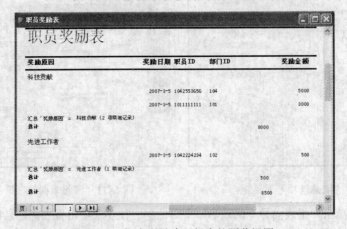

图 5-14　报表向导建立报表的设计视图

图 5-15　报表向导建立报表的预览视图

5.2.3　创建图表报表

图表向导用于将 Access 中的数据以图表的形式显示出来，即用于快速生成图表报表。

【例 5.4】对工资管理系统数据库中职员资料表使用"图表向导"创建输出各部门平均工资的报表。

具体操作步骤如下：

① 在 Access 中打开工资管理系统数据库文件；在"数据库"窗体中单击"报表"对象，再单击"新建"按钮。出现如图 5-2 所示的"新建报表"对话框，选择"图表向导"选项，在"请选择对象数据的来源或查询"下拉列表框中选择"职员资料表"选项，单击"确定"按钮。

② 屏幕显示"图表向导"的第 1 个对话框，需为报表选择相关的字段。在"可用字段"列表框中列出数据源的所有字段，从"可用字段"列表字段中选择需要的报表字段，单击 ＞ 按钮，它就会显示在"用于图表的字段"列表中。如图 5-16 所示，选择职员资料表的"部门 ID"和"工资"字段到"用于图表的字段"列表中。当选择完合适的字段后，单击"下一步"按钮。

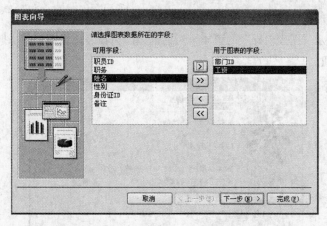

图 5-16　"图表向导"的第 1 个对话框

③ 这时屏幕显示"图表向导"的第 2 个对话框，需为报表选择图表的类型。这里选择第 1 行的第 2 个图表类型三维柱形图，然后单击"下一步"按钮，如图 5-17 所示。

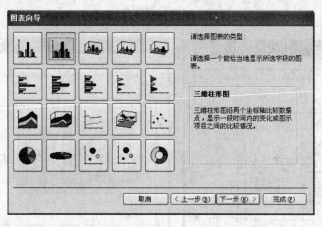

图 5-17　"图表向导"的第 2 个对话框

④ 这时屏幕显示"图表向导"的第 3 个对话框，需为报表选择图表的布局方式，如图 5-18 所示。单击"求和工资"按钮，出现"汇总"对话框，如图 5-19 所示。选中"平均值"选项，单击"确定"按钮返回。在图表向导的第 3 个对话框中单击"下一步"按钮。

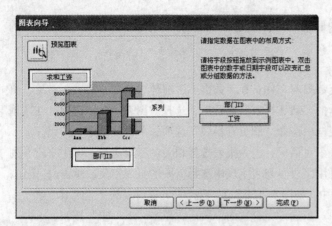

图 5-18　"图表向导"的第 3 个对话框　　　　　　　图 5-19　"汇总"对话框

⑤ 这时屏幕显示"图表向导"的第 4 个对话框，需为报表选择图表的标题（见图 5-20），然后单击"完成"按钮。

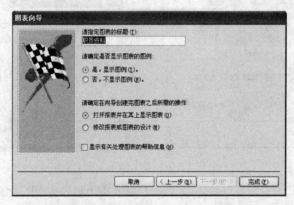

图 5-20　"图表向导"的第 4 个对话框

产生的报表设计视图如图 5-21 所示，其预览视图如图 5-22 所示。

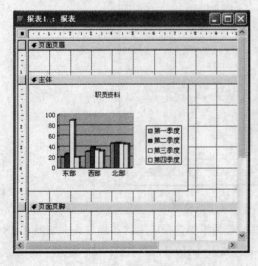

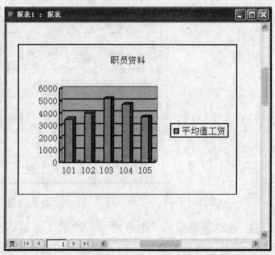

图 5-21　图表向导建立报表的设计视图　　　　　　图 5-22　图表向导建立报表的预览视图

5.3　在设计视图中创建报表

使用"报表向导"和"自动创建报表"等向导可以很方便地创建报表，但有时报表的形式还不能令人满意。这时，可以通过报表的设计视图对报表做进一步的改进。同样，通过报表的设计视图也可以修改和创建报表。

用报表的设计视图创建报表的具体操作步骤如下：

① 单击数据库窗口的"新建"按钮，弹出"新建报表"对话框（见图 5-2），在列表框中选择"设计视图"选项，并选择报表所需的数据表或查询，弹出报表设计视图。

② 在初次建立的"报表设计视图"窗口中，报表分为 3 个部分：页面页眉、主体和页面页脚，在"报表设计视图"窗口中还包括工具箱和报表的数据源窗口，如图 5-23 所示。

③ 如果需要，选择"视图"菜单中的"报表页眉/页脚"命令，在报表中添加报表页眉和报表页脚两部分，如图 5-24 所示。

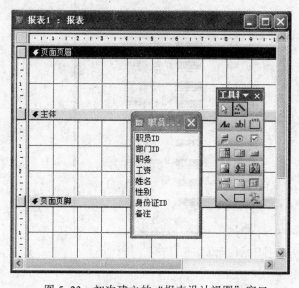

图 5-23　初次建立的"报表设计视图"窗口

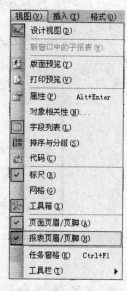

图 5-24　添加报表页眉/页脚

④ 可以将数据源中的字段及工具箱中有关对象拖放到设计视图中，完成报表的设计。

5.4　报表的数据排序与分组

5.4.1　报表的数据排序

可以对报表中的数据进行排序。排序操作将按一个或多个字段中的值来组织记录。

【例 5.5】对于工资管理系统数据库中职员信息报表按"部门 ID"升序，"工资"降序输出结果。

具体操作步骤如下：

① 在"设计视图"中打开职员信息报表。

② 选择"视图"菜单中的"排序与分组"命令，或在工具栏上单击图标 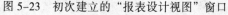，弹出"排序与分组"对话框。在"字段/表达式"列表中选择"部门 ID"，"排序次序"选择升序；在"字段/表

达式"列表中选择"工资"选项,"排序次序"选择降序,如图 5-25 所示。产生的报表预览视图如图 5-26 所示。

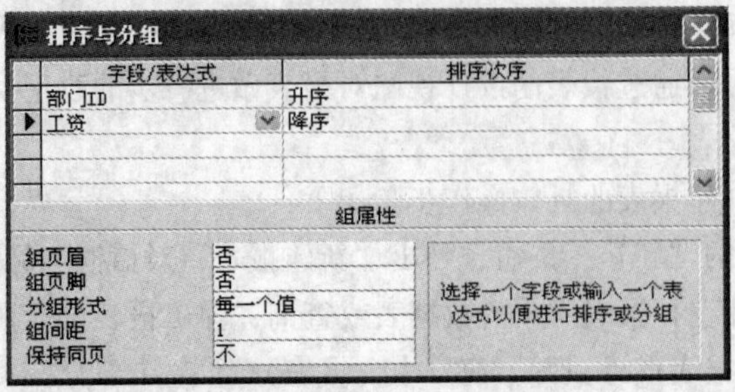

图 5-25 "排序与分组"对话框

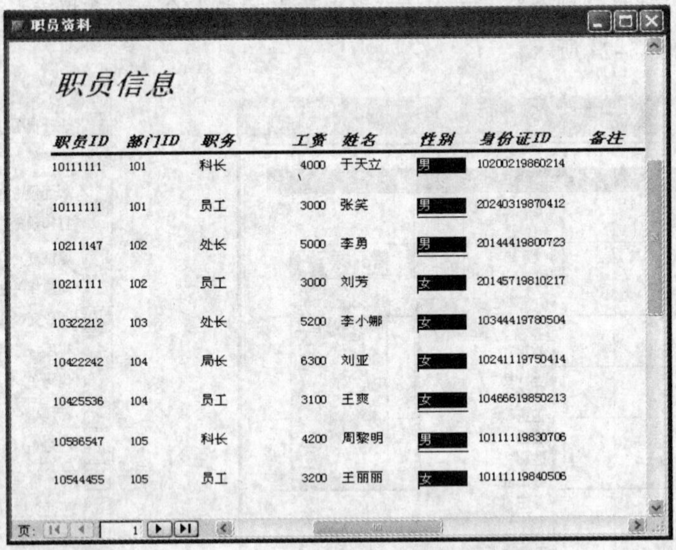

图 5-26 排序后的职员信息报表

5.4.2 报表的数据分组

通过数据分组可以按组来组织和安排记录。这样就能清楚地显示组之间的关系,迅速找到所需信息。

【例 5.6】对工资管理系统数据库中职员信息报表按"部门 ID"升序,"工资"降序,并以"部门"为组输出结果。

具体操作步骤如下:

① 在"设计视图"中打开职员信息报表。

② 在"视图"菜单上,选择"排序与分组"命令,或在工具栏上单击图标 [图],屏幕显示"排序与分组"对话框。在"字段/表达式"列表中选择"部门 ID","排序次序"选择升序,"组页脚"选择"是";在"字段/表达式"列表

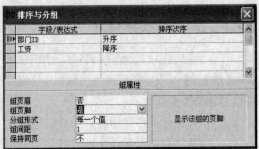

图 5-27 "排序与分组"对话框

中选择工资，"排序次序"选择降序，如图 5-27 所示。产生的报表预览视图如图 5-28 所示。

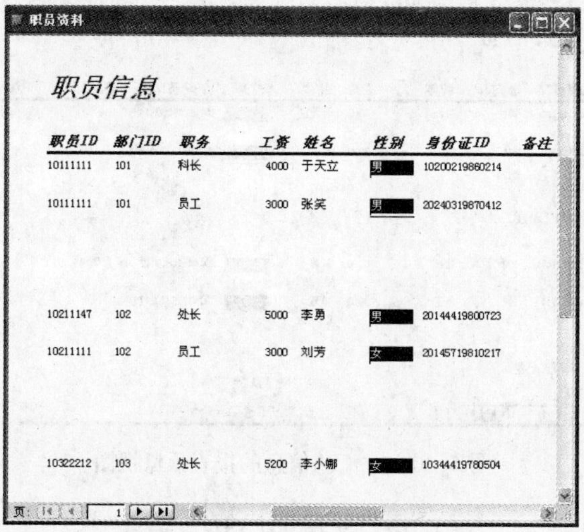

图 5-28 排序和分组后的职员信息报表

5.4.3 数据统计汇总

可以使用分组来计算汇总信息，例如合计和百分比。

【例 5.7】对工资管理系统数据库中职员信息报表按"部门 ID"升序，"工资"降序，并以部门为组，汇总各部门人数。

具体操作步骤如下：

① 在"设计视图"中打开职员信息报表。

② 选择"视图"菜单中的"排序与分组"命令，或单选工具栏上的图标，弹出"排序与分组"对话框。在"字段/表达式"列表中选择部门 ID，"排序次序"选择升序，"组页脚"选择"是"；在"字段/表达式"列表中选择工资，"排序次序"选择降序，如图 5-27 所示。

③ 将文本框拖放到报表的部门 ID 页脚中，将其中的标签标题改为"部门人数"，将其中的文本框的"控件来源"属性设置为"=Str(Count(*))"。

产生的报表的设计视图如图 5-29 所示，该报表的预览视图如图 5-30 所示。

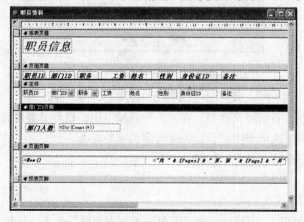

图 5-29 有汇总信息的报表设计视图

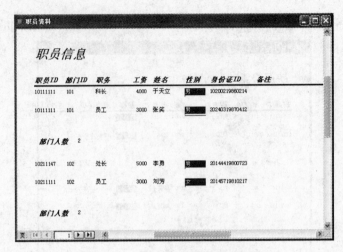

图 5-30 有汇总信息的报表预览视图

5.5 打 印 报 表

报表与窗体不同，报表强调的是数据的输出与版式，最主要的特性是能将其打印出来。报表设计工作完成后，接着需要对页面进行设置，预览后就可以打印报表。

5.5.1 页面设置

选择"文件"I"页面设置"命令，出现"页面设置"对话框，如图 5-31 所示。

图 5-31 "页面设置"对话框

"页面设置"对话框中有 3 个选项卡，分别是"边距"、"页"和"列"。在"边距"选项卡中，设置边距的上、下、左、右间隔长度等；在"页"选项卡中，设置每页的打印方向、纸张大小、打印机来源等；在"列"选项卡中，设置每页打印的字数段等。

页面设置完毕后，单击"确定"按钮。

5.5.2 预览报表

打开报表的"设计视图"窗口，选择"视图"I"版面预览"命令，打开"版面预览"对话框；

也可以选择"视图"|"打印预览"命令，打开"打印预览"对话框。其中，"版面预览"和"打印预览"是有区别的，前者只使用部分数据显示报表版面，而后者显示全部数据。

预览完毕后，选择"文件"|"打印"命令，或者单击工具栏上的"打印"按钮，弹出"打印"对话框，如图 5-32 所示。

图 5-32 "打印"对话框

选择并设置好需要的参数后，单击"确定"按钮开始打印。

习　　题

一、选择题

1. Access 报表的数据源可以来自（　　　　）。

  A．表　　　　　　　　B．查询　　　　　　　　C．表和查询　　　　　D．报表

2. 以下不属于报表组成区域的是（　　　　）。

  A．报表页眉　　　　　B．页面页眉　　　　　　C．主体　　　　　　　D．文本框

3. 在报表的设计视图中，可以包含（　　　　）。

  A．标签　　　　　　　B．文本框　　　　　　　C．图形　　　　　　　D．都可以

4. 要实现报表按某字段分组统计输出，需要设置（　　　　）。

  A．报表页脚　　　　　B．该字段组页脚　　　　C．主体　　　　　　　D．页面页脚

5. 要设置在报表每一页的顶部都输出的信息，需要设置（　　　　）。

  A．报表页眉　　　　　B．页面页眉　　　　　　C．报表页脚　　　　　D．页面页脚

二、简答题

1. 如何对报表中的所有记录作为整体进行计数？
2. 如何用预定义格式来设置报表的格式？
3. 如何在报表中添加页码？
4. 如何在报表中对记录进行分组排序？

三、应用题

设计一个报表，输出每个学生的所有成绩记录，要求按课程名称升序排序，且输出每位学生的平均分。

第6章　数据访问页

随着 Internet 的迅猛发展，Web 页已经成为当今重要的信息发布手段，越来越多的数据库用户希望将数据库应用于 Internet 上，从而使广大用户能够在 Internet 上浏览、收集、发布数据。而 Access 就具有十分强大的网络应用能力，从 Access 2000 版本开始，Access 增加了一个新对象：数据访问页。数据访问页是直接与数据库中的数据联系的 Web 页，用户利用它不仅可以对 Access 数据库中的数据进行输入、编辑、浏览等操作，而且可以将 Access 数据库中的数据发布给 Internet 上的所有用户，从而达到在 Internet 上达到资源共享的目的。

6.1　数据访问页的基础知识

6.1.1　数据访问页的作用

Access 2003 为用户提供了更加强大的网络功能，利用它用户可以创建数据访问页——一种动态的 HTML 格式。所谓的数据访问页实际上就是一种 Web 页，是窗体和报表与 Web 页的结合，它是在数据库的数据上直接附加的 HTML 文件。

用户利用数据访问页可以查看和操作来自 Internet 的数据，这些数据是保存在 Access 数据库中的。此外，数据访问页也可以用来添加、编辑、查看或处理 Access 数据库的当前数据。

数据访问页具有以下几个明显的优点：首先，因为数据访问页是直接连接在数据库上的，所以数据访问页可以显示当前数据库的最新信息；其次，由于数据访问页是交互的，因此用户可以利用数据访问页对信息进行排序、筛选或者浏览；最后，数据访问页能通过 Email 来进行分发，这就使得接收者每一次打开邮件时，邮件总会呈现出当前最新信息。

数据访问页是将数据库中的数据以 Web 页的形式发布出去的便捷工具，使得 Access 与 Internet 紧密结合在一起，用户可以交互式地访问数据库。

6.1.2　数据访问页的类型

由于用户创建的数据访问页所实现的主要功能不同，数据访问页可以分成 3 种类型：数据输入页、数据分析页和交互报表页。

1. 数据输入页

数据输入页常常用于添加、修改、删除和查看数据库中的记录。除此之外，用户还可以在 Access 数据库外部使用数据库，访问页在网络上更新数据库中的数据。

2．数据分析页

数据分析页中含有数据透视表，其实它与 Microsoft Excel 中的数据透视表很类似。用户可以利用此数据透视表根据不同的方法进行数据分析，以便重新组织数据。除此之外，数据分析页还可以包含用于分析趋势、检测图案、比较数据的图表以及用于公式计算的电子表格。

3．交互式报表

交互式报表主要用于合并和分组数据库中存储的信息，然后对发布数据进行总结。这里的对记录进行分组其实与报表中对记录的分组很类似，但是数据访问页比报表更具有优势。

6.1.3 数据访问页的数据源

数据访问页的数据源存储在 Internet 上的 Microsoft Access 数据库或 Microsoft SQL 服务器的数据库上。注意所要设计的数据库的页必须连接到相应的数据库上。当已经打开一个和 Access 或 SQL 数据库连接好的 Access 项目时，数据库访问页会自动连接到当前数据库，并将路径存储到其 ConnectionString 属性中。用户就是通过 ConnectionString 中的路径值才能在浏览器中浏览该数据访问页的内容，但是若数据库是在本地驱动器上，Access 将使用本地路径来设计数据访问页，从而使得别的用户不能够访问数据库中的数据。针对这种情况用户可以通过把数据库移动或者复制到一个其他用户能够访问到的网络位置的方法来解决。但是要是移动或复制操作是在页的设计完成之后，此时修改 ConnectionString 中的路径值，从而指向新的位置。这样当数据库处于共享状态后，用户就可以使用通用命名规则（UNC）打开此数据库。

事实上，用户根本不需要逐一修改每个 ConnectionString 的路径值，可以通过创建连接文件来解决。这个连接文件是用来存储数据访问页连接信息的，可以供多个页共享连接信息。注意若移动或复制数据库的操作是在连接文件的创建之后，则只需在连接文件中编辑连接信息即可。这样当用户打开用于连接文件的数据访问页时，这个数据访问页就会通过读取连接文件中的连接信息来连接到相应的数据库上。

6.1.4 数据访问页的组成

数据访问页是由正文和节组成的，而节又分成四类：标题，记录导航，组页眉和组页脚。

1．正文

正文可以用来显示信息性文本和节，是数据访问页的基本设计外表。在默认情况下，正文中元素是按照在 HTML 源文件中显示的顺序——输出。前面的内容决定元素的位置。当用户在 IE 中浏览时，正文的内容为了适合浏览器的大小会自动调整位置。

2．节

节是用来显示数据，文字以及工具栏的。在默认情况下，节中的元素的位置相对于节的顶端和左端坐标而言是固定的。即使调整浏览器的大小的时候，具有绝对位置的元素的位置也不会改变。

节有 4 种类型，用户在创建数据访问页的时候，可因需选择。

- 标题：用于文本框和其他控件的标题。位于紧挨着页眉的前面。注意它不能放绑定控件。
- 记录导航：用于显示分组级别的记录导航控件。记录导航位于组页眉之后，而当分组级别中有页脚的时候，记录导航则位于页脚后。注意它不能放绑定控件。

- 组页眉：主要用于显示数据和计算总计。位于最低分组级别，组页眉会重复显示，直到打印完当前组的所有记录为止。注意至少有两个分组级别。
- 组页脚：主要用于计算总计。位于分组级别的记录导航的前面。它对页中的最低分组级别不可用。

6.2 创建数据访问页

实际上数据访问页与前几章介绍的表、查询、窗体以及报表类似，它也是一种数据库对象。本节将具体介绍它的三种创建方法：自动创建数据访问页，使用向导创建数据访问页和使用设计视图创建数据访问页。

6.2.1 自动创建数据访问页

利用自动创建数据访问页功能可以快速便捷地创建数据访问页，Access 可以自动完成所有设置工作，不需要用户手动设置。这种方法创建的数据访问页包含了基表或查询的全部字段和记录（OLE 类型字段除外）。

自动创建数据访问页的具体操作步骤如下：

① 打开数据库。

② 在"数据库"窗口中，单击"对象"下的"页"选项卡，如图 6-1 所示。

③ 单击"数据库"窗口工具栏中的"新建"按钮，出现"新建数据访问页"对话框，如图 6-2 所示。

④ 在"新建数据访问页"对话框中，选择"自动创建数据页：纵栏式"选项，同时在下拉列表框中选择所需的表、查询或视图。这里以"职员资料"表为例，创建数据访问页。单击"确定"按钮，如图 6-2 所示。

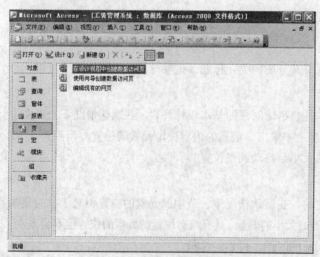

图 6-1 "页"选项卡

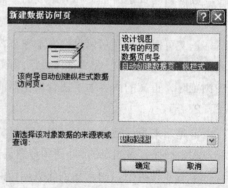

图 6-2 "新建数据访问页"对话框

⑤ Access 会自动创建一个纵栏式的数据访问页，单击工具栏中的"保存"按钮，如图 6-3 所示。

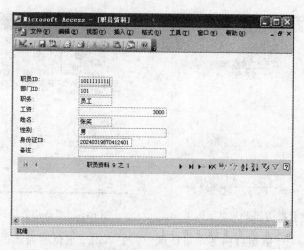

图 6-3 自动创建的纵栏式的职工资料数据访问页

⑥ 在"另存为数据访问页"对话框中，用户可以指定数据访问页的路径和文件名，做出相应的设置之后，单击"保存"按钮，这样就完成了数据访问页的创建。如图 6-4 所示。

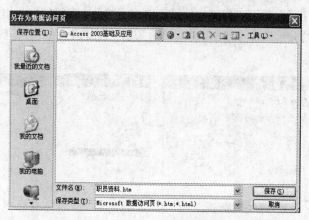

图 6-4 另存为数据访问页对话框

6.2.2 使用向导创建数据访问页

Access 2003 还为用户提供了使用向导创建数据访问页的方法，它通过每一步的对话框指示，使用户能够根据自己的需求创建数据访问页。

具体操作步骤如下：

① 打开数据库。

② 在"数据库"窗口中，选择"对象"|"页"|"新建"命令，会出现"新建数据访问页"对话框，如图 6-5 所示。

③ 在"新建数据访问页"对话框中，选择"数据页向导"，如图 6-5 所示。

④ 在"新建数据访问页"对话框中的下拉列表框里，选择所需的表、查询或视图。这里以"职员资料"表为例，创建数据访问页，单击"确定"按钮，如图 6-6 所示。

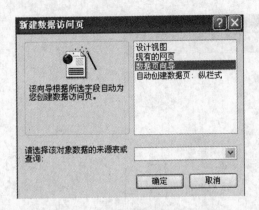

图 6-5　"新建数据访问页"对话框 1　　　图 6-6　"新建数据访问页"对话框 2

⑤ 在出现的第一个"数据页向导"对话框中，要求用户根据所需选择字段。针对"职员资料表"这个例子，将"职员 ID"、"部门 ID"、"姓名"、"职务"字段添加到"选定的字段"列表框里，单击"下一步"按钮，如图 6-7 所示。

⑥ 在出现的如图 6-8 所示的第二个"数据页向导"对话框中要求用户添加分组级别。在 Access 的数据访问页里，对字段分组可以提高它的可读性，便于用户理解信息。用户可以对字段进行多级分组，不过对字段的分组最多可以为四级。这里采用一级分组，使用"部门 ID"作为分组依据，单击"下一步"按钮。

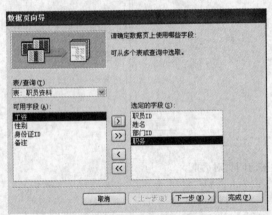
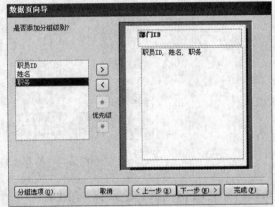

图 6-7　添加字段对话框　　　　　　图 6-8　添加分组级别对话框

⑦ 在出现如图 6-9 所示的第三个"数据页向导"对话框中，要求用户对信息进行排序。这里是以"职员 ID"作为依据进行升序排序，单击"下一步"按钮。

⑧ 在出现了最后一个"数据页向导"对话框中，要求指定标题，同时也要选择是打开数据库还是修改其设计。这里为数据页指定的标题是"职员资料"，单击"完成"按钮，如图 6-10 所示。

⑨ 在数据访问页的设计视图窗口，用户可以根据所需设计数据访问页。然后用户选择"视图"下的页面视图来浏览数据访问页，如图 6-11 所示。

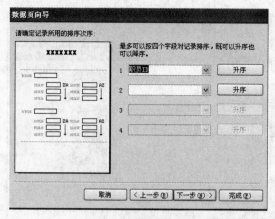
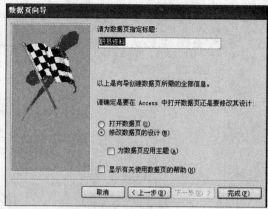

图 6-9　排序次序对话框　　　　　　　　　　图 6-10　指定标题对话框

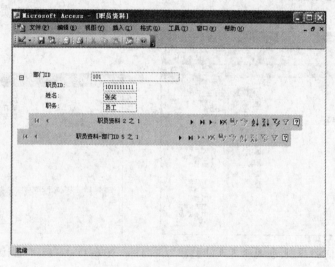

图 6-11　创建完成的数据访问页

6.2.3　使用设计视图创建数据访问页

本节将介绍使用设计视图（一个可视化的集成界面）进行创建数据访问页。在这个设计视图中，用户可以方便地对数据访问页进行修改。

具体操作步骤如下：

① 打开数据库。

② 在"数据库窗口"中的"对象"栏里，单击"页"选项卡，如图 6-12 所示。

③ 在"数据库"窗口里的右列表框中选择"在设计视图中创建数据访问页"选项，出现如图 6-13 所示窗口，这是一个空白的数据访问。

④ 单击工具栏上的"字段列表"图标 ▣，就显示"字段列表"，如图 6-14 所示。或者，在"数据库"窗口里单击"新建"按钮，选择"新建数据访问页"对话框里的"设计视图"选面，在下拉列表框选择数据源，这里以"职员资料"表为例，如图 6-15 所示。显然这两种方法的效果是相同的。

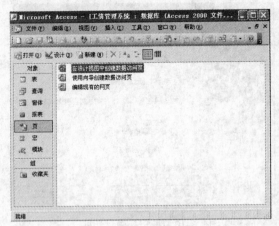

图 6-12 "页"选项卡

图 6-13 数据访问页的设计视图

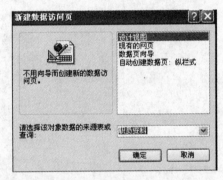

图 6-14 "数据访问页"设计视图和"字段列表"窗口 1　　图 6-15 "新建数据访问页"对话框

⑤ 在图 6-14 所示的数据访问页设计视图中的窗口里，将数据访问页所需要的字段从"字段列表"拖动到主体节上，如图 6-16 所示。此时用户可以根据需要添加布局各种控件，主题等。

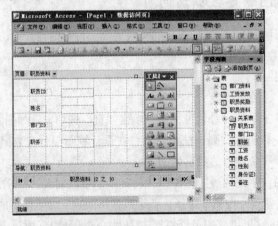

图 6-16 "数据访问页"设计视图和"字段列表"窗口 2

⑥ 保存数据访问页，完成数据访问页的创建。

6.3　编辑数据访问页

在上一节中，详细介绍了数据访问页的创建方法。实际上，除此之外，用户更应该关注一下页面的编辑工作。在设计视图里，有许多能够对页面进行很好修饰的功能，如添加修改元素、改变页面的样式、颜色等，使得用户能够按其所需，十分便捷地修改数据访问页，从而达到满意的效果。

6.3.1　为数据访问页添加控件

1. 控件简介

当用户打开设计视图时，系统会打开一个工具箱，如图 6-17 所示。或者通过单击数据访问页"设计视图"中菜单上的图标 来打开，从而利用工具箱给数据访问页添加控件。

图 6-17　工具箱

"工具箱"含有各种类型的控件，它们都可以添加在数据访问页上，其中一些与窗体和报表中的控件是同类型的，比如：标签 Aa，文本框 abl，选项组 ，选项按钮 ，复选框 ，列表框 ，命令按钮 ，图像 ，直线 ，矩形 。除此之外，工具箱里还有一些特殊用途的控件，前面的那些与窗体和报表相同的控件本小节就不做赘述了。因此下面主要讲解数据访问页中一些特有的控件：

　选择对象：用于选取控件。

　控件向导：用于打开或者关闭控件向导。

　绑定范围：此控件可以显示某个字段的数据值，或者显示一个表达式的结果。

　滚动文字：可在数据访问页上显示滚动文字，其中可以规定方向、速度和移动类别。

　展开：在数据访问页上插入一个展开按钮，可用来显示或隐藏分组记录。

　影片：在数据访问页上可以创建影片控件，用来播放影片。

　记录浏览：当某个分组级别中添加记录导航节时，Access 会自动添加此控件。然而，对有记录导航节但是没有记录浏览控件的分组级别，用户可以通过如下的操作将此控件加上：首先单击工具箱中的图标 ，然后单击记录导航节，注意此时记录浏览控件是要放在记录导航节中的。

　超链接：使用此控件可以链接到指定的 Web 页。

　图像超链接：使用此控件可以在图像上创建超级链接。

　Office 数据透析表：它是一种 Microsoft Office Web 组件，是用于交互地在 Web 页上进行数据分析。用户可以按其所需对以行列格式显示的数据进行移动，筛选，计算和排序。

　Office 图表：它是一种 Microsoft Office Web 组件，是在 Web 页上提供交互图表功能。可以在图表中说明数据，查看其所反映的变化，其中数据和图表选项是可以修改的。

　Office 电子表格：它是一种 Microsoft Office Web 组件，是一种在 Web 页上提供的电子表格交互功能。用户可以在 Web 页添加数据、公式、函数、更改格式、筛选条件、重新计算。

　其他控件：当单击此控件时，就会弹出一个菜单列表，显示出各种可供选择的控件。

2. 控件操作的操作步骤

具体操作步骤如下：

① 打开数据访问页的设计视图。

② 当要添加某个控件的时候，先单击工具箱中的相应的图标，此时鼠标就变成了十字状的，然后只要在页眉里单击一下，就会出现相应的控件。

③ 当要删除某个控件的时候，先选定要删除的控件，然后按【Delete】键即可。

6.3.2 美化和完善数据访问页

1. 选择主题

"主题"是指 Access 系统中的一些预先设置好的页面模板。具体来说，主题是字体、水平线、项目符号、背景图像、颜色、方案以及其他设计元素的统一体，利用它可以便于用户设计出专业化的数据访问页。当用户应用主题时，可以自定义正文和标题样式、背景色彩或图形、表边框颜色、项目符号、超链接颜色以及控件。

具体操作步骤如下：

① 打开数据访问页的设计视图，选择"格式"|"主题"，就会出现"主题"对话框，如图 6-18 所示。

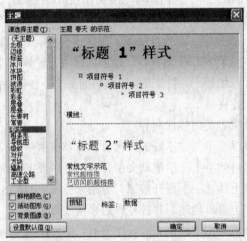

图 6-18 "主题"对话框

② 从左边的"主题"列表框里选择所需主题，右边的窗格中就会显示出所选的主题的效果。

③ 主题选好后，可以对"主题"对话框中左下角的几个复选框进行设置，其中：

鲜艳颜色：该选项可以为文本链接和按钮设置明亮的色彩。

活动图形：该选项适用于动画图形文件，注意动画在 Access 中显示为静态，而在 Web 浏览器中显示为动画。

背景图像：该选项用于打开或者关闭背景图像。

④ 单击"确定"按钮，完成主题的设置。

2. 添加背景

用户在设计数据访问页的时候，除了能够使用各种系统给定的主题，还可以对数据访问页的背景进行自定义。这里的背景包括图片，颜色，声音。

添加背景图案的具体操作步骤如下：

① 打开数据访问页的设计视图，选择"格式"下拉菜单中的"背景"子菜单。

② 在"背景"的子菜单中，选择"图片"选项，如图 6-19 所示。

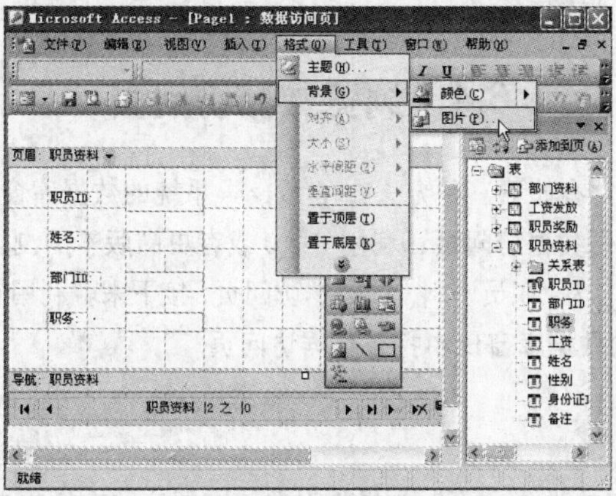

图 6-19 添加图片

③ 选择"图片"之后，会弹出"插入图片"对话框，用户根据自己的需要来添加图片，选好图片之后，单击"插入"按钮即可，如图 6-20 所示。

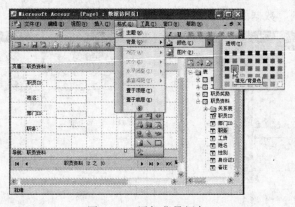

图 6-20 "插入图片"对话框

添加背景颜色的方法是：打开数据访问页的设计视图，选择"格式"|"背景"|"颜色"命令，此时会弹出一个调色板，用户可选择其所需要的颜色，如图 6-21 所示。

图 6-21 添加背景颜色

添加声音的步骤与添加背景图片、添加背景颜色的步骤很类似，打开数据访问页的设计视图，

选择"格式"|"背景"|"声音"命令，然后出现"插入声音文件"对话框，选择相应的声音文件，单击"确定"按钮即可完成设置。

6.4 浏览数据访问页

浏览数据访问页，通常有如下三种方法：在 Access 系统的数据库窗口中打开数据访问页；在资源管理器中双击直接打开数据访问页；利用 IE5.0 或者更高版本的浏览器浏览数据访问页。

前几节建立了一张命名为"职员资料"的数据访问页，接下来就利用它来详细介绍这三种方法。

1. 在 Access 系统的数据库窗口中打开数据访问页

具体操作步骤如下：

① 打开数据库。

② 在"数据库"窗口中选择"页"为操作对象，在相应的右栏中选定要浏览的数据访问页，这里以"职员资料"页为例，如图 6-22 所示。

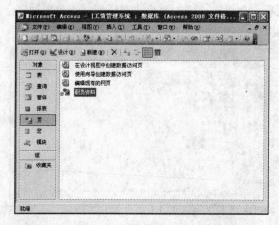

图 6-22 "数据库"窗口

③ 单击 Access 窗口菜单栏上的"文件"按钮，在下拉菜单中选择"网页预览"选项，如图 6-23 所示。

打开的"职员资料"数据访问页，如图 6-24 所示。

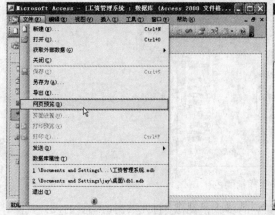

图 6-23 "网页预览"菜单

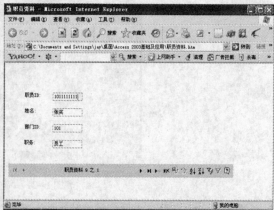

图 6-24 浏览效果

2．在资源管理器中双击直接打开数据访问页

具体操作步骤如下：

① 在资源管理器窗口中，打开"职员资料"数据访问页所在的文件夹"Access2003 数据库及其应用"。

② 双击要浏览的数据访问页"职员资料.htm"，Access 系统会自动启动 IE 浏览器来打开数据访问页，亦如图 6-24 所示。

3．利用 IE5.0 或者更高版本的浏览器浏览数据访问页

具体操作步骤如下：

① 启动 IE 浏览器。

② 在浏览器窗口的地址栏里直接键入数据访问页的绝对路径（C:\Documents and settings\jay\桌面\Access 2003 基础及其应用\职员资料.htm），然后按【Enter】键就可以打开"职员资料"数据访问页，亦如图 6-24 所示。

习　题

一、选择题

1. 将 Access 数据库中的数据发布在 Internet 网络上可以通过（　　　）。

　　A. 查询　　　　B. 窗体　　　　　C. 表　　　　　　D. 数据访问页

2. 查看所生成的数据访问页样式的一种视图方式是（　　　）。

　　A. 页视图　　　B. 设计视图　　　C. 数据访问页视图　　D. 页向导视图

3. Access 通过数据访问页可以发布的数据（　　　）。

　　A. 只能是静态数据　　　　　　　B. 只能是数据库中保持不变的数据

　　C. 只能是数据库中变化的数据　　D. 是数据库中保存的数据

4. 使用自动创建数据访问页功能创建数据访问页时，Access 会在当前文件夹下，自动保存创建的数据访问页，其格式为（　　　）。

　　A．html　　　B．文本　　　　C．数据库　　　　D．web

二、应用题

1. 以"学生档案管理系统"数据库中的"学生表"为例，使用数据访问页三种创建方法中的一种来创建一个数据访问页。

2. 给上述创建的数据访问页选择主题，添加背景从而美化数据访问页。

第 7 章　SQL 语句

目前，关系数据库管理系统都采用了 SQL 作为数据库语言。Access 作为一种关系型的数据库管理系统当然也会使用 SQL。SQL 是一门功能强大的数据库语言。本章主要介绍 Access 2003 支持的 SQL 的语句和使用方法。

SQL 是一种介于关系代数和关系演算之间的结构化查询语言（Structured Query Language），其主要功能就是同各种数据库建立联系，进行沟通，以达到操纵数据库的目的。

7.1　选 择 查 询

SQL 的查询语句只有 SELECT。SELECT 语句可与其他 SQL 语句配合完成更复杂的查询功能。SELECT 语句的作用是从数据库中查询满足条件的数据，并以表格的形式返回。

7.1.1　SELECT 语法规则

SELECT 语句主要使用格式如下：

```
SELECT [ALL|DISTINCT]
(INTO 子句)
FROM 子句
(WHERE 子句)
(GROUP BY 子句)
(HAVING 子句)
(ORDER BY 子句)
```

SELECT 子句描述如表 7-1 所示。

表 7-1　SELECT 子句描述

SELECT 子句	描　　　　　述
SELECT 子句	指定由查询返回的列，可有[ALL|DISTINCT]，两者不能同时使用 ALL 指定在结果集中可以显示重复行，是默认设置 DISTINCT 指定在结果集中只能显示唯一行。空值被认为相等
INTO 子句	创建新表并将结果行从查询插入新表中
FROM 子句	指定从其中检索行的表或视图
WHERE 子句	指定用于限制返回的行的搜索条件
GROUP BY 子句	指定查询结果的分组条件
HAVING 子句	指定组或聚合的搜索条件
ORDER BY 子句	指定结果集的排序，可有[ASC|DESC]，ASC 表示按照递增顺序排列，DESC 表示按照递减顺序排列，默认为 ASC

注意：在执行 SELECT 语句时，首先从 FROM 子句列出的表中，选择满足 WHERE 子句给出的条件表达式的记录，然后按 GROUP BY 子句（分组子句）中指定列的值分组，再检索出满足 HAVING 子句中组条件表达式的值，按 SELECT 子句给出的列名或列表达式输出。ORDER BY 子句（排列子句）用来对输出的目标表进行排序。

【例 7.1】查询"工资发放"表中基本工资大于等于 1 000 的记录，并按照基本工资由大到小的顺序排序。

其 SQL 查询语句如下：

```
SELECT  *
FROM 工资发放
WHERE 基本工资>=1 000  ORDER  BY 基本工资 DESC
```

7.1.2 聚合函数

在访问数据库时，经常要对表中的某列数据进行统计分析，如求最大、最小值、平均值等。所有这些针对表中一列或多列数据的分析统计就称为聚合分析。SQL 提供的聚合函数有计数函数 COUNT( )、平均值函数 AVG( )、求和函数 SUM( )、最大值函数 MAX( )、最小值函数 MIN( )。

1. COUNT(字段名)

用来求出选定字段的记录总数。对于一个数据集而言，每个字段的记录总数总是一样的，所以字段名可以用"*"代替，比如 COUNT(*)。

【例 7.2】查询"职员资料"表中员工总数。

其 SQL 查询语句如下：

```
SELECT  COUNT(*)
FROM 职员资料
```

2. AVG(字段名)

只适用于数字类型的字段，用来求出选定字段的平均值。

【例 7.3】查询"职员资料"表中员工的平均收入。

其 SQL 查询语句如下：

```
SELECT  AVG(工资)
FROM 职员资料
```

3. SUM(字段名)

只适用于数字类型的字段，用来求出选定字段的总和。

【例 7.4】查询"职员资料"表中员工的工资总数。

其 SQL 查询语句如下：

```
SELECT  SUM(工资)
FROM 职员资料
```

4. MAX(字段名)

只适用于数字类型的字段，用来求出选定字段的最大值。

5. MIN(字段名)

只适用于数字类型的字段，用来求出选定字段的最小值。

【例 7.5】查询"职员资料"表中员工的最大工资。

其 SQL 查询语句如下：

```
SELECT MAX(工资) AS MAX
FROM 职员资料
```

在 SQL 查询语句中使用 AS 对表的字段重新命名，只改输出，并未改变该表在设计视图中的字段的名称。AS 关键字不仅可以对不存在的字段命名，也可对存在的字段重命名，一般在以下情况中使用：

① 所涉及的表字段名很长或想把英文字段名改为中文字段名，使字段在结果集中更容易查看和处理。

② 查询产生了某些计算字段、合并字段等原本不存在的字段，需要命名。

③ 多表查询中的两个或多个表中存在重复的字段名。

【例 7.6】把职员资料表中的员工的"姓名"和"性别"连接起来。注意，字符型字段之间支持加操作，将两个字符串合并在一起。

其 SQL 查询语句如下：

```
SELECT 姓名 + 性别 AS 员工信息
FROM 职员资料
```

7.1.3 WHERE 子句

使用 WHERE 子句可以指定查询条件，根据某个表达式或某些字段的值过滤掉不符合条件的记录，缩小检索范围，类似于程序设计语言中的 if 条件句。其语法格式如下：

```
WHERE <表达式> <关系运算符> <表达式>
```

【例 7.7】在"职员资料"表中检索出姓名 = '李四'的记录。

其 SQL 查询语句如下：

```
SELECT *
FROM 职员资料
WHERE 姓名 = '李四'
```

注意：'李四'使用了单引号，是为了表示该值是文本（字符串）类型。

"<表达式> <关系运算符> <表达式>"构成一个关系表达式，其中关系运算符名称和含义如表 7-2 所示。

表 7-2 关系运算符名称和含义

关系运算符	含　义	关系运算符	含　义
=	等于	>	大于
> =	大于或等于	<	小于
< =	下于或等于	< >	不等于

常用的逻辑运算符如表 7-3 所示。3 个逻辑运算符的优先级依次为 NOT > AND > OR。

表 7-3 逻辑运算符

逻辑运算符	名　称	含　义
NOT	非	取反，若表达式成立，则取反后不成立，反之则成立。
AND	与	所有表达式同时成立才成立，否则不成立
OR	或	表达式中只要有一个成立，逻辑表达式就成立

【例 7.8】在"职员资料"表找出所有工资在 1 000 以上的女员工，以及所有部门 ID 不为 101 的员工，显示其姓名、性别、工资及部门编号。

其 SQL 查询语句如下：

```
SELECT 姓名,性别,工资,部门编号
FROM 职员资料
WHERE （工资＞＝1000 AND  性别＝'女'） OR（NOT （部门ID＝'101'））
```

Access 提供了一些特殊运算符用于过滤记录，其中常用的如表 7-4 所示。

表 7-4　特殊运算符

特殊运算符	含　　义
BETWEEN	定义一个区间范围
IS NULL	判断属性值是否为空
LIKE	字符串匹配
IN	检查一个属性值是否属于一组值

【例 7.9】在"职员资料"表找出所有工资在 2 000～4 000 之间的系 101 部门员工的姓名、性别、工资。

其 SQL 查询语句如下：

```
SELECT 姓名，性别，工资
FROM 职员资料
WHERE 部门ID  IN('101') AND 工资 BETWEEN 2000 AND 4000
```

【例 7.10】找出所有姓李的职员资料。

其 SQL 查询语句如下：

```
SELECT  *
FROM 职员资料
WHERE 姓名 LIKE '李*'
```

【例 7.11】显示部门 ID 尾数不在 2~4 范围中的员工资料。

其 SQL 查询语句如下：

```
SELECT  *
FROM 职员资料
WHERE 部门ID  LIKE  '*[! 2~4]'
```

7.1.4　GROUP BY 子句

GROUP BY 子句将输出的记录分成若干组，以字段值相同的记录为一组，配合聚合函数进行汇总统计操作。其语法格式如下：

```
GROUP BY 分组表达式1[,分组表达式2[,…]]
```

【例 7.12】按性别统计员工的平均工资。平均工资的小数位过长，可用 ROUND 函数予以限制。ROUND 函数的格式为：ROUND(X,n)，其中 X 是输出的值，n 是需保留的小数位数。

其 SQL 查询语句如下：

```
SELECT 性别，ROUND(AVG(工资),1) AS 平均平均工资
FROM 员工资料
GROUP BY 性别
```

注意：使用 GROUP BY 子句进行分组时，显示的字段只能是参与分组的字段以及基于分组字段的聚合函数计算结果。上面的例子按性别分组，输出的字段只能是"性别"，如果改成"姓名"字段，Access 将提示错误信息"试图执行的查询语句中不包含作为聚合函数一部分的特定表达式'姓名'"。

7.1.5 HAVING 子句

HAVING 函数与 GROUP BY 子句联合使用，可以对分组后的结果作限制。

【例 7.13】计算出每个部门员工的平均工资、人数和他们部门 ID，对人数超过 3 人的组输出统计结果。

其 SQL 查询语句如下：

```
SELECT  ROUND(AVG(平均工资),1), COUNT(姓名)AS 本组人数, 部门 ID
FROM 职员资料
GROUP  BY 部门 ID
HAVING COUNT(姓名)>3
```

7.1.6 ORDER BY 子句

ORDER BY 用来实现数据的排序，语法格式如下：

```
ORDER BY 字段或字段集合  [ASC|DESC]
```

【例 7.14】将员工所有性别为女的数据记录按工资进行降序排列。

其 SQL 查询语句如下：

```
SELECT  *
FROM 职员资料
WHERE  性别 = '女'
ORDER  BY 工资 DESC
```

7.1.7 连接查询

若一个查询同时涉及两个或两个以上的表，则称为连接查询（也称为多表查询）。连接查询是关系数据库中最重要的查询，连接查询允许通过指定表中某个或者某些列作为连接条件，同时从两个表或者多个表中检索数据。连接查询语法格式如下：

```
SELECT 表名.字段名,表名.字段名, …
FROM 表名,表名…
WHERE 连接条件 AND 搜索条件
```

由于是多表查询，为防止这些表中出现相同字段和程序代码清晰起见，一般在字段名前面加上表名。

【例 7.15】在"职员资料"表和"部门资料"表中取"职员 ID"及其对应"部门名称"，两表都有"部门 ID"列，并且要求条件是工资大于 2 000 以上的。

其 SQL 查询语句如下：

```
SELECT 职员资料.职员 ID,部门资料.部门名称
FROM  职员资料,部门资料
WHERE 职员资料.部门 ID=部门资料.部门 ID  AND  工资>2000
```

7.1.8　嵌套查询

嵌套查询又称子查询，就是在一个 SELECT 语句中又嵌套了一个 SELECT 语句。WHERE 子句和 HAVING 子句可以嵌套 SELECT 语句。 嵌套查询使用户可用多个简单查询构成复杂的查询，从而增强 SQL 的查询能力。以层层嵌套的方式来构造程序正是 SQL 中"结构化"含义所在。

【例 7.16】要显示保卫科的所有员工姓名，但又不知道保卫科的编号。

其 SQL 查询语句如下：

```
SELECT 姓名
FROM 保卫科
WHERE 部门 ID=(SELECT 部门 ID  FROM 部门资料 WHERE 部门名称='保卫科')
```

子查询的 SELECT 语句中不能使用 ORDER BY 子句，ORDER BY 子句只对最终查询结果排序。嵌套查询的一般求解方法是由里向外。每个子查询在上一级查询处理之前求解，子查询的结果用于建立其父查询的查找条件。

7.2　操 作 查 询

操作查询与选择查询的区别在于前者执行后不显示结果，而是按某种规则将 SELECT 查询的结果生成一个新的数据表，插入数据，更新字段值，删除表中记录等。

7.2.1　INSERT 语句

建成数据库结构以后，首先要做的一项工作就是插入数据。使用 SQL 中的 INSERT 语句可以向数据表中添加新的数据记录。

1．完全添加

INSERT 语句的语法格式如下：

```
INSERT  INTO  表名
VALUES(第一个字段值,…,最后一个字段值)
```

注意：VALUES 后面的字段值必须与数据表中的相应字段所规定的值的数据类型相符，若不想对某些字段赋值，可用 NULL 替代，否则会产生错误。

【例 7.17】在"部门资料"表中插入一条新的数据记录。

其 SQL 查询语句如下：

```
INSERT  INTO  部门资料
VALUES('106','经理室','只有经理一人')
```

2．部分添加

若想插入表的某些字段的值，可使用 SQL 语句中另一种 INSERT 语句，其语法结构如下：

```
INSERT  INTO  表名(字段1,…,字段n,…)
VALUES (第一个字段值,…,第 n 个字段值)
```

当用这种形式向数据表中添加新记录时，在关键字 INSERT INTO 后面输入要添加的数据表名称，在括号中列出将要添加新值的字段名称，最后在 VALUES 后面按前面输入列的顺序对应输入要添加的记录值。

【例 7.18】向"职员资料"表中添加一条新的记录。

其 SQL 查询语句如下：

```
INSERT  INTO 职员资料(职员 ID,部门 ID,姓名)
VALUES('1058654278','104','张晓')
```

这条新的记录只填写了职员 ID、部门 ID 和姓名字段的值。虽然使用这种方式添加数据比完全添加的输入量可能要大些，但它能够自由控制添加记录的字段值，并且语句清晰、易于理解。

7.2.2 SELECT...INTO 语句

SELECT...INTO 语句实现的是生成表查询的作用。将 SELECT 命令执行后的结果形成一个真正的数据表并保存在数据库中。语法上，只需在 SELECT 命令的字段名列表后加上 INTO<新表名>子句即可，其余部分不变。

【例 7.19】将所有男员工的全部信息按"部门 ID"降序，保存为 Male 数据表。

其 SQL 查询语句如下：

```
SELECT 职员资料.*  INTO  Male
FROM 职员资料
WHERE 性别='男'
ORDER BY 部门 ID DESC
```

7.2.3 UPDATE 语句

在 SQL 中可以使用 UPDATE 语句来修改表中已经存在的数据记录，也称为更新数据库表中的数据。

使用 UPDATE 语句，可以一次修改数据库表中单行的值，也可以修改表中选定行上的多列数据或更新所有行的数据。UPDATE 的语法结构如下：

```
UPDATE  表名
SET  列名 1=值 1,
列名 2=值 2,
…
列名 n=值 n
[WHERE 条件表达式]
```

UPDATE 语句实际上主要包括三部分：待更新的表名、列名和它们的新值以及选择更新行的搜索条件。UPDATE 语句中的 WHERE 子句确定表中要修改的数据行，SET 子句提供要修改的列值清单。

简单来讲，UPDATE 语句执行时，一次一行地处理整个表，更新那些搜索条件为 True（即 WHERE 子句为 True）的行上的 SET 子句列出的列值。UPDATE 语句把那些搜索条件为 False 或 NULL 行中的数据保持不变。

SET 子句包括了列赋值表达式的清单。表列名在赋值清单中作为赋值目标只能出现一次，并且表达式必须要产生一个与要赋值的列的数据类型相兼容的值。

一定注意不要忽略 WHERE 子句，如果没有指明 WHERE 子句，则数据库表中所有行的记录都将被更新。

【例 7.20】"三八"妇女节，该月将所有女员工的工资增加 100 元过节费。

其 SQL 查询语可如下：

```
UPDATE 职员资料
SET 工资 = 工资 + 100
WHERE 性别 = '女'
```

此时，表中所有女员工"工资"列的数据都增加了 100，而其他数据都没有改变。需要注意的是若"工资"列数据原来为 NULL 则结果仍为 NULL。因为 NULL 值参与任何数学运算其结果仍为 NULL，因此"NULL+100"结果仍为 NULL。

【例 7.21】每年之初，所有员工的年龄增加 1 岁，同时给所有员工的工资增加 20%。

其 SQL 查询语句如下：

```
UPDATE 职员资料
SET  工资 = 工资*1.2
```

有时候需要通过数据的更新操作，实现删除某列数据的目的。通常的做法是把该列的值设置为 NULL。当然，这样做的前提是该列允许为空值，即没有非空约束。即通过更新删除列中的数据。

【例 7.22】财会科（编号为 103）的员工的工资进行了调整，目前还不知道调整后的具体工资，因此需要把其原有的工资信息删除。技术开发部门的员工的"工资"列的值都变为 NULL。

其 SQL 查询语句如下：

```
UPDATE 职员资料
SET 工资 = NULL
WHERE 部门 ID = '103'
```

在 UPDATE 语句的 WHERE 子句中，可以使用比较运算符（=、>、<、>=、<=、<>）来确定搜索条件，也可以使用子查询来确定需要更新的行，即利用子查询更新多行的值。在"职员资料"表中，当女员工的工资少于所有女员工的平均工资时，将该女员工的工资提高 10%。

其 SQL 查询语句如下：

```
UPDATE 职员资料
SET 工资 = 工资 + 工资*0.1
WHERE 性别 = '女'AND 工资<(SELECT  AVG(工资) FROM 职员资料 WHERE 性别 = '女')
```

使用子查询选择要更新的行时，可以在子查询中引用正在更新的表。如本例中，子查询语句就引用了"职员资料"表。此时，子查询引用表中的数据都认为是更新前的数据。在该实例代码执行时，首先读出"职员资料"表中的第一行记录，如果经过验证其满足 WHERE 子句中的搜索条件，就将其"工资"列中的数据更新，然后系统从"职员资料"表取出第二条记录。此时在 WHERE 子句中执行子查询使用 AVG 聚合函数，其中要用到第一条记录的"工资"列中的数据，这时采用的是更新前的数据。也就是说，在整个 UPDATE 语句执行期间，子查询中 AVG 函数的值始终是相同的。

有时对数据库表中的数据完成某种更新操作，需要使用 UPDATE 语句分几步完成，这时特别需要注意数据更新的顺序。如果将 UPDATE 语句的执行顺序颠倒，则可能会造成执行结果错误，其中原因读者可自行分析。

7.2.4　DELETE 语句

在 SQL 中，可以使用 DELETE 语句从数据库删除数据，但只能从表中删除数据，不能删除表定义本身。DELETE 的语法结构如下：

```
DELETE  FROM 表名
[WHERE 条件表达式]
```

该语句将从表中删除符合条件的数据行，若没有 WHERE 语句，则删除所有数据行。通过使用 DELETE 语句中的 WHERE 子句，SQL 可以删除单行、多行数据以及所有行数据。使用 DELETE 语句时，应注意以下几点。

① DELETE 语句不能删除单个字段的值，只能删除整行数据。要删除单个字段的值，可以采用 UPDATE 语句，将其更新为 NULL。前提是该列没有 NOT NULL 约束。

② 使用 DELETE 语句仅能删除记录即表中的数据，不能删除表本身。要删除表，需要使用 DROP TABLE 语句。

③ 同 INSERT 和 UPDATE 语句一样，从一个表中删除记录将引起其他表的参照完整性问题。这是一个潜在问题，需要时刻注意。

【例 7.23】删除"职员资料"表中姓名为"张笑"的员工。

其 SQL 查询语句如下：

```
DELETE  FROM 职员资料
WHERE 姓名 = '张笑'
```

可以在 WHERE 子句中设置各种搜索条件，也可以通过子查询或者多表连接的方式选择要删除的行。

【例 7.24】从"职员资料"表中删除工资低于所有员工平均工资的男员工的记录。

其 SQL 查询语句如下：

```
DELETE  FROM 职员资料
WHERE 性别 = '男'  AND 工资<(SELECT  AVG(工资)  FROM 职员资料)
```

习　题

一、选择题

1. SQL 是（　　　）语言。

　A. 层次数据库　　　B. 网络数据库　　　　　C. 关系数据库　　　　　D. 非数据库

2. 在 SQL 语言中，实现数据检索的语句是（　　　）。

　A. SELECT　　　　B. INSERT　　　　　　C. UPDATE　　　　　　D. DELETE

3. 下列 SQL 语句中，修改表结构的是（　　　）。

　A. ALTER　　　　　B. CREATE　　　　　　C. UPDATE　　　　　　D. INSERT

4. 在 Access 中已建立学生表，表中有"学号"、"姓名"、"性别"和"入学成绩"等字段。

　执行如下 SQL 命令：

```
SELECT 性别,AVG(入学成绩)  FROM 学生 GROUP BY 性别
```

　其结果是（　　　）。

　A. 计算并显示所有学生的性别和入学成绩的平均值

　B. 按性别分组计算并显示性别和入学成绩的平均值

　C. 计算并显示所有学生的入学成绩的平均值

　D. 按性别分组计算并显示所有学生的入学成绩的平均值

5. 在 SQL 查询中使用 WHERE 子句指出的是（　　　）。

　A. 查询目标　　　　B. 查询结果　　　　　　C. 查询视图　　　　　　D. 查询条件

6. 与 WHERE AGE BETWEEN 23 AND 25 完全等价的是（　　　）。

    A.　WHERE AGE >23 AND AGE <25　　　　　　B.　WHERE AGE>=23 AND AGE <25

    C.　WHERE AGE >23 AND AGE<=25　　　　　　D.　WHERE AGE>=23 AND AGE <=25

7. 在 SQL 的 SELECT 语句的下列子句中，通常和 HAVING 子句同时使用的是（　　　）。

    A.　ORDER BY 子句　　　B.　WHERE 子句　　　C.　GROUP BY 子句　　　D.　均不需要

8. 在查询中统计记录的个数时，应使用（　　　）函数。

    A.　SUM　　　　　　　B.　COUNT(列名)　　　C.　COUNT(*)　　　　D.　AVG

二、简答题

1. 什么是联合查询？

2. 什么是子查询？

三、应用题

1. 设计一个 SQL 语句，显示学生的"学号"、"姓名"、"班级代号"和"入学成绩"字段值，要求按学号升序排序，"入学成绩"降序排序。

2. 设计一个 SQL 语句，显示最高分的学生的"学号"。

第8章 | 宏

宏是指"宏操作"(也称"宏指令")的有序集合。"宏"是 Office 组件中能够自动执行某种操作的命令。它与菜单命令或按钮的最大不同是无须使用者操作,而是多个"宏"命令经过编排以后按顺序执行。一般通过窗体控件的事件操作实现,或是在数据库的运行过程中自动实现。使用者只须在宏窗口中选定所需的宏操作,定义好有关参数,即可方便地实现某些特定的宏功能,既不要求编程,又不需要背记语法格式,所以宏尤其适合于初学者使用。

8.1 宏 的 介 绍

"宏"是一种简化用户工作的工具,是提前指定的动作列表。可以把各种动作依次定义在宏里,运行宏时,Access 就会依照定义的顺序运行指定的动作。

建立条件宏可以决定宏在什么条件下运行,也称为宏的条件操作。即只有在条件为真时才使宏在不同的时机运行不同的动作。宏的条件表达式可以用表达式生成器来完成。

宏由宏名、条件、操作和操作参数四部分组成。其中,宏名就是宏的名称;条件用来限制宏操作的执行,只有当满足条件时才执行相应的操作;操作用来定义或选择要执行的宏操作;操作参数就是为宏操作设定的必需的参数。一般来说,不同宏操作的操作参数不完全相同。宏可以由一系列操作组成,也可以是一个宏组。如果有许多宏,那么把相关的宏组织起来构成一个宏组,把不相关的宏分到不同的宏组,这将有助于对数据库中宏对象进行管理。

8.2 创建简单宏

这一节将介绍如何创建宏、修改宏以及运行宏。

8.2.1 创建宏

创建宏通常有两种方法:在数据库窗口的"宏"对象选项卡中创建宏;在为对象创建事件的行为的同时创建宏。通常都使用第一种方法来创建宏。

【例 8.1】创建一个窗体,在上面添加一个命令按钮,该按钮的功能是通过调用一个宏,打开"职员资料"表。

其具体操作步骤如下:

① 打开工资管理系统数据库,单击数据库窗口"对象"栏中的"宏"对象。

② 单击工具栏上的"新建"按钮,弹出创建宏的窗口,单击"操作"列的第一个单元格,从操作列表中选择 OpenTable 选项。在窗口下半部分的"操作参数"栏中,单击"表名称"下拉列表框,

从下拉列表框中选择"职员资料"表,并在"注释"列中,添加注释"打开职员资料表",得到的结果如图 8-1 所示。

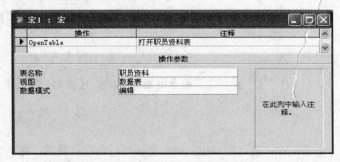

图 8-1 创建宏的窗口

③ 单击工具栏中的"保存"按钮,在弹出的对话框中,输入宏的名称"打开职员资料表",然后单击"确定"按钮,如图 8-2 所示。

④ 在设计视图中创建一个窗体,确保工具箱中的"控件向导"按钮未选定。在设计视图的主体节上添加一个命令按钮。

⑤ 打开命令按钮的属性表,在"事件"选项卡中,单击"单击"属性的下拉列表框,选择"打开职员资料表"宏,如图 8-3 所示。

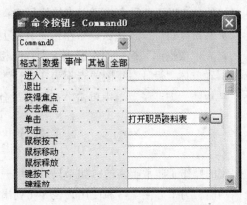

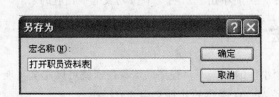

图 8-2 "另存为"对话框　　　　图 8-3 设置命令按钮的属性

⑥ 打开该窗体的窗体视图,单击命令按钮时,就会打开"职员资料"表。

8.2.2 修改宏

如果对创建完成的宏不满意,可以进行设计修改,包括插入宏操作、删除宏操作、移动宏操作和复制宏操作等。

修改宏的操作都是在宏窗口中进行的,单击数据库窗口"对象"栏中的"宏"对象,选择要修改的宏,然后单击工具栏中的"设计"按钮便会弹出宏窗口。下面介绍一些常用的修改宏的操作。

1. 插入宏

【例 8.2】在"宏"窗口中插入宏。

具体操作步骤如下:

① 在"宏"窗口中,单击要在其上面一行插入新操作的行选择器,单击工具栏上的"插入

行"━━ 按钮。

② 单击"操作列"的下三角按钮，在操作列表中选择要使用的操作。

③ 如果需要，在窗口的下半部分的"操作参数"栏和"注释"列中为宏操作设置参数以及添加相应的注释。

2．删除宏操作

删除宏操作的方法是：在"宏"窗口中，单击要删除行的行选择器，然后单击工具栏上的"删除行"按钮即可。

3．移动宏

移动宏操作的方法是：在"宏"窗口中，单击要移动行的行选择器，拖动鼠标将该行放到新位置上即可。

4．复制宏操作

复制宏操作的步骤也很简单是：单击要复制行的行选择器，然后单击工具栏上的"复制"按钮，再单击要放置操作的位置，最后单击工具栏上的"粘贴"按钮即可。

8.2.3 运行宏

在运行宏时，Access 2003 将从宏的起始点启动，并执行宏中所有的操作。用户可以直接执行创建好的宏。以下几种方式可以直接执行宏：

- 在宏"设计"视图窗口中单击工具栏上的"执行"按钮。
- 在"数据库"窗口的宏选项卡中双击相应的宏名来执行宏。
- 在窗体"设计"视图或者报表"设计"视图中利用菜单选项执行宏，在"工具"下拉菜单中的"宏"子菜单中单击"运行宏"命令，然后单击"宏名"下拉列表框中相应的宏。

8.3 宏 操 作

宏的操作是非常丰富的，如果只是设计一个小型的数据库，程序的流程用宏就可以完全实现所需功能。为了方便学习和使用，表 8-1 列出了 Access 提供的几种常用的宏操作。

表 8-1 常用宏操作一览表

操 作	常用宏操作说明
Beep	通过计算机的扬声器发出嘟嘟声
Close	关闭指定的 Access 窗口。如果没有指定窗口，则关闭活动窗口
GoToControl	把焦点移到打开的窗体、窗体数据表、表数据表、查询数据表中当前记录的特定字段或控件上
Maximize	放大活动窗口，使其充满 Access 窗口。该操作可以使用户尽可能多地看到活动窗口中的对象
Minimize	将活动窗口缩小为 Access 窗口底部的小标题栏
MsgBox	显示包含警告信息或其他信息的消息框
OpenForm	打开一个窗体，并通过选择窗体的数据输入与窗口方式，来限制窗体所显示的记录
OpenReport	在"设计"视图或打印预览中打开报表或立即打印报表。也可以限制需要在报表中打印的记录
PrintOut	打印打开数据库中的活动对象，也可以打印数据表、报表、窗体和模块
Quit	退出 Access 。Quit 操作还可以指定在退出 Access 之前是否保存数据库对象

续表

操 作	常用宏操作说明
RepaintObject	完成指定数据库对象的屏幕更新。如果没有指定数据库对象，则对活动数据库对象进行更新。更新包括对象的所有控件的所有重新计算
Restore	将处于最大化或最小化的窗口恢复为原来的大小
RunMacro	运行宏。该宏可以在宏组中
SetValue	对 Access 窗体、窗体数据表或报表上的字段、控件或属性的值进行设置
StopMacro	停止当前正在运行的宏

在建立宏的过程中，可以根据实际需要来选择合适的宏。下面将详细介绍这些宏操作。

8.3.1 启动和关闭 Access 对象

以一个例子详细说明宏操作的步骤。

【例 8.3】创建一个窗体，在上面添加两个命令按钮。通过调用宏，实现下面的功能：一个用于显示"欢迎使用 Microsoft Access"的消息框，另一个用于退出 Access。

具体操作步骤如下：

① 单击数据库窗口"对象"栏中的"宏"对象，再单击工具栏上的"新建"按钮，弹出创建宏的窗口。

② 单击工具栏上的"宏名"按钮，宏窗口中出现"宏名"列。在第一行的"宏名"列内输入"欢迎"，"操作"列内选择 MsgBox；在"操作参数"栏的"消息"框中输入"欢迎使用 Microsoft Access"；在"注释"列中，输入"欢迎使用 Access"。在第二行的"宏名"列内输入"退出"，"操作"列内选择 Quit；在"操作参数"栏的"选项"框中选择"退出"；在"注释"列中，输入"退出 Access"。如图 8-4 所示。

③ 单击工具栏中的"保存"按钮，输入宏组的名称"宏组"，然后单击"确定"按钮保存。

④ 在设计视图窗口中创建一个窗体。确保工具箱中的"控件向导"按钮未选定。

⑤ 添加一个命令按钮。打开命令按钮的属性表，在"事件"选项卡中，单击"单击"属性的下拉列表框，选择"宏组. 欢迎"选项，如图 8-5 所示。

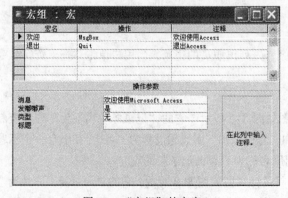

图 8-4 "宏组"的宏窗口

图 8-5 "命令按钮"的属性对话框

⑥ 再添加一个命令按钮，也在"事件"选项卡中，单击"单击"属性的下拉列表框中选择"宏组. 关闭"选项。

打开该窗体的窗体视图，当单击第一个命令按钮时，会弹出一个消息框显示"欢迎使用 Microsoft Access"；当单击第二个命令按钮的时候，就会直接退出 Access。

8.3.2 打印数据库对象数据

使用 PrintOut 操作可以打印当前数据库中被激活的对象，如表、报表、窗体以及模块等。PrintOut 操作包括以下操作参数，如图 8-6 所示。

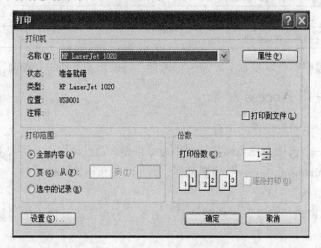

图 8-6 "PrintOut"操作的操作参数

（1）打印范围：选择打印对象的范围

① 选择"全部内容"选项，打印对象的全部数据。

② 选择"页"选项，则打印范围从"开始页码"到"结束页码"；开始页码：输入开始打印的页码，打印将从该页的顶端开始；结束页码：输入结束打印的页码，打印将从该页的底端结束。

③ 选择"选中的记录"选项，打印出此对象的选择部分。

（2）打印份数：指定打印对象的份数，系统默认为"1"。

（3）逐份打印：指定打印时是否逐份打印。

8.3.3 运行查询

下面以一个实例来详细说明该宏操作。

【例 8.4】设计一个职员工资的查询程序，先列出职员的记录，当用户单击"查工资"命令按钮时，显示出该职员的所有成绩记录。

具体操作步骤如下：

① 设计一个"查询窗体"，其设计视图如图 8-7 所示。它的"记录源"属性为"职员资料"表，该窗体的"允许编辑"、"允许删除"和"允许添加"属性均设置为"否"。其中有一个标题为"查工资"的命令按钮，它的单击事件是调用名称为"查询记录"的宏。

② 设计一个"工资详情显示"窗体，其设计视图如图 8-8 所示，它的"记录源"属性为"工资发放"表，该窗体的"模式"属性设置为"是"（这样在调用该窗体后，只有在返回后才可进行其他操作）。

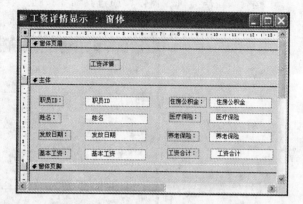

图 8-7 "查询窗体"的设计视图   图 8-8 "工资详情显示"的设计视图

③ 设计两个动作查询，分别为"删除查询"和"追加查询"，它们的设计视图分别如图 8-9 和图 8-10 所示。

图 8-9 "追加查询"的设计视图   图 8-10 "删除查询"的设计视图

④ 设计一个"查询"宏，其设计视图如图 8-11 所示。先调用"删除查询"再调用"追加查询"，即先删除"工资发放"表中的所有记录，再把当前职员的所有工资记录追加到"工资发放"表中，再调用"工资详情显示"窗体显示这些工资记录。

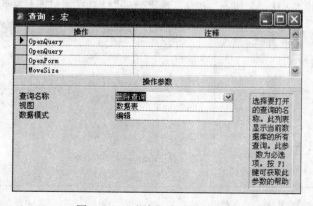

图 8-11 "查询"宏的设计视图

⑤ 运行"工资查询"窗体，通过其命令按钮"查工资"找到对应的职员记录，单击"查工资"，就会在其右下角出现一个"工资详情显示"窗体，如图 8-12 所示。

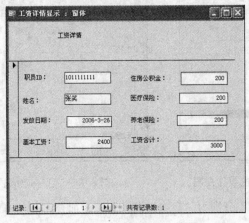

图 8-12 "工资详情显示"窗体

8.3.4 条件宏

某些情况下，用户需要系统仅仅在宏中特定条件为真的时候才可以输出一个或一系列操作。例如，用户需要在信息窗口中显示一个记录的值，而在另一个信息窗口中显示所有记录的值。

在宏设计窗口的"条件"列中，每个框都可用于设置条件，以便控制宏的流程。条件是一个计算结果为 True/False 的逻辑表达式。宏将根据条件结果的真或假，来选择不同路径执行。

设置条件操作的具体操作步骤如下：

① 在"设计"视图中打开需要指定条件操作的宏。

② 执行下列操作之一在宏设计窗口中显示出"条件列"。

- 单击宏设计工具栏中的"条件"按钮。
- 选择"视图"菜单中的"条件"命令。
- 在宏设计窗口标题栏上右击，从快捷菜单中选择"条件"命令。

③ 在"条件"列中键入相应的条件表达式。显示出的"条件"列如图 8-13 所示。

如果要使用"表达式生成器"创建表达式，可以将插入点定位到某个"条件"框之后，用户只要单击宏设计工具栏中的"表达式生成器"按钮，即可弹出"表达式生成器"对话框，如图 8-14 所示。

图 8-13 在宏设计窗口中显示"条件"列

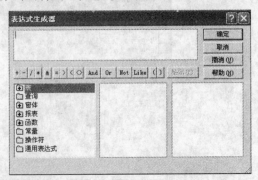

图 8-14 "表达式生成器"对话框

8.3.5 宏组

在 Access 中，宏所能够完成的操作功能是十分强大的。可以通过建立宏组在一个宏中完成更多、更复杂的操作；在工具栏上添加一个自定义的宏键，单击宏键可以完成一系列的操作；在宏与宏之间，可以发生嵌套关系。

在建立宏时，如果用户要在一个位置上将几个相关的宏构成组，而不希望对其进行单个操作，可以将其组织成一个宏组。在 8.3.1 节中介绍如何创建启动和关闭 Access 对象的宏时，创建的就是宏组。以下就是对如何创建宏组所做的详细归纳。

① 在"数据库"窗口中选取"宏"选项卡，单击"新建"按钮。

② 单击工具栏上的"宏名"按钮。

③ 在"宏名"栏内，输入宏组中的第一个宏的名字。

④ 按照以上小节所介绍的方法，在新建宏中添加需要宏执行的操作。

⑤ 在宏组内添加其他的宏，只要重复步骤③、④。

在保存宏组时，指定的名字是宏组的名字，这个名字也是显示在"数据库"窗口中的宏和宏组列表的名字。如果要引用宏组中的宏，所用的语法是：宏组名.宏名。运行窗体，单击各按钮后会执行宏组中相应的宏。

习　题

一、简答题

1. 什么是宏？

2. 什么是宏组？

3. 常用的宏操作有哪些？

4. 打开一个表所使用的宏操作是什么？

二、应用题

在学生档案管理系统中创建一个启动和关闭 Access 的宏组。

第9章 ┃ VBA 编程基础

通过宏与窗体的结合能够完成简单数据库管理和数据库界面的管理，但对于复杂的数据库系统，对于复杂的数据处理以及控制，必须依赖 Access 中的一个重要对象——Visual Basic for Applications（VBA）。利用 VBA 可以开发复杂的应用程序。

9.1　VBA 概述

VBA 是微软开发出来的，在其桌面应用程序中执行通用的自动化（OLE）任务的编程语言。VBA 是 Visual Basic 的一个子集，但是 VBA 不同于 Visual Basic（VB），原因是 VBA 要求基于一个宿主应用程序运行，而且不能用于创建独立的应用程序，而 Visual Basic（VB）可用于创建独立的应用程序。VBA 可使常用的过程或者进程自动化，可以创建自定义的解决方案，最适用于定制已有的桌面应用程序。

通常意义上的 VBA 就是在 Office 中包含着的一种加强 Office 功能的 BASIC 语言。经过发展，在 Office 中，Word、Excel、Access、PowerPoint 四个软件都有了自己的程序设计语言，分别称为 WordBasic、ExcelBasic、AccessBasic、PowerPointBasic，通常统一称为 VBA。

9.2　VBA 基础

VBA 的语言基础包括标识符、关键字、数据类型、变量、常量、运算符和表达式等，下面将分别进行详细介绍。

9.2.1　标识符与关键字

标识符是一种标识变量、常量、过程、函数、类等语言构成单位的符号，利用它可以完成对变量、常量、过程、函数、类等的引用。标识符的命名规则如下：

① 必须由字母开头，由字母、数字和下画线组成，如 A987b_23Abc。

② 字符长度小于 40。

③ 不能与 VB 关键字重名。

关键字也叫保留字，是系统专用的字，具有特定的功能，用户不能将关键字用于程序中的其他位置。VBA 关键字同 VB 关键字一样，有 public、private、dim、goto、next、with、integer、single 等。

9.2.2　数据类型

VBA 共有 13 种数据类型，具体如表 9-1 所示，此外用户还可以根据以下类型用 Type 自定义数据类型。

表 9-1　VBA 数据类型

数据类型	类型标识符	字　节
字符串型 String	$	字符长度（0～65 400）
字节型　Byte	无	1
布尔型 Boolean	无	2
整数型　Integer	%	2
长整数型　Long	&	4
单精度型　Single	!	4
双精度型　Double	#	8
数据类型	类型标识符	字节
日期型　Date	无	8（公元 100/1/1—9999/12/31）
货币型　Currency	@	8
小数点型　Decimal	无	14
变体型　Variant	无	以上任意类型，可变
对象型　Object	无	4

9.2.3　变量与常量

VBA 允许使用未定义的变量，默认是变体变量 Variant。在模块通用说明部分加入 Option Explicit 语句可以强迫用户进行变量定义，VBA 的变量定义语句如表 9-2 所示。

表 9-2　变量定义语句

变量定义语句	变量作用域	实　例
Dim 变量 as 类型	定义为局部变量	Dim xyz as integer
Private 变量 as 类型	定义为私有变量	Private xyz as byte
Public 变量 as 类型	定义为公有变量	Public xyz as single
Global 变量 as 类型	定义为全局变量	Global xyz as date
Static 变量 as 类型	定义为静态变量	Static xyz as double

一般变量作用域的原则是：在哪部分定义就在哪部分起作用，在模块中定义则只在该模块作用。

常量是变量的一种特例，用 Const 定义，且定义时赋值，程序中不能改变值。作用域也如同变量作用域。例如，Const Pi=3.1415926 as single。

9.2.4　运算符与表达式

运算符是代表 VBA 某种运算功能的符号。VBA 提供了丰富的运算符，可以构成多种表达式。

1. 算术运算符与算术表达式

算术运算符常用来执行简单的算术运算。VBA 提供了 8 个算术运算符，如表 9-3 所示。

表 9-3　VBA 的算术运算符

运　　　算	运　算　符	表达式示例
指数运算	^	X^Y
取负运算	-	-X
乘法运算	*	X*Y
浮点数除法运算	/	X/Y
整数除法运算	\	X\Y
取模运算	Mod	X Mod Y
加法运算	+	X+Y
减法运算	-	X-Y

在 8 个运算符中，除取负运算（-）是单目运算符外，其他均为双目运算符。

2. 字符串连接符与字符串表达式

字符串连接符（&）用来连接多个字符串（字符串相加）。例如：

```
A$="Good"
B$="Bye"
C$=A$&" "&B$
```

运算结果为：变量 C$ 的值为 "Good Bye"。

在 VBA 中，"+" 既可以用做加法运算符，还可以用做字符串连接符，但 "&" 专门用做字符串连接，其作用与 "+" 相同。在有些情况下，用 "&" 比用 "+" 可能更安全。

3. 关系运算符与逻辑运算符

（1）关系运算符

关系运算符也称比较运算符，用来对两个表达式进行比较，比较的结果是一个逻辑值，即 True 或 False。用关系运算符连接两个算术表达式所组成的表达式叫做关系表达式。VBA 提供了 6 个关系运算符，如表 9-4 所示。

表 9-4　VBA 的关系运算符

运　算　符	关　　　系	表　达　式
=	相等	X=Y
<>或><	不相等	X<>Y
<	小于	X<Y
>	大于	X>Y
<=	小于等于	X<=Y
>=	大于等于	X >= Y

在 VBA 中，允许部分不同数据类型的量进行比较，但要注意其运算方法。

关系运算符的优先次序如下：

① =、<>或><的优先级别相同，<、>、>=、<=的优先级别也相同。前两种关系运算符的优

先级别低于后 4 种关系运算符。

② 关系运算符的优先级低于算术运算符。

③ 关系运算符的优先级高于赋值运算符 (=)。

（2）逻辑运算符

逻辑运算也称布尔运算，由逻辑运算符连接两个或多个关系表达式，组成一个布尔表达式。
VBA 的逻辑运算符有 6 种，如表 9-5 所示。

表 9-5　VBA 的逻辑运算符

运　算　符	含　　　义
Not	取反运算，由 True 变 False 或由 False 变 True
And	与运算，两个表达式的值同时为 True 则为 True，否则为 False
Or	或运算，两个表达式中有一个表达式为 True 则为 True，否则为 False
Xor	异或运算，两个表达式同时为 True 或同时为 False 时为 False，否则为 True
Eqv	等价运算，两个表达式同时为 True 或同时为 False 时为 True，否则为 False
Imp	蕴涵运算，第一个表达式为 True 且第二个表达式为 False 时为 False，否则为 True

4．对象运算符与对象运算表达式

（1）对象运算符

对象运算表达式中使用"!"和"."两种运算符，使用对象运算符指示随后将出现的项目类型。

"!"运算符的作用是指出随后为用户定义的内容。使用此运算符可以引用一个开启的窗体、
报表或开启窗体或报表上的控件。表 9-6 列出了对象运算符的 3 种引用方式：

表 9-6　"！"运算符的 3 种引用方式

标　识　符	引　　　用
Forms![订单]	开启的"订单"窗体
Reports![发货单]	开启的"发货单"报表
Forms![订单]![订单 ID]	开启的"订单"窗体上的"订单 ID"控件

"."运算符通常指出随后为 Access 定义的内容。例如， 使用"."运算符可以引用窗体、报
表或控件等对象的属性。

（2）在表达式中引用对象

在表达式中可以使用标识符来引用一个对象或对象的属性。例如，可以引用一个开启的报表
的 Visible 属性：

```
Reports![发货单]![单位].Visible
```

[发货单]引用"发货单"的报表，[单位]引用"发货单"报表上的"单位"控件。

9.3　VBA 的控制语句

VBA 的控制语句包括赋值语句、判断语句、循环语句以及其他一些常用语句，下面将分别进
行详细介绍。

9.3.1 赋值语句

赋值语句是对变量或对象属性赋值的语句，采用赋值号 "="，例如：

```
X=123;
Form1.caption ="我的窗口"
```

为对象进行赋值采用 set myobject = object 或 myobject : = object 语句。

9.3.2 判断语句

1. If...Then...Else 语句

```
If condition Then [statements][Else elsestatements]
```

例如：

```
If A>B And C<D Then A=B+2 Else A=C+2
If x>250 Then x=x-100
```

或者，可以使用块形式的语法：

```
If condition Then
[statements]
[ElseIf condition Then
[ElseIfstatements] …
  Else
  [Elsestatements]]
  End If
```

例如：

```
If Number<10 Then
   Digits=1
ElseIf Number<100 Then
   Digits=2
Else
   Digits=3
End If
```

2. Select Case...Case...End Case 语句

例如：

```
Select Case Pid
   Case "A101"
     Price=200
   Case "A102"
     Price=300
     …
   Case Else
     Price=900
End Case
```

3. Choose 函数

Choose(index,choice-1,choice-2,…,choice-*n*)，可以用来选择自变量串列中的一个值，并将其返回。index 是必要参数，它的值为数值表达式或字段，运算结果是一个数值，且界于 1 和可选择的项目数之间。choice 是必要参数，包含可选择项目的其中之一。例如：

```
GetChoice = Choose(Ind,"Speedy","United","Federal")
```

4. Switch 函数

Switch(expr-1,value-1[,expr-2,value-2 [,expr-n,value-n]])，和 Choose 函数类似，但它是以两个一组的方式返回所要的值。在串列中，最先为 True 的值会被返回。expr 是必要参数，是要加以计算的变量表达式。value 也是必要参数，如果相关的表达式为 True，则返回此部分的数值或表达式；如果没有表达式为 True，Switch 会返回一个 NULL 值。

9.3.3 循环语句

（1）For Next 语句

以指定次数来重复执行一组语句。

```
For counter=start To end [Step step]      ' step 缺省值为 1
[Statements]
[Exit For]
[Statements]
Next [counter]
```

如：

```
For Words=10 To 1 Step-1                  ' 建立 10 次循环
    For Chars=0 To 9                      ' 建立 10 次循环
        MyString=MyString & Chars         ' 将数字添加到字符串中
    Next Chars                            ' Increment counter
    MyString=MyString & " "               ' 添加一个空格
Next Words
```

（2）For Each…Next 语句

主要功能是对一个数组或集合对象进行循环，让所有元素重复执行一次语句。

```
For Each element In group
Statements
[Exit for]
Statements
Next [element]
```

如：

```
For Each rang2 In range1
With range2.interior
  .colorindex = 6
  .pattern = xlSolid
End with
Next
```

上面一例中用到了 With…End With 语句，目的是省去对象的多次调用，加快速度。

（3）Do…loop 语句

在条件为 True 时，重复执行区块命令。

```
Do {while |until} condition              ' while 为当型循环，until 为直到型循环
  Statements
Exit do
Statements
Loop
```

或者使用下面语法

```
Do                                          ' 先 do 再判断
   Statements
Exit do
Statements
Loop {while |until} condition
```

9.3.4 其他语句

结构化程序使用以上判断和循环语句已经足够，建议不要轻易使用下面介绍的语句，尽管 VBA 能支持这些语句。

① Goto line：该语句为跳转到 line 语句行。

② On expression gosub destinatioinlist 或者 on expression goto destinationlist：该语句为根据 expression 表达式值来跳转到所要的行号或行标记。

③ Gosub line…line…Return 语句：Return 返回到 Gosub line 行，如：

```
Sub gosubtry()
  Dim num
  Num=inputbox（"输入一个数字，此值将会被判断循环"）
  If num>0 then Gosub Routine1 : Debug.print num: Exit sub
  Routine1:
  Num=num/5
  Return
End sub
```

④ while…wend 语句：只要条件为 True，循环就执行。这是从 VB 语法保留下来的，如：

```
While condition              ' while I<50
   [Statements]              ' I=I+1
Wend                         ' Wend
```

有时执行阶段会有错误的情况发生，利用 On Error 语句来处理错误，启动一个错误的处理程序。语法如下：

```
On Error Goto Line          ' 当错误发生时，会立刻转移到 line 行去
On Error Resume Next        ' 当错误发生时，会立刻转移到发生错误的下一行去
On Error Goto 0             ' 当错误发生时，会立刻停止过程中任何错误处理过程
```

9.4   VBA 开发环境

VBA 的开发环境叫做 VBE，这里将介绍进入 VBE 的方法以及 VBE 界面。

9.4.1   初识开发环境

在 Access 中进入到 VBE 有以下四种方法。

在窗体或报表中进入 VBE 有两种方法。一种方法是在设计视图中打开窗体或者报表，然后单击工具栏上的"代码"按钮。另一种方法是在设计视图中打开窗体或者报表，然后在某个控件上右击，系统将弹出"选择生成器"对话框，在该对话框中选择"代码生成器"选项，然后单击"确定"按钮即可。

在窗体和报表之外进入 VBE 也有两种方法。一种是选择"工具"｜"宏"｜"Visual Basic 编辑器"命令。另一种方法是选择数据库窗口下的"模块"对象，然后单击"新建"按钮。

如图 9-1 所示为一个打开的 VBE 窗口。VBE 通常由一些常用工具栏和多个子窗口组成。子窗口主要包括：工程资源管理器窗口、属性窗口、代码窗口、本地窗口、立即窗口和监视窗口。

图 9-1　VBA 窗口

9.4.2　VBE 界面

编写代码离不开编辑环境，本节将详细介绍 VBE 界面的使用，包括 VBE 工具栏与 VBE 窗口的使用。

1. VBE 工具栏

VBE 中有许多种工具栏，包括"调试"工具栏，"编辑"工具栏，"标准"工具栏和"用户窗体"工具栏。

可以单击工具栏按钮来完成该按钮所指定的动作。如果要显示工具栏按钮的工具提示，可以在"选项"对话框中切换到"标准"选项卡，选择"显示工具提示"选项。

"标准"工具栏包含几个常用的菜单项快捷方式的按钮。"标准"工具栏是 VBE 默认显示的工具栏，其中各图标及其功能说明如表 9-7 所示。

表 9-7　"标准"工具栏各图标及其功能说明

名　　称	图　标	说　　明
Access 视图		在主应用程序与活动的 Visual Basic 文档之间进行切换
插入模块		用于插入新模块，图标会变成最后一个添加的模块类型。默认值是窗体
保存		将包含工程及其所有部件即窗体及模块的主文档存盘
剪切		将选择的控件或文本删除并放置于"剪贴板"中
复制		将选择的控件或文本复制到"剪贴板"中
粘贴		将"剪贴板"的内容插入到当前位置

续表

名　　称	图　标	说　　　　明
搜索		打开"查找"对话框并搜索，在"查找目标"文本框内指定文本
撤销		撤销最后一个编辑动作
恢复		恢复最后一个文本编辑的撤销动作
运行子过程/用户窗体		运行模块程序
中断		中断正在运行的程序
终止运行/重新设计		结束正在运行的程序，重新进入模块设计状态
设计模式		在设计模式和非设计模式之间切换
工程资源管理器		打开工程资源管理器窗口
属性窗口		打开属性窗口
对象浏览器		打开对象浏览器窗口
工具箱		显示或隐藏工具箱
Office 助手		打开 Office 助手进行帮助

2. VBE 窗口

VBE 使用多种不同窗口来显示不同对象或完成不同任务。VBE 中的窗口有：工程资源管理器窗口、属性窗口、代码窗口、本地窗口、立即窗口、监视窗口、用户窗体窗口、对象浏览器和工具箱。在 VBE 窗口的"视图"菜单中包括了用于打开各种窗口的菜单命令，下面分别介绍各种窗口的使用。

① 工程资源管理器窗口：工程资源管理器显示工程层次结构的列表以及每个工程所包含与引用的项目，即显示工程的一个分支结构列表和所包含的模块。

② 属性窗口：属性窗口列出了选定对象的属性，可以在设计时查看、改变这些属性。当选取了多个控件时，属性窗口会列出所有控件的共同属性。属性窗口的窗口部件主要有对象框和属性列表。

③ 代码窗口：代码窗口用来编写、显示以及编辑 VBA 代码。打开各模块的代码窗口之后可以查看同窗体或模块中的代码，并且在它们之间做复制以及粘贴的动作。

④ 本地窗口：本地窗口内部自动显示出所有当前过程中的变量声明及变量值，从中可以观察一些数据的信息。

⑤ 立即窗口：使用立即窗口可以进行以下操作：

● 输入或粘贴一行代码，然后按下【Enter】键来执行该代码。

● 从立即窗口中复制一行代码到代码窗口中，但是立即窗口中的代码是不能存储的。

⑥ 监视窗口：监视窗口用于显示当前工程中定义的监视表达式的值。当工程中定义有监视表达式时，监视窗口就会自动出现。可以拖动一个选定的变量到立即窗口或监视窗口中。

⑦ 对象浏览器：对象浏览器用于显示对象库以及工程过程中的可用类、属性、方法、事件及常数变量。可以用它来搜索及使用已有的对象，或是来源于其他应用程序的对象。

9.5 使用 ADO 访问数据库对象和集合

ActiveX Data Objects（ADO）是基于组件的数据库编程接口，它是一个和编程语言无关的 COM 组件系统，可以对来自多种数据提供者的数据进行读取和写入操作。它的主要优点是易于使用，速度快，内存支出低和占用磁盘空间少。ADO 的主要功能是用于支持建立客户端/服务器和基于 Web 的应用程序。

9.5.1 ADO 对象和集合

ADO 组件主要提供了以下七个对象和四个集合来访问数据库：

① Connection 对象：建立与后台数据库的连接。

② Command 对象：执行 SQL 指令，访问数据库。

③ Parameters 对象和 Parameters 集合：为 Command 对象提供数据和参数。

④ RecordSet 对象：存放访问数据库后的数据信息，是最经常使用的对象。

⑤ Field 对象和 Field 集合：提供对 RecordSet 中当前记录各个字段进行访问的功能。

⑥ Property 对象和 Properties 集合：提供有关信息，供 Connection、Command、RecordSet、Field 对象使用。

⑦ Error 对象和 Errors 集合：提供访问数据库时的错误信息。

ADO 的核心是 Connection、Command 和 RecordSet 对象。

9.5.2 Connection 对象

Connection 对象用于建立与后台数据库的连接。通过连接可从应用程序访问数据源。它保存诸如指针类型、连接字符串、查询超时、连接超时和缺省数据库这样的连接信息。

（1）Connection 对象的常用属性

① ConnectionString 属性：该属性为连接字符串，用于建立和数据的连接，它包含了连接数据源所需要的各种信息，在打开之前必须设置该属性。

② ConnectionTimeout 属性：该属性用于设置连接的最长时间。如果在建立连接时，等待时间超过了这个属性所设定的时间，则会自动中止连接操作的尝试，并产生一个错误。属性默认值是 15s。

③ DefaultDatabase 属性：该属性为 Connection 对象指明一个默认的数据库。

（2）Connection 对象的常用方法

① Open 方法：该方法可建立同数据源的连接。该方法完成以后，就建立了同数据源的物理连接。

其使用语法如下：

```
Connection.Open ConnectionString,UserID,Password,Options
```

其中，ConnectionString 是前面指出的连接字符串；UserID 是建立连接的用户代号；Password 是建立连接的用户密码；Options 参数提供了连接，是一个 ConnectionOptionEnum 值，可以在对象浏览器中查看各个枚举值的含义。

② Close 方法：该方法用于关闭一个数据库连接。

其使用语法如下：

```
Set Connection=Nothing
```

③ Execute 方法：该方法用于执行一个 SQL 查询。该方法既可以执行动作查询，也可以执行选择查询。

9.5.3 Command 对象

在建立 Connection 后，就可以发出命令操作数据源。一般情况下，Command 对象可以在数据库中添加、删除或更新数据，或者在表中进行数据查询。Command 对象在定义查询参数或执行一个有输出参数的存储过程时非常有用。

1. Command 对象的常用属性

① ActiveConnection 属性：指向 Command 所关联的 Connection 对象。

② CommandTimeout 属性：指定中止一个 Command.Execute 调用之前必须等待的时间。

③ CommandType 属性：指定数据提供者该如何解释 CommandText 属性值。

④ Prepared 属性：判断数据源是否把 CommandText 中的 SQL 语句编译为 prepared statement（一种临时性存储过程）。

⑤ prepared statement 属性：仅存活于 Command 的 ActiveConnection 生命周期中。

⑥ State 属性：指定 Commnad 状态。

2. Command 对象的常用方法

① Createparameter 方法：在执行该方法之前，必须首先声明一个 ADODB.Parameter 对象。调用语法为：

```
cmmName,CreateParameter[strName[,lngType[,lngDirection[,lngSize[,varValue]]]]]
```

② Execute 方法：调用语法同 Connection.Execute。

9.5.4 RecordSet 对象

Recordset 对象只代表一个记录集，这个记录集是一个连接的数据库中的表，或者是 Command 对象执行结果返回的记录集。在 ADO 对象模型中，所有对数据的操作几乎都是在 Recordset 对象中完成的。Record 对象用于指定行、移动行、添加、更改、删除记录。

1. RecordSet 对象的常用属性

① AbsolutePage 属性：指定当前记录所在的页。

② AbsolutePosition 属性：指定 RecordSet 对象当前记录的序号位置。

③ ActiveConnection 属性：指示指定的 Command 或 RecordSet 对象当前所属的 Connection 对象。

④ BOF 属性：指示当前记录位置位于 RecordSet 对象的第一个记录之前。

⑤ EOF 属性：指示当前记录位置位于 RecordSet 对象的最后一个记录之后。

⑥ Filter 属性：为 RecordSet 对象中的数据指示筛选条件。

⑦ MaxRecords 属性：指示通过查询返回 RecordSet 对象记录的最大个数。

⑧ Recordset 属性：指示 RecordSet 对象中记录的当前记录数。

⑨ Sort 属性：指定一个或多个 RecordSet 对象以之排序的字段名，并指定按升序还是降序对字段进行排序。

⑩ Source 属性：指示 RecordSet 对象中数据的来源（Command 对象、SQL 语句、表的名称或存储过程）。

2．RecordSet 对象的常用方法

① AddNew 方法：为可更新的 RecordSet 对象创建新记录。

② Cancel 方法：取消执行挂起的异步 Execute 或 Open 方法的调用。

③ CancelUpdate 方法：取消在调用 Update 方法前对当前记录或新记录所做的任何更改。

④ Delete 方法：删除当前记录或记录组。

⑤ Move 方法：移动 RecordSet 对象中当前记录的位置。

⑥ MoveFirst、MoveNext、Moveprevious 和 Movelast 方法：移动到指定 RecordSet 对象的第一个、下一个、上一个或最后一个记录，并使该记录成为当前记录。

⑦ NextRecordset 方法：清除当前 RecordSet 对象并通过提前命令序列返回下一个记录集。

⑧ Open 方法：打开游标。其使用语法如下：

```
Recordset.Open source, activeconnection, cursortype, locktype, options
```

其中，source 参数可以是一个有效的 Command 对象的变量名，或是一个查询、存储过程或表名等；activeconnection 参数指明该记录集是基于哪个 Connection 对象连接的，必须注意这个对象应该是已建立的连接；cursortype 指明使用的游标类型；locktype 指明记录锁定方式；options 是指 source 参数中内容的类型，如表、存储过程等。

⑨ Requery 方法：通过重新执行对象所基于的查询来更新 RecordSet 对象中的数据。

⑩ Save 方法：将 RecordSet 对象持久保存在文件中。该方法不会导致记录集的关闭。其使用语法如下：

```
Recordset.Save filename
```

其中，filename 是要存储记录集文件的完整路径和文件名。

⑪ Update 方法：保存对 RecordSet 对象的当前记录所做的所有更改。

9.5.5　应用实例

采用 ADO 实现查看部门列表。

设计一个名称为"部门列表"的窗体，其设计视图如图 9-2 所示。

图 9-2　部门列表窗体的设计视图

其中有一个标签，其名称为 Label1，标题为"部门列表"；有一个文本框，其名称为 Text1，用于显示部门列表；另有一个命令按钮，其名称为 Command0，标题为"查看部门列表"，在其上设计如下事件过程：

```
Private Sub Command0_Click()
    '定义 Conn 为 Connection 对象
    Dim Conn As New ADODB.Connection
    '定义 rst 为 Recordset 对象
    Dim rst As New ADODB.Recordset
    '定义 com 为 Command 对象
    Dim com As New ADODB.Command
    Conn.ConnectionString="Provider=Microsoft.Jet.OLEDB.4.0;Data
    Source=D:\ access\工资管理系统.mdb"
    ' 打开数据库
    Conn.Open
    '定义一个查询字符串
    sql="select*from 部门资料"
    '指定 Command 对象属于 Conn 连接
    Set com.ActiveConnection=Conn
    '指定 Command 对象的命令文本为 sql
    com.CommandText=sql
    '执行在 CommandText 属性中指定的查询
    Set rst=com.Execute
    '移动到第一条记录
    rst.MoveFirst
    Do While Not rst.EOF
      Forms![部门列表].Text1=Forms![部门列表].Text1&vbCrLf&rst.Fields("部门名称")
      rst.MoveNext
    Loop
End Sub
```

运行本窗体，单击"查看部门列表"按钮，在文本框中将显示出所有的部门，如图 9-3 所示。

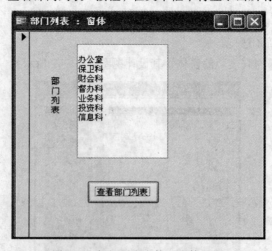

图 9-3　部门列表窗体的窗体视图

习　题

一、选择题

1. VBA 中定义符号常量可以用关键字（　　）。

    A．Const　　　　　B．Dim　　　　　C．Public　　　　D．Private

2. 使用（　　）语句可以定义变量。

    A．Dim　　　　　B．if　　　　　C．For…Next　　　D．DataBase

3. VBA 中的类型说明符号！表示是（　　）。

    A．Integer　　　B．Long　　　　C．Single　　　　D．Double

4. 以下正确的 If 语句是（　　）。

    A．If x>0 Then y=1 Else
    　　Y=-1

    B．If x>0 Then y=1 Else y=-1 End If

    C．If x>0 Then
    　　　　Y=1
    　　Else
    　　　　Y=-1
    　　End If

    D．If x>0 Then
    　　　y=1
    　　Else
    　　　　Y=-1

5. 求 s=1+3+5+…+99 结果不正确的是（　　）。

    A．s=0
    　　i=1
    　　While i<=99
    　　　　s=s+i
    　　　　i=i+2
    　　Wend
    　　Debug.print s

    B．s=0
    　　i=1
    　　Do While i< =99
    　　　　s=s+i
    　　　　i=i+2
    　　Loop
    　　Debug.print s

    C．s=0
    　　i=1
    　　Do Until i<=99
    　　　　s=s+i
    　　　　i=i+2
    　　Loop
    　　Debug.print s

    D．s=0
    　　For i=1 To 100 Step 2
    　　　　s=s+i
    　　Next
    　　Debug.print s

6. 在 VBA 代码调试过程中，能够显示出所有当前过程中变量声明及变量值信息的是（　　）。

    A．本地窗口　　　B．立即窗口　　　C．监视窗口　　　D．代码窗口

二、简答题

1. VBA 中有哪几种变量声明方法？

2. VBA 的控制语句有哪几种？

3. 什么是 ADO？它的主要优点是什么？

三、应用题

设计一个"查找窗体"，当输入一个学生姓名时，显示该学生的其他信息。

第10章   Access 2003 数据交换

在计算机系统中，当应用程序不同时，它们所生成的文件格式也是不同的。所以一般情况下，某一应用程序不能读取其他应用程序所生成的文件，除非该程序刚好支持用户所要打开的文件格式。Access 在这方面就有着得天独厚的优势。

Access 2003 有着强大的数据服务功能，它提供了与其他 Office 2003 软件以及一些应用程序之间的接口。通过导入、导出等多种数据交换方式实现了不同系统程序之间的数据共享，从而使得用户能够更加便捷有效地利用数据。

本章主要分两节讨论 Access 与 Excel，Word 之间的数据交换方式，还是以工资管理系统为例来讲解。

10.1   Access 与 Excel 数据交换

Access 当前数据库可以通过导入、导出等数据交换方式与其他数据库（包括 Access 数据库和非 Access 数据库）或者是外部数据源进行数据复制，例如：Visual FoxPro 数据库、Excel 电子表格等。导入就是指把外部数据源的数据复制到 Access 的当前数据库；导出就是指把 Access 当前数据库的数据复制到外部数据源。

10.1.1   导入 Excel 电子表格

通过把 Excel 表格"新增职员资料.xls"导入到 Access 数据库"工资管理系统.mdb"为例来演示如何把Excel电子表格导入到Access数据库中。

具体操作步骤如下：

① 打开"工资管理系统"数据库。

② 选择"文件" | "获取外部数据源" | "导入"命令，如图 10-1 所示。

③ 在弹出的"导入"对话框中，找到需要导入的 Excel 电子表格的路径，选择一个 Excel 电子表格文件，这里选择"新增职员资料.xls"文件，单击"导入"按钮，如图 10-2 所示。

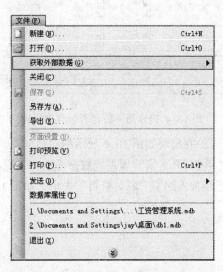

图 10-1   "获取外部数据导入"子菜单

④ 在弹出的如图 10-3 所示的对话框中，显示的"新增职员资料.xls"文件里的数据，这里选择"显示工作区"单选按钮，单击"下一步"按钮。

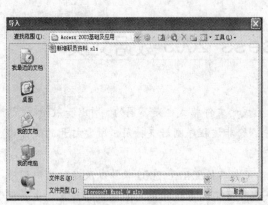

图 10-2 "导入"对话框　　　　　　　　　　　　图 10-3 选择工作表或区域

⑤ 在出现的如图 10-4 所示的对话框中，单击"下一步"按钮。

⑥ 在出现的如图 10-5 所示的对话框中，选择"现有的表中"单选按钮，并在下拉列表框中选择要导入的目标表。本例把"新增职员资料.xls"文件中的内容加入到工资管理系统的"职员资料"表里，单击"下一步"按钮。

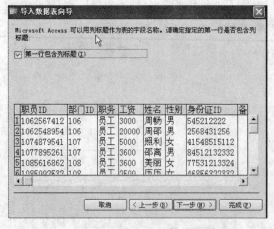

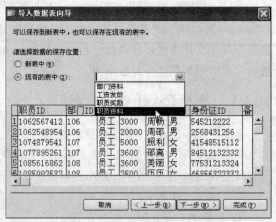

图 10-4 确定第一行是否包含列标题　　　　　　图 10-5 选择数据的保存位置

⑦ 在出现如图 10-6 所示的对话框中，单击"完成"按钮，完成数据导入。

⑧ 打开工资管理系统数据库中的"职员资料"表，会发现"新增职员资料.xls"文件中的内容已经加入到了"职员资料"表里，如图 10-7 所示。

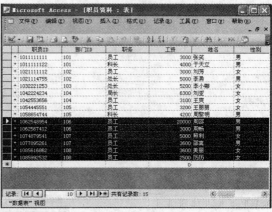

图 10-6 选择导入到的表　　　　　　　图 10-7 导入结果查看

10.1.2 导出到 Excel 电子表格

下面通过把 Access 数据库 "工资管理系统.mdb" 中的 "职员资料" 表转换成 Excel 电子表格文件为例,来演示如何把一张 Access 表转换成 Excel 电子表格文件。

具体操作步骤如下:

① 打开 Access 数据库 "工资管理系统.mdb",单击 "表" 对象,显示出这个数据库里所有的表,双击 "职员资料" 选项,打开 "职员资料" 表的数据视图,在此视图下选择 "文件" | "导出" 命令,如图 10-8 所示。

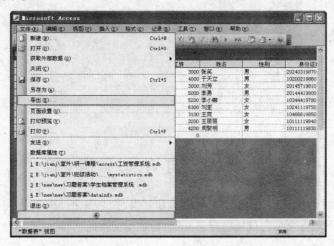

图 10-8 "文件" 下拉菜单中的 "导出" 选项

② 系统会弹出如图 10-9 所示的对话框。首先在 "保存位置" 下拉列表框中选择确定导出后的文件所要保存的位置;然后在文件名对应的下拉列表框中设定导出文件的名字,若不设定,就以被导出表的名字作为默认值来命名;最后在 "保存类型" 对应的下拉列表框中选择导出文件的类型。

本例导出的 Excel 电子表格名采用的是默认值——"职员资料",保存类型选择 "Microsoft Excel 97-2003" 格式,即将 Access 表——"职员资料" 表导出为 Excel 97 或者 Excel 2003 格式的电子表格,单击 "全部导出" 按钮。

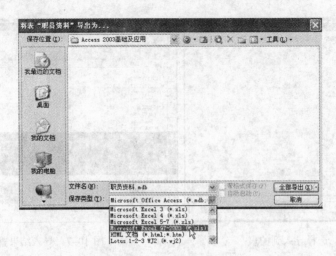

图 10-9　导出对话框

③ 在计算机中找到导出文件的保存位置，就可以看到导出的 Excel 电子表格了，如图 10-10 所示。

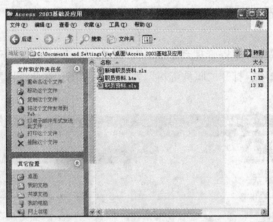

图 10-10　导出结果查看

10.2　Access 与 Word 数据交换

Access 可以很好地与 Office 家族的其他成员相互沟通，互取所长。讲解完 Access 与 Excel 交换数据的过程，接下来将介绍它是如何与 Word 进行数据交换的。

10.2.1　用 Microsoft Office Word 合并

Microsoft Office Word 合并是 Word 的一个强大的功能，从 Word 95 开始，就可以指定 Access 的数据作为合并的数据源。Microsoft Office Word 合并功能专门用于制作邮件信笺、邀请函等特殊文本格式。

在 Access 中，用户可以利用"用 Microsoft Office Word 合并"这一功能合并 Access 数据库中的表或者查询中的数据，这样用户就可以通过 Access 制作特殊格式的 Microsoft Word 文本。

下面通过一个例子来演示这一功能。以 Access 数据库工资管理系统的"部门资料"表中的数据作为数据源，利用"用 Microsoft Office Word 合并"制作一组邀请函。

具体操作步骤如下：

① 打开数据库"工资管理系统"。

② 打开"部门资料"表，如图 10-11 所示。

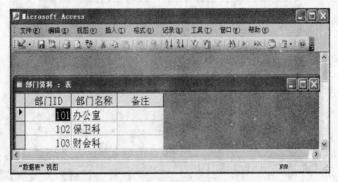

图 10-11　"部门资料"表的数据

③ 在"数据库"窗口中，选择"工具"|"Office 链接"|"用 Microsoft Office Word 合并"命令，如图 10-12 所示。

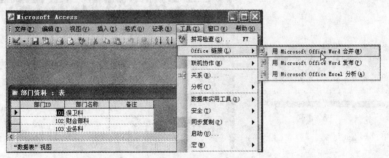

图 10-12　选择"用 Microsoft Office Word 邮件合并"命令

④ 系统将弹出"Microsoft Word 邮件合并向导"对话框。在"Microsoft Word 邮件合并向导"对话框中有两个选项，本例选择"创建新文档并将数据与其链接"单选按钮，单击"确定"按钮如图 10-13 所示。

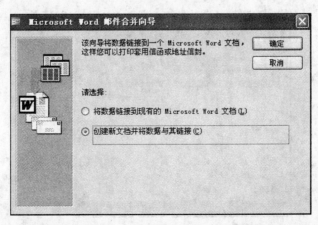

图 10-13　"Microsoft Word 邮件合并向导"对话框

⑤ 系统自动进入"Microsoft Word"窗口，如图 10-14 所示。

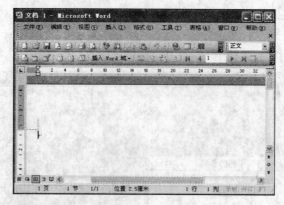

图 10-14　"Microsoft Word"窗口

⑥ 在"Microsoft Word"窗口中，先确定"域"的位置，也就是要插入数据库字段数据的位置，然后单击"插入合并域"按钮。本例需要插入的数据源是"部门资料"表的"部门名称"字段，如图 10-15 和图 10-16 所示。

图 10-15　"插入合并域"对话框

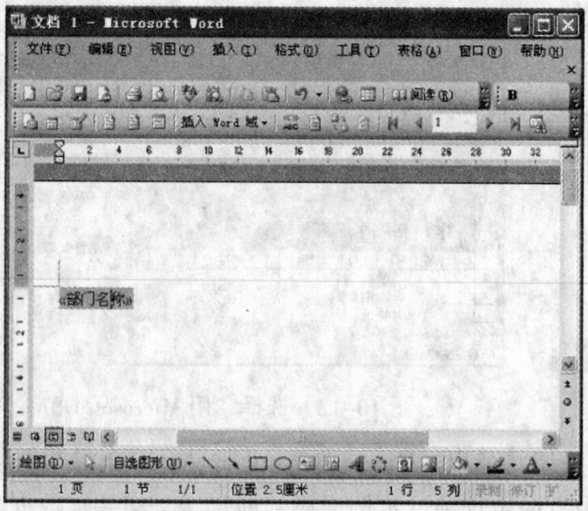

图 10-16　"插入合并域"结果查看

⑦ 选择"工具"|"信函与邮件"|"邮件合并"命令，如图 10-17 所示。

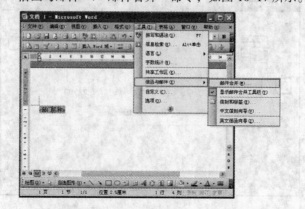

图 10-17　选择"邮件合并"命令

⑧ 系统自动就弹出如图 10-18 所示的窗口。在此窗口的右边是"邮件合并"任务窗格，用户可以通过它设置文档类型。本例选择的文档类型是"信函"，如图 10-19 所示。

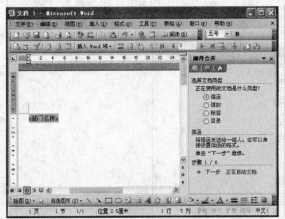

图 10-18　"邮件合并"任务窗格

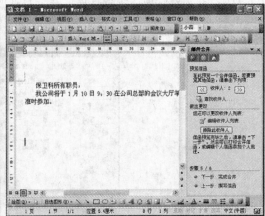

图 10-19　"预览信函"窗口

⑨ 选择完"文档类型"之后，接着用户可以进行"选取收件人"、"撰写信函"、"预览信函"等操作。这些完成之后，要插入的 Access 表的字段值就已经显示出来了，最后一步单击"完成合并"按钮，如图 10-20 所示。

⑩ 单击图 10-20 中的"编辑个人信函"，把邀请函合并到新文档，合并结果如图 10-21 所示。

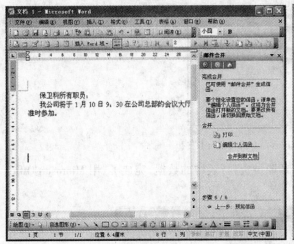

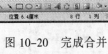

图 10-20　完成合并

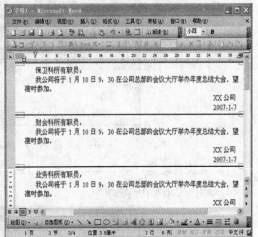

图 10-21　合并到新文档

这就是利用 Microsoft Office Word 合并功能制作一组邀请函的基本步骤。从上例可知，文档 1 中的邀请函基本内容大致相同，只有部门名称不同，而且在没有筛选收件人的情况下，数据表中的记录的个数就等于邀请函的个数。

10.2.2　用 Microsoft Office Word 发布

"用 Microsoft Office Word 发布"即直接将 Access 数据库中表的内容转化成 Word 文档的过程。下面通过实际例子来演示如何用 Word 发布信息。本例要将工资管理系统中的"职员资料"

表的内容用 Word 发布。

具体操作步骤如下：

① 打开工资管理系统数据库，在"数据库"窗口"表"对象中选中"职员资料"表，如图 10-22 所示。

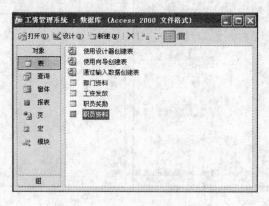

图 10-22　选中"职员资料"表

② 选择"工具"｜"Office 链接"｜"用 Microsoft Office Word 发布"命令，如图 10-23 所示。

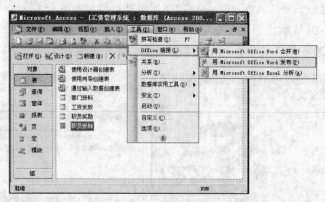

图 10-23　选择"用 Microsoft Office Word 发布"命令

③ 系统自动运行一个 Word 文档用来发布"职员资料"表中的数据，完成了"用 Microsoft Office Word 发布"，如图 10-24 所示。

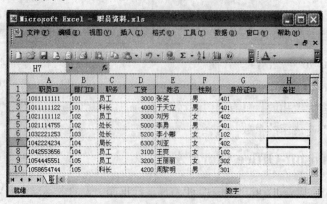

图 10-24　用 Microsoft Office Word 发布信息

第 **11** 章 ▪ 财务管理设计实例

　　财务管理是任何企业经营管理当中都会涉及到的管理内容，也是各企业经营管理的核心之一。企业经常会与各种类型的经营管理对象之间涉及财务往来，而且随着科技的发展，简单的盈亏计算已经不能满足企业的要求，企业需要许多具有建设性意义的数据汇总，即报表。由人工来完成这些工作已经不能满足需求。一般的中小型企业不需要花费大量的资金来引进大型的财务管理软件，完全可以根据企业的实际财务情况，自行设计一套适合本公司使用的专用财务管理软件。

　　本章将介绍如何使用 Microsoft Office Access 2003 开发一个小型的财务管理系统。

　　基本的财务管理流程如下：首先通过对科目进行添加删除，进行财务记账、财务结账、财务过账等管理；然后要在已有数据的基础上进行统计计算，即试算平衡、利润计算并能生成财务指标、现金流量等报表。熟悉了平时的财务过程以后，下面开始进行财务管理系统的设计。

　　虽然本系统是一个小型的软件，但它的设计同样要遵循软件工程的方法：

① 数据库系统设计

② 创建数据库、表以及表间关系

③ 创建数据库窗体

④ 集成数据库系统

将通过下面各小节对以上各步骤进行详细说明。

11.1　数据库系统设计

本系统需要用到 11 张表，具体如下。

1．用户表

保存系统用户的用户信息，以保证财务系统的安全性，如表 11-1 所示。

表 11-1　用户表

字段名称	字段类型	字段大小	允许为空	备　注
用户名	文本	10	否	
密码	文本	10	否	

2．财务科目表

保存企业财务科目的资料信息，如表 11-2 所示。

表 11-2　财务科目表

字段名称	字段类型	字段大小	允许为空	备　　注
科目 ID	自动编号	长整型	否	关键字
科目代码	数字	整型	否	
科目名称	文本	20	否	
科目类别	文本	15	否	显示控件：组合框
备注	备注		是	

3．财务记账表

暂时保存企业财务记账记录，当进行财务过账以后，该数据表中的数据备份到记账历史表中，同时把该数据表中的数据删除，如表 11-3 所示。

表 11-3　财务记账表

字段名称	字段类型	字段大小	允许为空	备　　注
记账 ID	文本	10	否	关键字
记账日期	日期/时间		否	默认值：=Date()输入掩码：短日期
科目代码	数字	整型	否	默认值：0
科目名称	文本	20	否	
借方金额	数字	双精度型	是	默认值：0
贷方金额	数字	双精度型	是	默认值：0
备注	备注		是	

4．记账历史表

当进行财务记账时，把财务记账表中的数据备份到该数据表中，如表 11-4 所示。

表 11-4　记账历史表

字段名称	字段类型	字段大小	允许为空	备　　注
记账 ID	文本	10	否	关键字
记账日期	日期/时间		否	默认值：=Date() 输入掩码：短日期
科目代码	数字	整型	否	默认值：0
科目名称	文本	20	否	
借方金额	数字	双精度型	是	默认值：0
贷方金额	数字	双精度型	是	默认值：0
备注	备注		是	

5．试算平衡表

保存财务"试算平衡"信息，该表中的数据来自财务记账表，如表 11-5 所示。

表 11-5 试算平衡表

字段名称	字段类型	字段大小	允许为空	备 注
科目代码	数字	整型	否	关键字
科目名称	文本	15	否	
科目类别	文本	15	否	显示控件：组合框
借方金额	数字	双精度型	是	默认值：0
贷方金额	数字	双精度型	是	默认值：0

6. 损益表

暂时保存"生成损益表"功能生成的损益表各项数据，当进行财务过账以后，将该数据表中的数据备份到损益历史表中，同时把该数据表中的数据删除，如表 11-6 所示。

表 11-6 损益表

字段名称	字段类型	字段大小	允许为空	备 注
主营业务收入	数字	双精度型	是	默认值：0
营业外收入	数字	双精度型	是	默认值：0
投资收益	数字	双精度型	是	默认值：0
收入合计	数字	双精度型	是	默认值：0
折扣与折让	数字	双精度型	是	默认值：0
业务税金及附加	数字	双精度型	是	默认值：0
业务成本	数字	双精度型	是	默认值：0
营业外支出	数字	双精度型	是	默认值：0
业务费用	数字	双精度型	是	默认值：0
成本与费用合计	数字	双精度型	是	默认值：0
本期损益合计	数字	双精度型	是	默认值：0

7. 损益历史表

当进行财务过账的时候，把损益表中的数据备份到该表中，如表 11-7 所示。

表 11-7 损益历史表

字段名称	字段类型	字段大小	允许为空	备 注
损益表 ID	自动编号	长整型	是	关键字
主营业务收入	数字	双精度型	是	默认值：0
营业外收入	数字	双精度型	是	默认值：0
投资收益	数字	双精度型	是	默认值：0
收入合计	数字	双精度型	是	默认值：0
折扣与折让	数字	双精度型	是	默认值：0
业务税金及附加	数字	双精度型	是	默认值：0
业务成本	数字	双精度型	是	默认值：0

字段名称	字段类型	字段大小	允许为空	备　注
营业外支出	数字	双精度型	是	默认值：0
业务费用	数字	双精度型	是	默认值：0
成本与费用合计	数字	双精度型	是	默认值：0
本期损益合计	数字	双精度型	是	默认值：0

8. 资产负债表

暂时保存"生成资产负债表"功能生成的资产负债表各项数据，过账后，将数据备份到资产负债表中，同时把该表中数据删除，如表 11-8 所示。

表 11-8　资产负债表

字段名称	字段类型	字段大小	允许为空	备　注
现金及现金等价物	数字	双精度型	是	默认值：0
应收账款	数字	双精度型	是	默认值：0
坏账准备	数字	双精度型	是	默认值：0
应收账款净值	数字	双精度型	是	默认值：0
流动资产总计	数字	双精度型	是	默认值：0
固定资产	数字	双精度型	是	默认值：0
累计折旧	数字	双精度型	是	默认值：0
固定资产总计	数字	双精度型	是	默认值：0
其他资产	数字	双精度型	是	默认值：0
资产总计	数字	双精度型	是	默认值：0
应付账款	数字	双精度型	是	默认值：0
预收账款	数字	双精度型	是	默认值：0
应付工资	数字	双精度型	是	默认值：0
其他负债	数字	双精度型	是	默认值：0
负债总计	数字	双精度型	是	默认值：0
实收资本	数字	双精度型	是	默认值：0
资本公积	数字	双精度型	是	默认值：0
赢余公积	数字	双精度型	是	默认值：0
未分配利润	数字	双精度型	是	默认值：0
所有者权益总计	数字	双精度型	是	默认值：0
负债及所有者权益总计	数字	双精度型	是	默认值：0

9. 资产负债历史表

过账后把资产负债表数据备份到该表中，如表 11-9 所示。

表 11-9 资产负债历史表

字段名称	字段类型	字段大小	允许为空	备 注
负债表 ID	自动编号	长整型	是	关键字
现金及现金等价物	数字	双精度型	是	默认值：0
应收账款	数字	双精度型	是	默认值：0
坏账准备	数字	双精度型	是	默认值：0
应收账款净值	数字	双精度型	是	默认值：0
流动资产总计	数字	双精度型	是	默认值：0
固定资产	数字	双精度型	是	默认值：0
累计折旧	数字	双精度型	是	默认值：0
固定资产总计	数字	双精度型	是	默认值：0
其他资产	数字	双精度型	是	默认值：0
资产总计	数字	双精度型	是	默认值：0
应付账款	数字	双精度型	是	默认值：0
预收账款	数字	双精度型	是	默认值：0
应付工资	数字	双精度型	是	默认值：0
其他负债	数字	双精度型	是	默认值：0
负债总计	数字	双精度型		默认值：0
实收资本	数字	双精度型	是	默认值：0
资本公积	数字	双精度型	是	默认值：0
赢余公积	数字	双精度型	是	默认值：0
未分配利润	数字	双精度型	是	默认值：0
所有者权益总计	数字	双精度型	是	默认值：0
负债及所有者权益总计	数字	双精度型	是	默认值：0

10. 财务指标表

暂时保存"生成财务指标"功能生成的财务指标表各项数据，过账后备份到财务指标历史表中，同时把该表中数据删除，如表 11-10 所示。

表 11-10 财务指标表

字段名称	字段类型	字段大小	允许为空	备 注
流动比率	数字	单精度型	是	格式：百分比
速动比率	数字	单精度型	是	格式：百分比
资产负债率	数字	单精度型	是	格式：百分比
产权比率	数字	单精度型	是	格式：百分比
总资产周转率	数字	单精度型	是	格式：百分比

续表

字段名称	字段类型	字段大小	允许为空	备　注
流动资产周转率	数字	单精度型	是	格式：百分比
应收账款周转率	数字	单精度型	是	格式：百分比
资产净利率	数字	单精度型	是	格式：百分比
权益报酬率	数字	单精度型	是	格式：百分比

11. 财务指标历史表

过账时，把财务指标表中的数据备份到该表中，如表 11-11 所示。

表 11-11　财务指标历史表

字段名称	字段类型	字段大小	允许为空	备　　注
负债表 ID	自动编号	长整型	是	关键字
过账日期	日期/时间		是	默认值：=Date() 输入掩码：短日期
流动比率	数字	单精度型	是	格式：百分比
速动比率	数字	单精度型	是	格式：百分比
资产负债率	数字	单精度型	是	格式：百分比
产权比率	数字	单精度型	是	格式：百分比
总资产周转率	数字	单精度型	是	格式：百分比
流动资产周转率	数字	单精度型	是	格式：百分比
应收账款周转率	数字	单精度型	是	格式：百分比
资产净利率	数字	单精度型	是	格式：百分比
权益报酬率	数字	单精度型	是	格式：百分比

11.2　创建数据库、表及表间关系

创建数据库及以上数据表，创建数据表之间的关系，如图 11-1 所示。

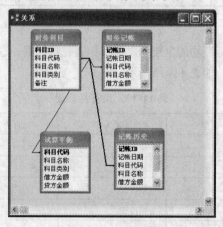

图 11-1　财务管理系统数据表关系图

11.3　创建数据库窗体

在这个例子中尽量把以前学过的知识都复习一遍。下面将详细介绍这个系统的各个窗体、报表的具体实现过程。

11.3.1　创建"用户登录"窗体

创建"用户登录"窗体的具体操作步骤如下：

① 创建一个窗体，命名为"用户登录"。在窗体中添加用户名和密码两个文本框，把它们的名称和与之绑定的标签的标题属性都设置为"用户名"和"密码"，然后再添加两个标签，如图11-2 所示。

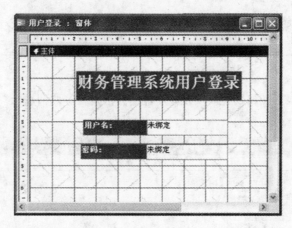

图 11-2　用户登录窗体

② 为窗体添加两个命令按钮，并把它们的"名称"和"标题"属性分别设置为"用户登录"和"取消登录"。并且把"密码"选项卡文本框的"输入掩码"属性设置为"密码"，如图 11-3 所示。

图 11-3　密码文本框的设置

③ 用户添加完用户名和密码后，单击"用户登录"按钮完成登录功能。实现该功能的方法是在"用户登录"按钮下添加代码，如图11-4 所示。

图 11-4 "用户登录"按钮代码

④ 完成"取消登录"按钮功能。实现该功能的方法是在"取消登录"按钮下添加代码，如图 11-5 所示。

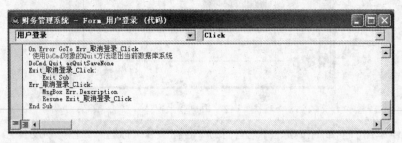

图 11-5 "取消登录"按钮代码

11.3.2 创建"财务科目管理"窗体

"财务科目管理"窗体的作用是对企业"财务科目"进行管理，包括对"财务科目"的添加、删除、修改等基本操作。

创建"财务科目管理"窗体的具体操作步骤如下：

① 把"财务科目"表作为数据源，选择它的所有字段，窗体布局选择"纵栏式"单选按钮，窗体样式选择"工业"样式，并为窗体指定标题为"财务科目管理"，并选择"修改窗体设计"选项。此时就完成了该窗体的自动创建部分，如图 11-6 所示。

② 去掉"财务科目管理"窗体的页眉页脚，把主窗体及主窗体上各个控件的"控件来源"属性都设置为"空"；然后另外添加 5 个命令按钮，把它们的"标题"和"名称"属性都设置为相同内容，分别为"新建科目"，"保存科目"，"修改科目"，"删除科目"和"关闭窗口"；最后添加一个标签控件，并把其"标题"属性设置为"财务科目管理"，然后调整它们的格式，并添加两个"矩形"控件把它们分别包括进控件范围，如图 11-7 所示。

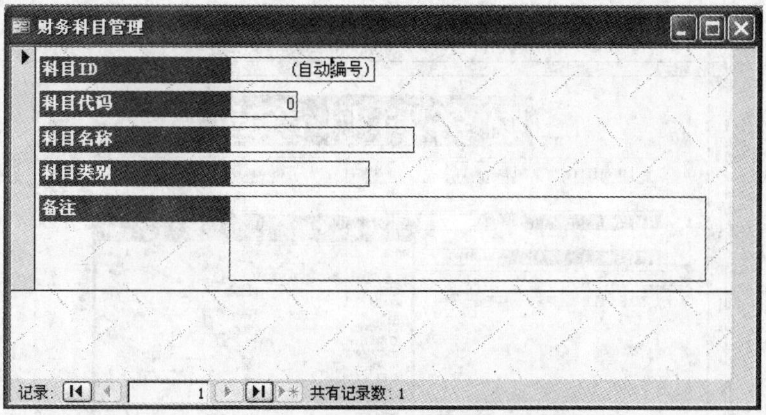

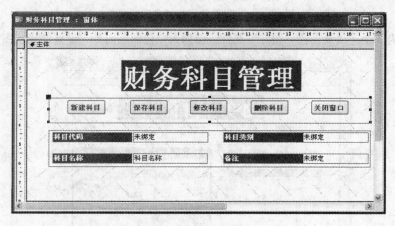

图 11-6　"财务科目管理"窗体

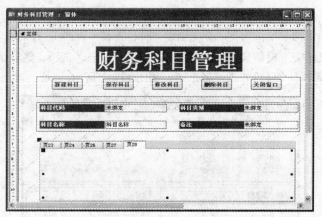

图 11-7　添加控件并调整控件格式结果

③ 在"财务科目管理"窗体中添加一个选项卡控件，并且在该选项卡中插入 5 个选项页，并把该选项卡控件的"名称"属性设置为"科目选项卡"，如图 11-8 所示。

图 11-8　添加选项卡控件结果

④ 把选项卡的 5 个选项页的"名称"属性分别设置为"资产"、"负债"、"权益"、"成本"和"损益"，设置结果如图 11-9 所示。

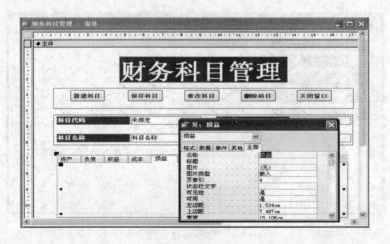

图 11-9　设置选项页的"名称"属性

⑤ 分别为 5 个选项页设置"图片"属性，即插入"位图"图片，设置结果如图 11-10 所示。

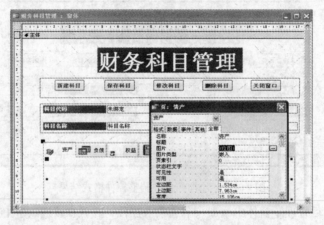

图 11-10　设置选项卡的"图片"属性

⑥ 在每个选项页中添加一个子窗体，用于显示对应"科目类型"的财务科目记录，这里以在"资产"选项页中添加子窗体为例，首先创建"科目查询（资产）"查询表。打开"查询表"的设计视图，并使"显示表"窗口显示出来。选择"财务科目表"选项，然后添加除"科目 ID"以外的所有字段，并保存为"科目查询（资产）"，如图 11-11 所示。

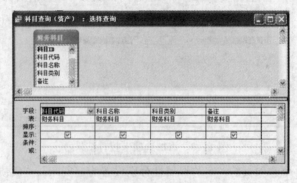

图 11-11　添加用于的查询字段

⑦ 为图 11-7 中的"科目代码"字段对应的"排序"网格选择"升序",把"科目类别"字段对应的"显示"网格内的复选框内的"对号"去掉,就是未被选中状态,这样该字段在查询表或基于该查询表创建的窗体或报表对象中"不显示",另外在该字段对应的"条件"网格内输入"资产",注意要用英文半角格式的双引号把"资产"括起来。设置的结果如图 11-12 所示。

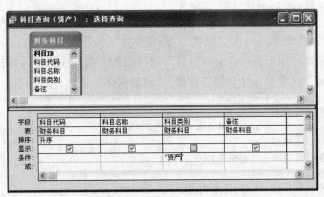

图 11-12　修改"科目查询（资产）"查询表的查询条件

⑧ 使用"控件向导"的方法,在图 11-9 的选项卡的"资产"选项页中,基于"科目查询（资产）"查询表中所有字段添加"科目查询（资产）子窗体"子窗体,把该子窗体的"页眉/页脚"去掉,调整该子窗体中所有控件的格式,最后把该子窗体所有控件都"锁定"。

⑨ 当用户在"科目查询（资产）子窗体"中选上某一条记录,系统将把该记录的各个字段值都赋予到窗体中对应的文本框内,以供用户修改或浏览,实现该功能的方法是在"科目查询（资产）子窗体"的"成为当前"事件过程框架中添加如下代码:

```
Private sub form_current()
  On Error GoTo Err_Form_Current
  '把窗体中当前记录值赋予到主窗体对应的文本框内
  Forms![财务科目管理]![科目代码]=Me![科目代码]
  Forms![财务科目管理]![科目名称]=Me![科目名称]
  Forms![财务科目管理]![科目类别]="资产"
  Forms![财务科目管理]![备注]=Me![备注]
  Exit_Form_Current:
  Exit Sub
  Err_Form_Current:
  MsgBox Err.Description
  Resume Exit_Form_Current
End Sub
```

⑩ 完成"新建科目"功能。如果要添加新的财务科目,单击"新建科目"按钮,系统将把"财务科目管理"窗体中其他所有控件都清空,实现该功能的方法是在"新建科目"按钮的单击事件中添加如下代码:

```
Private sub form_current()
  On Error GoTo Err_新建科目_Click
  '把"科目代码"等文本框置空
  Me![科目代码]=null
  Me![科目名称]=null
  Me![科目类别]=null
```

```
        Me![备注]=null
        Exit_新建科目_Click:
        Exit sub
        Err_新建科目_Click:
            MsgBox Err.Description
            Resume Exit_新建科目_Click
    End Sub
```

⑪ 在财务管理系统中插入一个"模块"，并保存为"公用模块"。在"公用模块"中自定义一个"刷新窗体"函数，用于当对"财务科目"进行添加、删除或修改等操作以后还可以自动打开对应的"财务科目"选项卡，并且刷新窗体，"刷新窗体"函数代码如下：

```
Public Function 刷新窗体()
'判断"财务科目管理"窗体中"科目类别"组合框内的"科目类别"
If Form![财务科目管理]![科目类别]="资产" Then
'显示"资产"选项页
Form![财务科目管理]![科目选项卡].Value=0
'刷新子窗体
Form![财务科目管理]![科目查询(资产)子窗体].Requery
ElseIf Forms![财务科目管理]![科目类别]="负债" Then
'显示"负债"选项页
Forms![财务科目管理]![科目选项页].Value=1
Forms![财务科目管理]![科目查询(负债)子窗体].Requery
ElseIf Forms![财务科目管理]![科目类别]="权益" then
'显示"权益"选项页
Forms![财务科目管理]![科目选项卡].Value=2
Forms![财务科目管理]![科目查询(权益)子窗体].Requery
ElseIf Forms![财务科目管理]![科目类别]="成本" then
'显示"成本"选项页
Forms![财务科目管理]![科目选项卡].Value=3
Forms![财务科目管理]![科目查询(成本)子窗体].Requery
ElseIf Forms![财务科目管理]![科目类别]="损益" then
'显示"损益"选项页
Forms![财务科目管理]![科目选项卡].Value=4
Forms![财务科目管理]![科目查询(损益)子窗体].Requery
End If
End Function
```

此时"公用模块"如图 11-13。

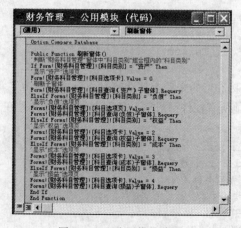

图 11-13 公用模块代码

⑫ 完成"保存科目"功能。在"财务科目管理"窗体中对应控件内输入待保存科目的信息，单击"保存科目"按钮，系统将"财务科目管理"窗体中所有控件内的值保存到"财务科目"数据表中，同时系统将根据待保存"财务科目"的"科目类别"打开对应的选项页，实现该功能的方法是在"保存科目"单击事件中添加如下代码：

```
Private Sub 保存科目_Click()
 On Error GoTo Err_保存科目_Click
'判断"科目代码"等文本框是否为空
If IsNull(Me![科目代码])=True Then
'弹出提示"科目代码"文本框不可以为空信息
MsgBox "请输入"科目代码"，它不可以为空！",vbOKOnly,"输入"科目代码""
'把光标置于"科目代码"文本框内
Me![科目代码].SetFocus
ElseIf IsNull(Me![科目名称])=True Then
    MsgBox "请输入"科目名称"，它不可以为空",vbOKOnly, "输入"科目名称""
 Me![科目名称].SetFocus
ElseIf IsNull(Me![科目类别])=True Then
    MsgBox "请输入"科目类别"，它不可以为空",vbOKOnly, "输入"科目类别""
 Me![科目类别].SetFocus
Else
    '为保存计划"查询语句"字符变量赋值
STemp="INSERT INTO 财务科目"
STemp=STemp&"(科目代码，科目名称，科目类别，备注)"
STemp=STemp&"VALUES('"&Me![科目代码]& "',' "&Me![科目名称]& "', "
STemp=STemp&"'"&Me![科目类别]&"',' "&Me![备注]& "')"
'使用 DoCmd 对象的 RunSQL 方法执行查询
DoCmd.RunSQL STemp
'使用自定义函数"刷新窗体"来刷新窗体
刷新窗体
End If
Exit_保存科目_Click:
Exit Sub
Err_保存科目_Click:
MsgBox Err.Decription
Resume Exit_保存科目_Click
End Sub
```

⑬ 完成"修改科目"功能。如果要对某财务科目进行修改，首先在"科目选项卡"控件对应的选项页的子窗体中选择待修改的财务科目记录，系统会把该条记录的各个字段值都赋到窗体中对应的文本框和组合框内，然后对需要修改的字段值进行修改，修改完成后，单击"修改科目"按钮，系统把修改后的财务科目信息保存到"财务科目"数据表中，实现该功能的方法是在"修改科目"单击事件中添加如下代码：

```
Private Sub 修改科目_Click()
On Error GoTo Err_修改科目_Click
'定义用于循环的整形变量
Dim i As Integer
'定义字符型变量
Dim Rs As ADODB.Recordset
'为定义的数据集变量分配空间
```

```
Set Rs=New ADODB.Recordset
'为打开数据表查询语句字段变量赋值
STemp="Select*from 财务科目"
'打开"财务科目"数据表
Rs.Open STemp, CurrentProject.Connection, adOpenKeyset,adLockOptimistic
    '判断"科目代码"等文本框是否为空
    If IsNull(Me![科目代码])=True Then
        '弹出提示"科目代码"文本框不可以为空信息
        MsgBox "请输入科目代码,它不可以为空", vbOKOnly, "输入科目代码"
        '把光标置于"科目代码"文本框内
        Me![科目代码].SetFocus
    ElseIf IsNull(Me![科目名称])=True Then
        MsgBox "请输入科目名称,它不可以为空", vbOKOnly, "输入科目名称"
        Me![科目名称].SetFocus
    ElseIf IsNull(Me![科目类别])=True Then
        MsgBox "请输入科目类别,它不可以为空", vbOKOnly, "输入科目类别"
        Me![科目类别].SetFocus
    Else
        Rs.MoveFirst  '把数据集指针指向第一条记录
        '使用 For…Next 循环在数据集中搜索相同"科目代码"的记录
        For i=1 To Rs.RecordCount
            '修改"财务科目"数据表字段值
            If Rs("科目名称")=Me![科目代码] Then
                '修改"财务科目"数据表字段值
                Rs("科目名称")=Me![科目名称]
                Rs("科目类别")=Me![科目类别]
                Rs("备注")=Me![备注]
                '使用记录集的 Update 方法来刷新记录集
                Rs.Update
                '使用自定义函数"刷新窗体"来刷新窗体
                刷新窗体
                Exit Sub
            Else
                Rs.MoveNext  '把记录指针移到下一条记录
            End If
        Next i
    End If
    '释放数据集空间
    Set Rs=Nothing
Exit_修改科目_Click:
    Exit Sub
Err_修改科目_Click:
    MsgBox Err.Description
    Resume Exit_修改科目_Click
End Sub
```

⑭ 完成"删除科目"功能。在"删除科目"的单击事件中添加如下代码：

```
Private Sub 删除科目_Click()
On Error GoTo Err_删除科目_Click
'定义字符型变量
Dim STemp As String
```

```
'定义用于循环的整形变量
Dim i As Integer
'定义字符集变量
Dim Rs As ADODB.Recordset
'为定义的数据集变量分配空间
Set Rs = New ADODB.Recordset
'为打开数据表查询语句字段变量赋值
STemp = "Select*from 财务科目"
'打开"财务科目"数据表
Rs.Open STemp, CurrentProject.Connection, adOpenKeyset, adLockPessimistic
    '把记录集的指针指到第一条
    Rs.MoveFirst
    '使用 For…Next 循环在数据集中循环判断
      For i=1 To Rs.RecordCount
          '判断记录集中的"科目代码"字段值是否与子窗体中"科目代码"文本框中的值相同
          If Rs("科目代码")=Me![科目代码] Then
              '如果相同，则把该记录删除
            Rs.Delete 1
            '设置 i 的值来跳出循环
              i=Rs.RecordCount+1
          Else
              '如果不相同，则移到下一条记录
              Rs.MoveNext
          End If
      Next i
      '弹出删除完成的提示信息
      MsgBox "财务科目已经删除", vbOKOnly, "闪出完成"
      '使用自定义函数"刷新窗体"来刷新窗体
      刷新窗体
      '释放数据集空间
      Set Rs=Nothing
Exit_删除科目_Click:
    Exit Sub
Err_删除科目_Click:
    MsgBox Err.Description
    Resume Exit_删除科目_Click
End Sub
```

⑮ 完成"关闭窗体"功能：

```
Private Sub 关闭窗口_Click()
On Error GoTo Err_关闭窗口_Click
    DoCmd.Quit
Exit_关闭窗口_Click:
    Exit Sub
Err_关闭窗口_Click:
    MsgBox Err.Description
    Resume Exit_关闭窗口_Click
End Sub
```

11.3.3 创建"财务记账查询"窗体

"财务记账查询"窗体的作用是对财务日记账以"记账日期"为查询条件进行查询。

创建"财务记账查询"窗体的具体操作步骤如下：

① 打开"查询表"的设计视图，使"显示表"窗口显示出来，基于"财务记账"数据表中所有字段创建"财务记账查询"窗体，如图 11-14 所示。

② 创建一个空的"财务记账查询（日期）"窗体，如图 11-15。

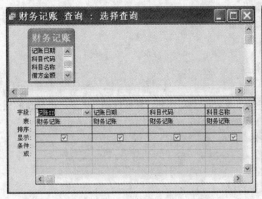

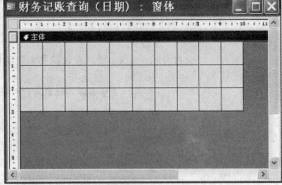

图 11-14　"查询表"的设计视图　　　　图 11-15　空的"财务记账查询（日期）"窗体

③ 添加一个基于"财务记账查询（日期）"查询表中的所有字段的"财务记账查询（日期）"子窗体，并去掉"页眉/页脚"，如图 11-16 所示。

④ 在"财务记账查询（日期）"窗体中添加用于输入搜索条件的两个文本框，并把它们的"标题"和"名称"属性值分别设置为"开始日期"和"结束日期"，并把"输入掩码"属性设置为"短日期"，另外添加三个命令按钮控件，并把"标题"和"名称"分别设置为"记账查询"、"记账打印"和"关闭窗口"；最后添加一个标签，把标题设置为"财务记账查询（日期）"，如图 11-17 所示。

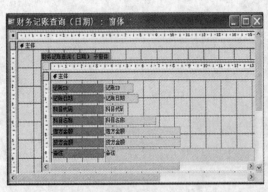

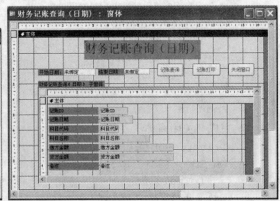

图 11-16　"财务记账查询（日期）"子窗体　　　图 11-17　"财务记账查询（日期）"窗体

⑤ 打开"财务记账查询（日期）"查询表的 SQL 设计视图，如图 11-18 所示。

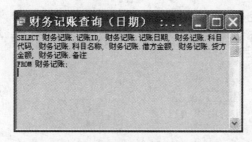

图 11-18　查询表的 SQL 设计视图

⑥ 要实现对"财务记账"以"记账日期"条件进行查询，就要对代码进行修改，修改的方法是在所有 SQL 查询语句的后面添加如下代码：

WHERE (((财务记账.记账日期)>=Forms![财务记账查询(日期)]!开始日期 AND (财务记账.记账日期)<=Forms![财务记账查询(日期)]!结束日期) or (Forms![财务记账查询(日期)]!开始日期 Is Null) or (Forms![财务记账查询(日期)]!结束日期 Is Null)) ORDER BY 财务记账.记账 ID;

⑦ 单击"记账查询"按钮实现搜索功能，还要在该按钮中添加如下代码：

```
Private Sub 记账查询_Click()
On Error GoTo Err_记账查询_Click
    '刷新"财务记账查询（日期）子窗体"子窗体
    Me![财务记账查询（日期）子窗体].Requery
Exit_记账查询_Click:
    Exit Sub
Err_记账查询_Click:
    MsgBox Err.Description
    Resume Exit_记账查询_Click
End Sub
```

⑧ 实现"记账打印"功能。使用"报表向导"的方法为"财务记账查询（日期）"查询表中的所有字段创建一个报表，命名为"财务记账查询（日期）"，如图 11-19 所示。

图 11-19　财务记账查询（日期）

⑨ 在"财务记账查询（日期）"窗体中单击"记账打印"按钮时，用户首先需要预览"财务记账查询（日期）"报表，然后再决定是否打印该"财务记账"查询结果，实现该功能的方法是在"记账打印"按钮的单击事件中添加如下代码：

```
Private Sub 记账打印_Click()
On Error GoTo Err_记账打印_Click
```

```
'预览"财务记账查询（日期）"报表
    DoCmd.OpenReport "财务记账查询（日期）",acViewPreview,,,acWindowNormal
Exit_记账打印_Click:
    Exit Sub
Err_记账打印_Click:
    MsgBox Err.Description
    Resume Exit_记账打印_Click
End Sub
```

此时运行"财务记账查询（日期）"窗体，在"开始日期"和"结束日期"文本框内分别输入
"2008-7-10"和"2008-7-25"，然后单击"记账查询"按钮，系统把符合条件的"财务记账"记
录搜索出来并显示在"财务记账查询（日期）子窗体"窗体中。

此时单击"记账打印"按钮，系统将打开"财务记账查询（日期）"报表，首先让用户预览"财
务记账"的查询结果。

如果打印"财务记账"的查询结果，可以在工具栏中单击"打印"按钮，完成打印。

最后再按前面的方法完成"关闭窗体"的功能，这样"财务记账查询（日期）"窗体已经创建
完成。"财务记账查询（科目）"窗体的创建过程及方法与"财务记账查询（日期）"窗体非常类似，
由于篇幅原因在这里就不做过多叙述。

11.3.4　创建"财务结账管理"窗体

"财务记账管理"窗体是本系统中最重要，而且也是最复杂的窗体，在该窗体中集成实现了"试
算平衡"，"生成损益表"，"生成资产负债表"，"生成财务指标"，"财务过账"和"刷新财务系统"
功能。

创建"财务结账管理"窗体的具体操作步骤如下：

① 首先创建一个空窗体，命名为"财务结账管理"，如
图 11-20 所示。

② 在窗体中添加一个基于"试算平衡"数据表中的所
有字段的"试算平衡"子窗体。

③ 在窗体中添加 3 个文本框，并把"名称"属性值分
别设置为"借方余额合计"、"贷方余额合计"和"是否平衡"，
把与其绑定标签的标题分别设置为"借方余额合计"、"贷方
余额合计"和"是否平衡"，而且把这三个方框都设置为"锁
定"。

图 11-20　"财务结账管理"窗体

④ 在窗体中添加 8 个命令按钮，把"标题"和"名称"属性分别设置为"试算平衡"，"清
空试算"、"生成损益表"、"生成资产负债表"、"财务过账"、"刷新财务系统"和"关闭窗口"，另
外添加 1 个标签控件，并把该标签控件的标题设置为"财务结账管理"。

⑤ 在"公用模块"中新建一个自定义"是否平衡"函数，该函数代码如下：

```
Public Function 是否存在(strKMid As String) As Boolean
'定义用于循环的整型变量
Dim i As Integer
'定义字符型变量
Dim STemp As String
```

```
'定义数据集变量
Dim Rs11 As ADODB.Recordset
Dim Rs22 As ADODB.Recordset
'为定义的数据集变量分配空间
Set Rs11=New ADODB.Recordset
Set Rs22=New ADODB.Recordset
    '为打开数据表"查询语句"字符变量赋值
    STemp="select*from 财务记账"
    '打开"财务记账"数据表
    Rs11.Open STemp, CurrentProject.Connection, adOpenKeyset, adLockOptimistic
    '为打开数据表"查询语句"字符变量赋值
    STemp="select*from 试算平衡"
    '打开"试算平衡"数据表
    Rs22.Open STemp, CurrentProject.Connection, adOpenKeyset, adLockOptimistic
    Rs11.MoveFirst
    '为"是否存在"赋初值
    是否存在=False
    '判断"试算平衡"数据表是否为空
    If Rs22.RecordCount<1 Then
        是否存在=False
    Else
        '如果"试算平衡"数据表不为空
        '判断"试算平衡"表是否有与 strKMid 相等的"科目代码"记录
        Rs22.MoveFirst
        For i=1 To Rs22.RecordCount
            If strKMid=Rs22("科目代码") Then
                是否存在=True
                i=Rs22.RecordCount+1
            Else
                Rs22.MoveNext
            End If
        Next i
    End If
    '释放数据集空间
    Set Rs11=Nothing
    Set Rs22=Nothing
End Function
```

⑥ 完成"试算平衡"功能。完成该功能的方法是在"试算平衡"按钮的单击事件中添加如下代码：

```
Private Sub 试算平衡_Click()
On Error GoTo Err_试算平衡_Click
'定义用于循环的整型变量
Dim i, j As Integer
'定义用于保存总计"借方余额"和"贷方余额"结果的变量
Dim Ddai, Djie As Double
'定义字符型变量
Dim STemp As String
'定义数据集变量
Dim Rs1 As ADODB.Recordset
Dim Rs2 As ADODB.Recordset
```

```
Dim Rs3 As ADODB.Recordset
'定义保存"试算平衡"表中记账记录是否已经存在的布尔变量
Dim BlnExist As Boolean
    '为打开数据表"查询语句"字符变量赋值
    STemp="select*from 财务记账"
    '打开"财务记账"数据表
    Rs1.Open STemp, CurrentProject.Connection, adOpenKeyset, adLockOptimistic
    '为打开数据表"查询语句"字符变量赋值
    STemp="select*from 试算平衡"
    '打开"试算平衡"数据表
    Rs2.Open STemp, CurrentProject.Connection, adOpenKeyset, adLockOptimistic
    '为打开数据表"查询语句"字符变量赋值
    STemp="select*from 财务科目"
    '打开"财务科目"数据表
    Rs3.Open STemp, CurrentProject.Connection, adOpenKeyset, adLockOptimistic
    Rs1.MoveFirst  '把记录集指针移到第一条记录上
    For i=1 To Rs1.RecordCount
        '使用"是否存在"函数判断当前"科目代码"在"试算平衡"表是否存在
        BlnExist=是否存在("科目代码")
        '判断是否不存在
        If BlnExist=False Then
            '如果当前"科目代码"在"试算平衡"表不存在,则添加新记录
            Rs2.AddNew
            Rs2("科目代码")=Rs1("科目代码")
            Rs2("科目名称")=Rs1("科目名称")
            '读取当前"科目代码"对应的"科目类别"
            '也可以使用 DlookUp 函数来读取
            Rs3.MoveFirst   '把记录集指针移到第一条记录上
            For j=1 To Rs3.RecordCount
                If Rs3("科目代码")=Rs1("科目代码") Then
                    Rs2("科目类别")=Rs3("科目类别")
                    '跳出循环
                    j=Rs3.RecordCount+1
                Else
                    Rs3.MoveFirst
                End If
            Next j
            Rs2("借方余额")=Rs1("借方余额")
            Rs2("贷方余额")=Rs1("贷方余额")
            Rs2.Update
            Rs1.MoveNext
        Else
            '如果当前"科目代码"在"试算平衡"表存在
            '则更新"借方余额"和"贷方余额"
            Rs2.MoveFirst
                For j=1 To Rs2.RecordCount
                    If Rs2("科目代码")=Rs1("科目代码") Then
                        Rs2("借方余额")=Rs2("借方余额")+Rs1("借方余额")
                        Rs2("贷方余额")=Rs2("贷方余额")+Rs1("贷方余额")
                        If (Rs2("借方余额")-Rs2("贷方余额"))>0 Then
```

```
                        Rs2("借方余额")=Rs2("借方余额")-Rs2("贷方余额")
                        Rs2("贷方余额")=0
                    Else
                    Rs2("贷方余额")=Rs2("贷方余额")-Rs2("借方余额")
                    Rs2("借方余额")=0
                    End If
                    j=Rs2.RecordCount+1
                Else
                Rs2.MoveNext
                End If
            Next j
            Rs1.MoveNext
        End If
    Next i
    '刷新"试算平衡"子窗体
    Me![试算平衡 子窗体].Requery
    Djie=DSum("借方余额", "试算平衡")
    Ddai=DSum("贷方余额", "试算平衡")
    If Djie=Ddai Then
        MsgBox "借方余额合计为: "&Djie&Chr(13)&Chr(10)&"贷方余额合计为: "&Ddai&
Chr(13)&Chr(10)&"试算结果－－－平衡－－－! ", vbOKOnly,"试算平衡"
        Me![是否平衡]="平衡"
        Me![是否平衡].BackColor=vbGreen
    Else
        MsgBox "借方余额合计为: "&Djie&Chr(13)&Chr(10)&"贷方余额合计为: "&Ddai&
Chr(13)&Chr(10)&"试算结果－－－不平衡－－－! ",vbOKOnly,"试算不平衡"
        Me![是否平衡]="不平衡"
        Me![是否平衡].BackColor=vbRed
    End If
    Me![借方余额]=Djie
    Me![贷方余额]=Ddai
    Set Rs1=Nothing
    Set Rs2=Nothing
    Set Rs3=Nothing
Exit_试算平衡_Click:
    Exit Sub
Err_试算平衡_Click:
    MsgBox Err.Description
    Resume Exit_试算平衡_Click
End Sub
```

⑦ 完成"清空试算"功能。若通过"试算平衡"操作后发现结果"不平衡",要把"试算平衡"数据表清空。完成该功能的方法是在"清空试算"按钮的单击事件中添加如下代码:

```
Private Sub 清空试算_Click()
On Error GoTo Err_清空试算_Click
Dim i As Integer
Dim STemp As String
Dim Rs As ADODB.Recordset
Set Rs=New ADODB.Recordset
STemp="select*from 试算平衡"
Rs.Open STemp,CurrentProject.Connection,adOpenKeyset,adLockOptimistic
```

```
            Rs.MoveFirst
            For i=1 To Rs.RecordCount
                Rs.Delete 1
                Rs.MoveNext
            Next i
            MsgBox "试算平衡结果已经清空完成！", vbOKOnly, "清空完成"
            Me![试算平衡 子窗体].Requery
            Me![借方余额]=0
            Me![贷方余额]=0
            Me![是否平衡]=0
            Me![是否平衡].BackColor=vbWhite
            Set Rs=Nothing
    Exit_清空试算_Click:
            Exit Sub
    Err_清空试算_Click:
            MsgBox Err.Description
            Resume Exit_清空试算_Click
    End Sub
```

⑧ 完成"生成损益表"功能。使用"报表向导"的方法基于"损益表"数据表中的所有字段创建一个报表，命名为"损益表"，如图 11–21 所示。

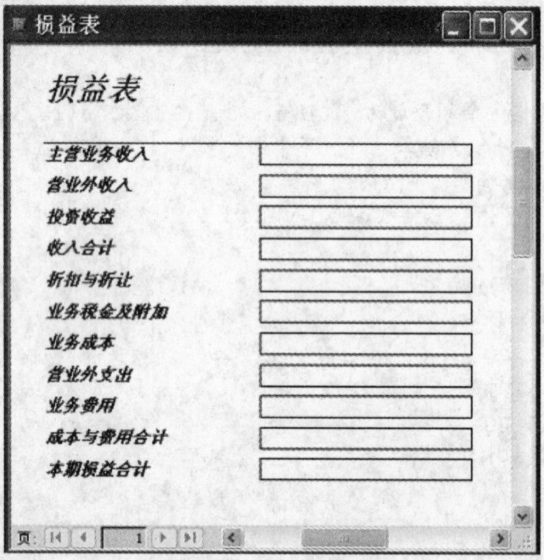

图 11–21　损益表

⑨ 在"生成损益表"按钮的单击事件中添加如下代码：

```
    Private Sub 生成损益表_Click()
    On Error GoTo Err_生成损益表_Click
    '定义用于保存计算"资产负债表"各项结果的变量
    Dim Dsyb(12) As Double
    '定义用于循环的整型变量
    Dim i As Integer
    '定义字符型变量
    Dim STemp As String
    '定义数据集变量
```

```
Dim Rs1 As ADODB.Recordset
Dim Rs2 As ADODB.Recordset
'为定义数据集变量分配空间
Set Rs1=New ADODB.Recordset
Set Rs2=New ADODB.Recordset
'打开"损益表"
STemp="select*from 损益表"
Rs1.Open STemp,CurrentProject.Connection,adOpenKeyset,adLockOptimistic
'打开"试算平衡"
STemp="select*from 试算平衡"
Rs2.Open STemp,CurrentProject.Connection,adOpenKeyset,adLockOptimistic
'为 Dsyb 赋予初值
For i=0 To 12
    Dsyb(i)=0
Next i
'计算 "损益表" 各项值
Rs2.MoveFirst
For i=1 To Rs2.RecordCount
    If Rs2("科目代码")=501 Or Rs2("科目代码")=507 Then
        Dsyb(0)=Dsyb(0)+Rs2("借方余额")-Rs2("贷方余额")
    ElseIf Rs2("科目代码")=508 Or Rs2("科目代码")=516 Or Rs2("科目代码")=517 Then
        Dsyb(1)=Dsyb(1)+Rs2("借方余额")-Rs2("贷方余额")
    ElseIf Rs2("科目代码")=514 Or Rs2("科目代码")=515 Then
        Dsyb(2)=Dsyb(2)+Rs2("借方余额")-Rs2("贷方余额")
    ElseIf Rs2("科目代码")=503 Then
        Dsyb(4)=Dsyb(4)+Rs2("借方余额")-Rs2("贷方余额")
    ElseIf Rs2("科目代码")=506 Or Rs2("科目代码")=510 Then
        Dsyb(5)=Dsyb(5)+Rs2("借方余额")-Rs2("贷方余额")
    ElseIf (Rs2("科目代码")=504) Or Rs2("科目代码")=505 Then
        Dsyb(6)=Dsyb(6)+Rs2("借方余额")-Rs2("贷方余额")
    ElseIf (Rs2("科目代码")=509) Or Rs2("科目代码")=518 Then
        Dsyb(8)=Dsyb(8)+Rs2("借方余额")-Rs2("贷方余额")
    End If
    Rs2.MoveNext
Next i
Dsyb(3)=Dsyb(0)+Dsyb(1)+Dsyb(2)
Dsyb(11)=Dsyb(3)-Dsyb(10)
Rs1.AddNew
Rs1("主营业务收入")=Dsyb(0)
Rs1("营业外收入")=Dsyb(1)
Rs1("投资收益")=Dsyb(2)
Rs1("收入合计")=Dsyb(3)
Rs1("折扣与折让")=Dsyb(4)
Rs1("业务税金及附加")=Dsyb(5)
Rs1("业务成本")=Dsyb(6)
Rs1("营业外支出")=Dsyb(8)
Rs1("业务费用")=Dsyb(10)
Rs1("本期损益合计")=Dsyb(11)
Rs1.Update
Set Rs1=Nothing
```

```
Set Rs2=Nothing
DoCmd.OpenReport "损益表",acViewPreview,,,acWindowNormal
Exit_生成损益表_Click:
    Exit Sub
Err_生成损益表_Click:
    MsgBox Err.Description
    Resume Exit_生成损益表_Click
End Sub
```

⑩ 完成"生成资产负债表"功能。按照"生成损益表"的过程创建生成"资产负债表"报表，如图 11-22 所示。

图 11-22　"资产负债表"报表

⑪ 在"生成资产负债表"按钮的单击事件中添加如下代码：

```
Dim STemp As String
'定义数据集变量
Dim Rs1 As ADODB.Recordset
Dim Rs2 As ADODB.Recordset
'为定义数据集变量分配空间
Set Rs1=New ADODB.Recordset
Set Rs2=New ADODB.Recordset
'打开"资产负债表"
STemp="select*from 资产负债表"
Rs1.Open STemp,CurrentProject.Connection,adOpenKeyset,adLockOptimistic
'打开"试算平衡"
STemp="select*from 试算平衡"
Rs2.Open STemp,CurrentProject.Connection,adOpenKeyset,adLockOptimistic
'为 Dzcfz 赋予初值
For i=0 To 12
    Dzcfz(i)=0
Next i
```

```
'计算"损益表"各项值
Rs2.MoveFirst
For i=1 To Rs2.RecordCount
    If Rs2("科目代码")>=101 And Rs2("科目代码")<=104 Then
        Dzcfz(0)=Dzcfz(0)+Rs2("借方余额")-Rs2("贷方余额")
    ElseIf Rs2("科目代码")=105 Or Rs2("科目代码")=106 Then
        Dzcfz(1)=Dzcfz(1)+Rs2("借方余额")-Rs2("贷方余额")
    '其他值的计算可以根据企业的不同需求自己计算，这里就拿这两个当例子，其他请读者自己编写
    End If
    Rs2.MoveNext
Next i
Rs1.AddNew
Rs1("现金及现金等价物")=Dzcfz(0)
Rs1("应收账款")=Dzcfz(1)
Rs1.Update
Set Rs1=Nothing
Set Rs2=Nothing
DoCmd.OpenReport "资产负债表",acViewPreview,,,acWindowNormal
Exit_生成资产负债表_Click:
    Exit Sub
Err_生成资产负债表_Click:
    MsgBox Err.Description
    Resume Exit_生成资产负债表_Click
End Sub
```

⑫ 完成"生成财务指标"功能。报表结果如图 11-23 所示。

图 11-23 生成财务指标

⑬ 在"生成财务指标"按钮的单击事件中添加如下代码：

```
Private Sub 生成财务指标_Click()
On Error GoTo Err_生成财务指标_Click
'定义用于保存计算"资产负债表"各项结果的变量
Dim Dzcfz(22) As Double
'定义用于循环的整型变量
Dim i As Integer
```

```
'定义字符型变量
Dim STemp As String
'定义数据集变量
Dim Rs1 As ADODB.Recordset
Dim Rs2 As ADODB.Recordset
Dim Rs3 As ADODB.Recordset
'为定义数据集变量分配空间
Set Rs1=New ADODB.Recordset
Set Rs2=New ADODB.Recordset
Set Rs3=New ADODB.Recordset
'打开"资产负债表"
STemp="select*from 资产负债表"
Rs1.Open STemp,CurrentProject.Connection,adOpenKeyset,adLockOptimistic
'打开"财务指标"
STemp="select*from 财务指标"
Rs2.Open STemp,CurrentProject.Connection,adOpenKeyset,adLockOptimistic
'打开"损益表"
STemp="select*from 损益表"
Rs2.Open STemp,CurrentProject.Connection,adOpenKeyset,adLockOptimistic
Rs1.MoveFirst
Rs2.MoveFirst
Rs3.AddNew
Rs3("流动比率")=Rs2("流动资产总计")/Rs2("负债总计")
Rs3("速动比率")=(Rs2("流动资产总计")-Rs2("应收账款净值"))/Rs2("负债总计")
Rs3("资产负债率")=Rs2("负债总计")/Rs2("资产总计")
Rs3("产权比率")=Rs2("负债总计")/Rs2("所有者权益总计")
Rs3("总资产周转率")=Rs1("主营业务收入")/Rs2("资产总计")
Rs3("流动资产周转率")=Rs1("主营业务收入")/Rs2("流动资产总计")
Rs3("应收账款周转率")=Rs1("主营业务收入")/Rs2("应收账款")
Rs3("资产净利率")=Rs1("本期损益合计")/Rs2("资产总计")
Rs3("权益报酬率")=Rs1("本期损益合计")/Rs2("所有者权益总计")
Rs3.Update
Set Rs1=Nothing
Set Rs2=Nothing
Set Rs3=Nothing
DoCmd.OpenReport "财务指标",acViewPreview,,,acWindowNormal
Exit_生成财务指标_Click:
    Exit Sub
Err_生成财务指标_Click:
    MsgBox Err.Description
    Resume Exit_生成财务指标_Click
End Sub
```

⑭ 完成"财务过账"功能，在"财务过账"按钮的单击事件中添加如下代码：

```
Private Sub 财务过账_Click()
On Error GoTo Err_财务过账_Click
'定义用于循环的整型变量
Dim i As Integer
'定义字符型变量
Dim STemp As String
'定义数据集变量
```

```
Dim Rs(8) As ADODB.Recordset
'打开"财务记账"
STemp="select*from 财务记账"
Rs(0).Open STemp, CurrentProject.Connection, adOpenKeyset, adLockOptimistic
'打开"日记账历史"
STemp="select*from 日记账历史"
Rs(1).Open STemp, CurrentProject.Connection, adOpenKeyset, adLockOptimistic
'打开"损益表"
STemp="select*from 损益表"
Rs(2).Open STemp, CurrentProject.Connection, adOpenKeyset, adLockOptimistic
'打开"损益表历史"
STemp="select*from 损益表历史"
Rs(3).Open STemp, CurrentProject.Connection, adOpenKeyset, adLockOptimistic
'打开"资产负债表"
STemp="select*from 资产负债表"
Rs(4).Open STemp, CurrentProject.Connection, adOpenKeyset, adLockOptimistic
'打开"资产负债表历史"
STemp="select*from 资产负债表历史"
Rs(5).Open STemp, CurrentProject.Connection, adOpenKeyset, adLockOptimistic
'打开"财务指标"
STemp="select*from 财务指标"
Rs(6).Open STemp, CurrentProject.Connection, adOpenKeyset, adLockOptimistic
'打开"财务指标历史"
STemp="select*from 财务指标历史"
Rs(7).Open STemp, CurrentProject.Connection, adOpenKeyset, adLockOptimistic
'打开"试算平衡"
STemp="select*from 试算平衡"
Rs(8).Open STemp, CurrentProject.Connection, adOpenKeyset, adLockOptimistic
 If MsgBox("财务过账之前必须试算平衡" & "过账将会删除财务记账记录及其他数据",
vbYesNo, "是否确定过账")=vbYes Then
 If IsNull(Me![是否平衡])=True Then
    MsgBox "请首先进行"试算"操作,只有试算平衡后才可以过账", vbOKOnly, "没有试算"
ElseIf Me![是否平衡]="不平衡" Then
    MsgBox "试算结果不平衡,请重新核算", vbOKOnly, "试算不平衡"
Else
Rs(0).MoveFirst
For i=0 To Rs(0).RecordCount
    Rs(1).AddNew
    Rs(1)("记账日期")=Rs(0)("记账日期")
    Rs(1)("科目代码")=Rs(0)("科目代码")
    Rs(1)("科目名称")=Rs(0)("科目名称")
    Rs(1)("借方金额")=Rs(0)("借方金额")
    Rs(1)("贷方金额")=Rs(0)("贷方金额")
    Rs(1)("备注")="该日记账记录已经过账"
    Rs(1).Update
    Rs(0).MoveNext
Next i
Rs(2).MoveFirst
For i=0 To Rs(2).RecordCount
    Rs(3).AddNew
```

```
        Rs(3)("主营业务收入")=Rs(2)("主营业务收入")
        Rs(3)("营业外收入")=Rs(2)("营业外收入")
        Rs(3)("投资收益")=Rs(2)("投资收益")
        Rs(3)("收入合计")=Rs(2)("收入合计")
        Rs(3)("折扣与折让")=Rs(2)("折扣与折让")
        Rs(3)("业务税金及附加")=Rs(2)("业务税金及附加")
        Rs(3)("业务成本")=Rs(2)("业务成本")
        Rs(3)("营业外收入")=Rs(2)("营业外收入")
        Rs(3)("业务费用")=Rs(2)("业务费用")
        Rs(3)("成本与业务合计")=Rs(2)("成本与业务合计")
        Rs(3)("本期损益合计")=Rs(2)("本期损益合计")
        Rs(3).Update
        Rs(2).MoveNext
    Next i
    Rs(4).MoveFirst
    For i=0 To Rs(4).RecordCount
        Rs(5).AddNew
        Rs(5)("过账日期")=Date
        Rs(5)("现金及现金等价物")=Rs(4)("现金及现金等价物")
        Rs(5)("应收账款")=Rs(4)("应收账款")
        Rs(5)("坏账准备")=Rs(4)("坏账准备")
        Rs(5)("应收账款净值")=Rs(4)("收账款净值")
        Rs(5)("流动资产总计")=Rs(4)("流动资产总计")
        Rs(5)("固定资产")=Rs(4)("固定资产")
        Rs(5)("累计折扣")=Rs(4)("累计折扣")
        Rs(5)("固定资产总计")=Rs(4)("固定资产总计")
        Rs(5)("其他资产")=Rs(4)("其他资产")
        Rs(5)("资产总计")=Rs(4)("资产总计")
        Rs(5)("应付账款")=Rs(4)("应付账款")
        Rs(5)("预收账款")=Rs(4)("预收账款")
        Rs(5)("应付工资")=Rs(4)("应付工资")
        Rs(5)("其他负债")=Rs(4)("其他负债")
        Rs(5)("负债总计")=Rs(4)("负债总计")
        Rs(5)("实收资本")=Rs(4)("实收资本")
        Rs(5)("资本公积")=Rs(4)("资本公积")
        Rs(5)("赢余公积")=Rs(4)("赢余公积")
        Rs(5)("未分配利润")=Rs(4)("未分配利润")
        Rs(5)("所有者权益合计")=Rs(4)("所有者权益合计")
        Rs(5)("负债及所有者权益合计")=Rs(4)("负债及所有者权益合计")
        Rs(5).Update
        Rs(4).MoveNext
    Next i
    Rs(6).MoveFirst
    For i=0 To Rs(6).RecordCount
        Rs(7).AddNew
        Rs(7)("过账日期")=Date
        Rs(7)("流动比率")=Rs(6)("流动比率")
        Rs(7)("速动比率")=Rs(6)("速动比率")
        Rs(7)("资产负债率")=Rs(6)("资产负债率")
        Rs(7)("产权比率")=Rs(6)("产权比率")
```

```
        Rs(7)("总资产周转率")=Rs(6)("总资产周转率")
        Rs(7)("流动资产周转率")=Rs(6)("流动资产周转率")
        Rs(7)("应收账款周转率")=Rs(6)("应收账款周转率")
        Rs(7)("资产净利率")=Rs(6)("资产净利率")
        Rs(7)("权益报酬率")=Rs(6)("权益报酬率")
        Rs(7).Update
        Rs(6).MoveNext
    Next i
    Rs(0).MoveFirst
    For i=1 To Rs(0).RecordCount
        Rs(0).Delete 1
        Rs(0).MoveNext
    Next i
    Rs(2).MoveFirst
    For i=1 To Rs(2).RecordCount
        Rs(2).Delete 1
        Rs(2).MoveNext
    Next i
    Rs(4).MoveFirst
    For i=1 To Rs(4).RecordCount
        Rs(4).Delete 1
        Rs(4).MoveNext
    Next i
    Rs(6).MoveFirst
    For i=1 To Rs(6).RecordCount
        Rs(6).Delete 1
        Rs(6).MoveNext
    Next i
    Rs(8).MoveFirst
    For i=1 To Rs(8).RecordCount
        Rs(8).Delete 1
        Rs(8).MoveNext
    Next i
    MsgBox "财务数据已经备份及清理完成", vbOKOnly, "过账成功"
    End If
    Else
    MsgBox "财务过账被取消", vbOKOnly, "取消过账"
    End If
    Me![试算平衡 子窗体].Requery
    For i=0 To 8
     Set Rs(i)=Nothing
     Next i
Exit_财务过账_Click:
    Exit Sub
Err_财务过账_Click:
    MsgBox Err.Description
```

```
            Resume Exit_财务过账_Click
        End Sub
```

⑮ 完成"刷新财务系统"功能，该功能是把"财务管理系统"中所有数据都清空，实现的方法是在"刷新财务系统"按钮的单击事件中添加如下代码：

```
        Private Sub 刷新财务系统_Click()
        On Error GoTo Err_刷新财务系统_Click
        If MsgBox("确定要刷新系统吗? ", vbYesNo, "是否刷新系统")=vbYes Then
        STemp="delete*from 财务科目"
        DoCmd.RunSQL STemp
        STemp="delete*from 财务记账"
        DoCmd.RunSQL STemp
        STemp="delete*from 试算平衡"
        DoCmd.RunSQL STemp
        STemp="delete*from 损益表"
        DoCmd.RunSQL STemp
        STemp="delete*from 损益表历史"
        DoCmd.RunSQL STemp
        STemp="delete*from 资产负债表"
        DoCmd.RunSQL STemp
        STemp="delete*from 资产负债表历史"
        DoCmd.RunSQL STemp
        STemp="delete*from 财务指标"
        DoCmd.RunSQL STemp
        STemp="delete*from 财务指标历史"
        DoCmd.RunSQL STemp
        MsgBox "财务数据已经被清空",vbOKOnly,"刷新财务系统成功"
        Else
        MsgBox "刷新系统被取消",vbOKOnly,"取消刷新"
        End If
        Me![试算平衡 子窗体].Requery
        Exit_刷新财务系统_Click:
            Exit Sub
        Err_刷新财务系统_Click:
            MsgBox Err.Description
            Resume Exit_刷新财务系统_Click
        End Sub
```

11.4　集成数据库系统

前面已经把财务管理系统中所有的窗体模块创建完成。下面进行对财务管理系统的系统集成，具体操作步骤如下：

① 为本系统创建一个"主界面"，并在窗体中添加控件，如图 11-24 所示。

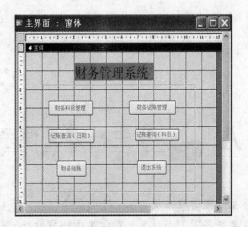

图 11-24　主界面

② 进行"启动"设置。在菜单中执行"工具/启动"命令，打开"启动"窗口，在"应用程序标题"中输入"财务管理系统"，在"显示窗体/页"的下拉列表框中选择"用户登录"选项，其他设置选择默认。

这样，该财务管理系统就已经设计完成了。用户可以根据各个企业不同的需求增减窗体。相信经过一个系统的整体设计过程读者已经学会使用 Access 了。

附录 **A** ┿▬ 学生档案管理系统数据库

本书的课后习题都以学生档案管理系统为主，下面简要介绍一下该数据库的构成。

学生档案管理系统的主要任务是利用计算机对学生的档案资料进行查询、修改、增加、删除、以及存储，并快速准确地完成档案资料的统计和汇总工作，迅速地打印出各种资料报表以供使用。

本数据库建立了 4 个表用于存放原始数据。这 4 个表是：学生信息表、个人简历表、家庭成员表和班级表。

以下是各个表的组成结构。

表 A-1　学生信息表

字 段 名	类 型	宽 度	小 数
学号	数字	4	
姓名	文本	8	
班级代号	数字	4	
性别	文本	2	
年龄	数字	2	
出生年月	日期	10	
民族	文本	6	
籍贯	文本	10	
政治面貌	文本	8	
健康状况	文本	8	
婚姻状况	文本	4	
入学时间	日期	12	
入学成绩	数字	4	2
奖学金	文本	10	
家庭住址	文本	8	
备注	文本	20	

表 A-2　个人简历表

字 段 名	类 型	宽 度	小 数
学号	数字	4	
班级	文本	8	
姓名	文本	6	

续表

字 段 名	类 型	宽 度	小 数
毕业时间	日期	20	
入学院校	文本	16	
班级职务	文本	10	
证明人	文本	8	

表 A-3　家庭成员表

字 段 名	类 型	宽 度	小 数
关系代号	数字	4	
学号	数字	4	
班级	文本	10	
姓名	文本	8	
成员姓名	文本	8	
与本人关系	文本	6	
出生年月	日期	8	
婚姻状况	文本	4	
文化程度	文本	8	
政治面貌	文本	8	
工作单位	文本	8	
职务工种	文本	10	
工资	货币	7	2
经济来源	文本	16	

表 A-4　班级表

字 段 名	类 型	宽 度	小 数
代号	数字	4	
班级名称	文本	8	

附录 B 习题参考答案

第 1 章

一、选择题

1.D　2.A　3.A　4.A　5.B　6.D　7.A　8.B　9.C

二、简答题

1. 数据库是指长期存储在计算机外存储器内的、有组织的、可共享的与应用程序彼此独立的大量数据集合。数据库中的数据按照一定的数据模型组织，描述和存储，具有较小的冗余度，较高的数据独立性和易扩展性，并可为各种用户共享。

2. 数据库系统（Database System，DBS）是一个带有数据库并利用数据库技术按照数据库的管理方式存储和维护数据，并能够向应用程序提供数据的计算机系统。数据库系统由数据库、数据库管理系统、硬件与软件以及人员 4 个部分组成。

3. 数据库管理系统（DBMS）是位于用户接口和操作系统之间的数据管理软件，能够对数据库进行有效的管理，其主要功能包括数据定义、数据操纵（如查询、插入、删除和修改等）以及数据库的建立、运行和维护。

第 2 章

一、选择题

1.B　2.D　3.D　4.C　5.B　6.A　7.C

二、应用题

1. 步骤同例 2-1。

2. 用"表向导"的方法创建表"学生信息表"的步骤如下：

① 建立或打开一个数据库。

② 在数据库窗口中，单击对象列表中的"表"，然后单击"新建"按钮，在弹出的"新建表"对话框中选择"表向导"选项；或者直接双击数据库窗口中的"使用向导创建表"命令选项。

③ 在如图 B-2-1 所示的"表向导"对话框，Access 将通过提供实例表来帮助用户完成表的创建。

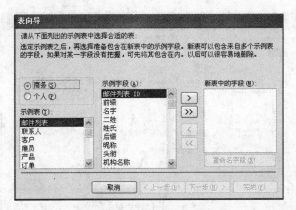

图 B-2-1　"表向导"对话框

在"示例字段"列表框中列出所选示例表中包含的相关字段。在"示例字段"中选择某一个字段，然后单击向右的单箭头按钮 ，可以将选中的字段添加到"新表中的字段"列表框中；如果单击向右的双箭头按钮 ，可以将"示例字段"列表中的所有字段都添加到"新建表中的字段"列表框中。

在"新表中的字段"列表框中选中某一字段，然后单击向左的单箭头按钮 ，可以将选中的字段删除；如果单击向左的双箭头按钮 ，则可以将"新表中的字段"列表框的所有字段删除。

图 B-2-2　"重命名字段"对话框

在"新表中的字段"列表框中选中某一个字段，然后单击"重命名字段"按钮，将弹出"重命名字段"对话框，在"重命名字段"文本框中可以更改字段的名称，如图 B-2-2 所示。

④ "新表中的字段"列表中添加如图 B-2-3 所示的字段列表。单击"下一步"按钮。

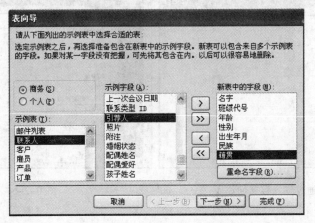

图 B-2-3　为新表添加字段列表

⑤ 在打开"表向导"的第二步中，向导提示用户为当前创建的表进行命名和指定主键，如图 B-2-4 所示。

⑥ 选择需要的动作选项后，单击"完成"按钮即可完成表字段结构的构建。

"个人简历表"的创建步骤与"学生信息表"相同。

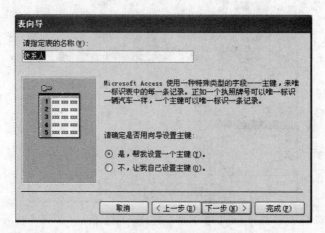

图 B-2-4 命名表

3. 创建"学生档案管理"表的步骤如下：

① 打开一个已有的数据库或新建一个数据库。

② 双击数据库窗口中的"通过输入数据创建表"命令选项；也可以在选择"对象"列表框中的"表"选项后，单击数据库窗口工具栏的"新建"按钮，打开"新建表"对话框，双击其中的"数据表视图"选项。

③ 系统打开数据表视图窗口，如图 B-2-5 所示。在空数据表视图窗口中，用户可以把具有相同属性的一组数据输入到同一字段中。也可以直接修改字段的名称，只要把光标移到字段名称上，当光标变成向下的黑色箭头时，右击，此时和该字段名称相对应的单元格全部被选中，并弹出一个快捷菜单，如图 B-2-6 所示，选择"重命名列"命令，选中的字段即变成可编辑状态；输入字段的名称后单击其他列的任意单元格，即可完成命名操作。

图 B-2-5 通过输入数据创建表   图 B-2-6 重命名列

4. 步骤同例 2-4。

5. 步骤同例 2-9。

第 3 章

一、选择题

1.C 2.A 3.B 4.C 5.B 6.A 7.C 8.A

二、简答题

1. 查询的优点在于能将多个表或查询中的数据集合在一起，或对多个表或查询中的数据执行操作。若要将多张表或查询添加到查询中，首先要通过"显示表"对话框将它们加入到"设计网络"上方的列表框中，而且必须让它们的字段列表中使用了连接线互相连接在一起。如果查询中的表不是直接或间接地连接在一起的，Access 将无法知道记录和记录间的关系，因而会显示两表间记录的全部组合（称为"交叉乘积"或"笛卡儿积"）。

2. Access 中可以用子查询完成一些任务，例如，通过子查询测试某些结果的存在性，查找主查询中等于、大于或小于子查询返回值的值，在子查询中创建子查询等。用子查询来定义字段或定义字段的准则的操作步骤如下：

① 新建一个查询。

② 在查询"设计视图"中，将所需的字段添加到设计网格，同时包含要使用的子查询字段。

③ 如果用子查询来定义字段的准则，请在要设置准则的"准则"单元格中输入一个 SELECT 语句，并将 SELECT 语句放入括号中。如果用子查询来定义字段的准则，请在要设置准则的"准则"单元格中输入一个 SELECT 语句，并将 SELECT 语句放入括号中。

三、应用题

1. 步骤如下：

① 新建一个查询。

② 在查询"设计视图"中，将学生信息表选中，并将"学号"、"姓名"、"班级名称"和"入学成绩"字段添加到设计网格。

③ 保存查询。

2. 步骤如下：

① 新建一个查询。

② 在查询"设计视图"中，将教师信息表选中，并将"学号"和"姓名"字段添加到设计网格。

③ 保存查询。

3. 步骤如下：

① 新建一个查询。

② 在查询"设计视图"中，将学生信息表选中，并将"学号"、"姓名"、"班级代号"和"入学成绩"字段添加到设计网格。并将"入学成绩"字段改变为"max（入学成绩）"。

③ 保存查询。

4. 步骤如下：

① 新建一个查询。

② 在查询"设计视图"中，将学生信息表选中，并将 degree 字段添加到设计网格。将 degree 字段改变为"avg（入学成绩）"，并将"入学成绩"字段下面的条件栏中添加条件">80"。

③ 保存查询。

第 4 章

一、选择题

1.C　2.B　3.B　4.D　5.B

二、应用题

1. 这里以"自动创建窗体"的方法为例来解答,具体步骤:

① 打开数据库"学生档案管理系统"。

② 在"数据库"窗口中,单击"对象"下的"窗体"选项卡。

③ 单击"数据库"窗口工具栏中的"新建"按钮,就出现了"新建窗体"对话框。

④ 在"新建窗体"对话框中,选择"自动创建窗体:纵栏式"选项,同时在下拉列表框中选择所需的表、查询或视图。这里选择"学生表",创建窗体。这样 Access 就会自动创建一个纵栏式的窗体。

⑤ 单击"确定"按钮,就呈现出了新建的窗体。

⑥ 把窗体关闭,到设计视图下,把窗体中的控件全部删除。

⑦ 添加要求的控件。

2. 大概步骤:

① 创建一个空窗体。

② 在窗体中添加相应的查询条件的标签和文本框,还有按钮。

③ 在窗体中创建子窗体用来显示查找到的数据。

第 5 章

一、选择题

1. C　2. D　3. D　4. B　5. B

二、简答题

1. 对报表中的所有记录作为整体进行计数的操作步骤如下:

① 在"设计视图"中打开相应的报表。将计算文本框添加到报表页眉或报表页中。

② 确保选定该文本框,然后单击工具栏上的"属性"按钮显示属性表。

③ 将文本框的"控件来源"属性设置为"=Count(*)"。该表达式使用 Count 函数对报表中所有记录进行计数。

2. 用预定义格式来设置报表的格式的操作步骤如下:

① 在报表"设计视图"中打开相应的报表。

② 如果要设置整个报表的格式,单击相应的报表选定器。如果要设置某个节的格式,单击相应得节选定器。如果要设置一个或多个控件的格式,选定相应的控件。

③ 在工具栏上单击"自动套用格式"按钮。

④ 在列表中单击某种格式。

⑤ 如果要指定所需的属性(字体、颜色、边框),单击"选项"按钮。

3. 在报表中添加页码的操作步骤如下:

① 在报表"设计视图"中打开相应的报表。

② 选择"插入"-"页码"命令。

③ 在"页码"对话框中,根据需要选择相应的页码格式、位置和对齐方式。对于"对齐方式",有下列可选选项:

左:在左页边距添加文本框。

中：在左、右页边距的正中添加文本框。

右：在右页边距添加文本框。

内：在左、右页边距之间添加文本框，奇数页打印在左侧，偶数页打印在右侧。

外：在左、右页边距之间添加文本框，偶数页打印在左侧，奇数页打印在右侧。

④ 如果要在第一页显示页码，需选中"首页显示页码"复选框。

4. 在报表中对记录进行分组排序的操作步骤如下：

① 在"设计视图"中打开相应的报表。

② 单击工具栏上的"排序与分组"按钮，出现"排序与分组"对话框。

③ 为报表中的数据设置排序次序。

④ 单击要设置组属性的字段或表达式。

⑤ 在下表中设置组属性，如果要创建一个组级别并设置其他组属性，必须将"组页眉"或"组页脚"设置为"是"。

组页眉：为字段或表达式添加或删除组页眉。

组页脚：为字段或表达式添加或删除组页脚。

组间距：为分组字段或表达式的值指定有效的组间距。

分组形式：指定对值的分组方式。

保持同页：指定 Access 是否在一页中打印组的所有内容。

三、应用题

设计一个报表，输出每个学生的所有成绩记录，要求按课程名称升序排序，且输出每位学生的平均分。其"设计视图"如图 B-5-1 所示，"预览视图"如图 B-5-2 所示。

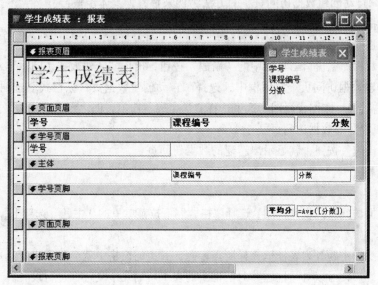

图 B-5-1　学生成绩表"设计视图"

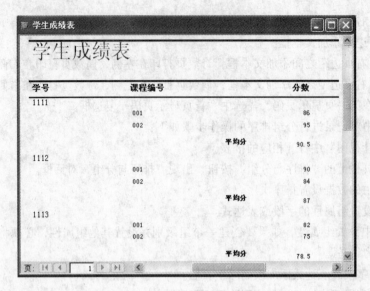

图 B-5-2　学生成绩表"预览视图"

第 6 章

一、选择题

1. D　2. A　3. D　4. D

二、应用题

1. 这里以"自动创建数据访问页"的方法为例来解答，具体步骤：

① 打开数据库"学生档案管理系统"。

② 在"数据库"窗口中，单击"对象"下的"页"选项卡。

③ 单击"数据库"窗口工具栏中的"新建"按钮，出现"新建数据访问页"对话框。

④ 在"新建数据访问页"对话框中，选择"自动创建数据页：纵栏式"选项，同时在下拉菜单中选择所需的表、查询或视图。这里选择"学生表"选项，创建数据访问页。这样 Access 会自动创建一个纵栏式的数据访问页。

⑤ 单击"确定"按钮，就显示出新建的数据访问页。

2. 大概步骤：

选择主题：

① 打开数据访问页的设计视图，选择"格式"下拉菜单里的"主题"选项卡，就会显示"主题"对话框。

② 从左边的"主题"列表框里选择所需主题，右边的窗格中就会显示出所选主题的效果。

③ 主题选好后，可以对"主题"对话框中的左下角的几个复选框进行设置。

④ 最后单击"确定"按钮，就完成了"主题"的设置。

添加背景（这里只是添加背景图案）：

① 打开数据访问页的设计视图，选择"格式"下拉菜单中的"背景"子菜单。

② 在"背景"的子菜单中，选择"图片"选项。

③ 选择"图片"之后，就会出现一个"插入图片"对话框，用户根据自己的需要来添加图片，选好图片之后，单击"插入"按钮即可。

第 7 章

一、选择题

1.C　2. A　3.A　4.B　5.D　6.D　7. C　8. C

二、简答题

1. 这种类型的查询将来自一个或多个表或查询的字段（列）组合为查询结果中的一个字段或列。执行联合查询时，将返回所包含的表或查询中对应字段的记录。

2. 这种类型的查询包含另一个选择查询或操作查询中的 SELECT 语句。在以下方面可以使用子查询：

① 测试子查询的某些结果是否存在（使用 EXISTS 或 NOT EXISTS 保留字）。

② 在主查询中查找任何等于、大于或小于子查询的返回值（使用 ANY、IN 或 ALL 保留字）。

③ 在子查询中创建子查询（嵌套子查询）。

三、应用题

1.　SELECT student.no., student.name

FROM score, student

WHERE score.no=student.no.

ORDER BY score.no, score.degree DESC

2.　SELECT score.no.

FROM score

GROUP BY score.no.

HAVING MAX(score.degree)=(SELECT MAX(score.degree) FROM score)

第 8 章

一、简答题

1. 宏是指"宏操作"（也称"宏指令"）的有序集合。"宏"是 Office 组件中能够自动执行某种操作的命令，它与菜单命令或按钮的最大不同是无须使用者操作，而是多个"宏"命令经过编排以后按顺序执行。一般通过窗体控件的事件操作实现，或是在数据库的运行过程中自动实现。

2. 宏可以是由一系列操作组成的一个宏，也可以是一个宏组。如果有许多的宏，那么可以把相关的宏组织起来构成一个宏组，这将有助于用户对数据库中宏对象进行管理。

3. 常用的宏操作主要有以下几种：Beep, Close, GoToControl, Maximize, Minimize, MsgBox, OpenForm, OpenReport, PrintOut, Quit, RepaintObject, Restore, RunMacro, SetValue, StopMacro。具体的操作说明如表 8-1 所示。

4. opentable。

二、应用题

在"学生档案管理"系统中创建一个启动和关闭 Access 的宏组，并运行它。

具体的操作步骤同例 8-2。

第 9 章

一、选择题

1.A   2.A   3.C   4.C   5.C   6.A

二、简答题

1. 对变量进行声明可以使用类型说明符号、Dim 语句和 DefType 语句。

2. VBA 的控制语句主要有赋值语句、判断语句和循环语句。

3. ActiveX Data Objects (ADO) 是基于组件的数据库编程接口，它是一个和编程语言无关的 COM 组件系统，可以对来自多种数据提供者的数据进行读取和写入操作。它的主要优点是易于使用，速度快，内存支出低，占用磁盘空间少。

三、应用题

设计一个"查找窗体"，当输入一个学生姓名时，显示该学生的其他信息。

其设计视图如图 B-9-1 所示。

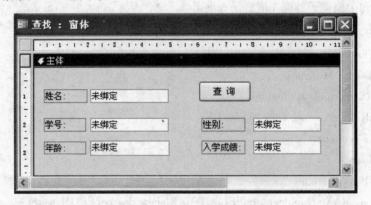

图 B-9-1   "查找窗体"的设计视图

设计视图所使用的控件有：Lable1，Lable3，Lable5，Lable7，Lable9，Text0，Text 2，Text 4，Text 6，Text 8，Command10。在 Command10 上设计如下事件过程：

```
Private Sub Command10_Click ( )
Me![Text2] = ""
Me![Text4] = ""
Me![Text6] = ""
Me![Text8] = ""
If IsNull(Me![Text0]) Then
   MsgBox "姓名不能为空", vbOKOnly, "信息提示"
Else
   If IsNull(DLookup("学号", "学生信息表", "学生信息表.姓名='" & Me![Text0] &
"'")) Then
       MsgBox "查无此人", vbOKOnly, "信息提示"
   Else
       Me![Text2] = DLookup("学号", "学生信息表", "学生信息表.姓名='" & Me![Text0] & "'")
       Me![Text4] = DLookup("性别", "学生信息表", "学生信息表.姓名='" & Me![Text0] & "'")
       Me![Text6] = DLookup("年龄", "学生信息表", "学生信息表.姓名='" & Me![Text0] & "'")
```

```
        Me![Text8] = DLookup("入学成绩", "学生信息表", "学生信息表.姓名='" &
        Me![Text0] & "'")
    End If
End If

End Sub
```

其中的 DLookup 函数为域合计函数。"Me"指向当前窗体。

运行本窗体，在"姓名"文本框中输入学生姓名，如"王军"，按"查询"按钮，其他文本框立即显示该学生的信息，如图 B-9-2 所示。

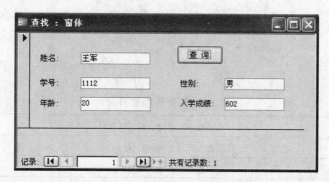

图 B-9-2　"查找窗体"的窗体视图

附录 C | SQL 语法

1. 数据操作

表 C-1　数据操作常用语句

SELECT	从数据库表中检索数据行和列
INSERT	向数据库表添加新数据行
UPDATE	更新数据库表中的数据
DELETE	从数据库表中删除数据行

（1）**SELECT** 语句介绍

```
SELECT[ALL|DISTINCT]
[INTO 子句]
FROM 子句
[WHERE 子句]
[GROUP BY 子句]
[HAVING 子句]
[ORDER BY 子句]
```

（2）**INSERT** 语句介绍

```
INSERT  INTO  表名
VALUES  （第一个字段值，…，最后一个字段值）
```

（3）**UPDATE** 语句介绍

```
UPDATE    表名
SET    列名1= 值1，
       列名2 = 值2，
       ……
       列名n = 值n
[WHERE 条件表达式]
```

（4）**DELETE** 语句介绍

```
DELETE  FROM 表名
[WHERE 条件表达式]
```

2. 数据定义语句

表 C-2 数据定义语句

CREATE TABLE	创建一个数据库表
DROP TABLE	从数据库中删除表
ALTER TABLE	修改数据库表结构
CREATE VIEW	创建一个视图
DROP VIEW	从数据库中删除视图
CREATE INDEX	为数据库表创建一个索引
DROP INDEX	从数据库中删除索引
CREATE PROCEDURE	创建一个存储过程
DROP PROCEDURE	从数据库中删除存储过程
CREATE TRIGGER	创建一个触发器
DROP TRIGGER	从数据库中删除触发器
CREATE SCHEMA	向数据库添加一个新模式
DROP SCHEMA	从数据库中删除一个模式
CREATE DOMAIN	创建一个数据值域
ALTER DOMAIN	改变域定义
DROP DOMAIN	从数据库中删除一个域

3. 数据控制

表 C-3 数据控制语句

GRANT	授予用户访问权限
DENY	拒绝用户访问
REVOKE	解除用户访问权限

4. 事务控制

表 C-4 事务控制语句

COMMIT	结束当前事务
ROLLBACK	中止当前事务
SET TRANSACTION	定义当前事务数据访问特征

5. 程序化 SQL

表 C-5 程序化 SQL 语句

DECLARE	为查询设定游标
EXPLAN	为查询描述数据访问计划

OPEN	检索查询结果打开一个游标
FETCH	检索一行查询结果
CLOSE	关闭游标
PREPARE	为动态执行准备 SQL 语句
EXECUTE	动态地执行 SQL 语句
DESCRIBE	描述准备好的查询

6. FUNCTION（常用函数）

（1）统计函数

表 C-6　常用统计函数

AVG	求平均值
COUNT	统计数目
MAX	求最大值
MIN	求最小值
SUM	求和

（2）算术函数

表 C-7　三角函数

SIN(float_expression)	返回以弧度表示的角的正弦
COS(float_expression)	返回以弧度表示的角的余弦
TAN(float_expression)	返回以弧度表示的角的正切
COT(float_expression)	返回以弧度表示的角的余切

表 C-8　反三角函数

ASIN(float_expression)	返回正弦是 FLOAT 值的以弧度表示的角
ACOS(float_expression)	返回余弦是 FLOAT 值的以弧度表示的角
ATAN(float_expression)	返回正切是 FLOAT 值的以弧度表示的角
ATAN2(float_expression1,float_expression2)	返回正切是 float_expression1 /float_expres−sion2 的以弧度表示的角
DEGREES(numeric_expression)	把弧度转换为角度，返回与表达式相同的数据类型，可为 INTEGER/MONEY/REAL/FLOAT 类型
RADIANS(numeric_expression)	INTEGER/MONEY/REAL/FLOAT 类型
EXP(float_expression)	返回表达式的指数值
LOG(float_expression)	返回表达式的自然对数值
LOG10(float_expression)	返回表达式的以 10 为底的对数值
SQRT(float_expression)	返回表达式的平方根

表 C-9 取近似值函数

CEILING(numeric_expression)	返回>=表达式的最小整数,返回的数据类型与表达式相同,可为 INTEGER/MONEY/REAL/FLOAT 类型
FLOOR(numeric_expression)	返回<=表达式的最小整数,返回的数据类型与表达式相同,可为 INTEGER/MONEY/REAL/FLOAT 类型
ROUND(numeric_expression)	返回以 integer_expression 为精度的四舍五入值,返回数据类型与表达式相同,可为 INTEGER/MONEY/REAL/FLOAT 类型
ABS(numeric_expression)	返回表达式的绝对值,返回的数据类型与表达式相同,可为 INTEGER/MONEY/REAL/FLOAT 类型
SIGN(numeric_expression)	测试参数的正负号返回 0 零值 1 正数或-1 负数,返回的数据类型与表达式相同,可为 INTEGER/MONEY/REAL/FLOAT 类型
PI()	返回值为 π 即 3.1415926535897936
RAND([integer_expression])	用任选的[integer_expression]做种子值,得出 0-1 间的随机浮点数

(3)字符串函数

表 C-10 字符串函数

ASCII()	函数返回字符表达式最左端字符的 ASCII 码值
CHAR()	函数用于将 ASCII 码转换为字符 如果没有输入 0~255 之间的 ASCII 码值 CHAR 函数会返回一个 NULL 值
LOWER()	函数把字符串全部转换为小写
UPPER()	函数把字符串全部转换为大写
STR()	函数把数值型数据转换为字符型数据
LTRIM()	函数把字符串头部的空格去掉
RTRIM()	函数把字符串尾部的空格去掉
LEFT(),RIGHT(),SUBSTRING()	函数返回部分字符串
CHARINDEX(),PATINDEX()	函数返回字符串中某个指定的子串出现的开始位置
SOUNDEX()	函数返回一个四位字符码 SOUNDEX 函数可用来查找声音相似的字符串,但 SOUNDEX 函数对数字和汉字均只返回 0 值
DIFFERENCE()	函数返回由 SOUNDEX 函数返回的两个字符表达式的值的差异 --0 两个 SOUNDEX 函数返回值的第一个字符不同 --1 两个 SOUNDEX 函数返回值的第一个字符相同 --2 两个 SOUNDEX 函数返回值的第一二个字符相同 --3 两个 SOUNDEX 函数返回值的第一二三个字符相同 --4 两个 SOUNDEX 函数返回值完全相同
QUOTENAME()	函数返回被特定字符括起来的字符串 /*select quotename('abc', '{') quotename('abc') 运行结果如下 ------------------------------------{ {abc} [abc]*/

续表

REPLICATE()	函数返回一个重复 character_expression 指定次数的字符串 /*select replicate('abc', 3) replicate('abc', –2) 运行结果如下 ——————— ———————— abcabcabc NULL*/
REVERSE()	函数将指定的字符串的字符排列顺序颠倒
REPLACE()	函数返回被替换了指定子串的字符串 /*select replace('abc123g', '123', 'def') 运行结果如下 ——————— ———————— abcdefg*/
SPACE()	函数返回一个有指定长度的空白字符串
STUFF()	函数用另一子串替换字符串指定位置长度的子串

（4）数据类型转换函数

表 C-11　数据类型转换函数

CAST()	CAST() (<expression> AS <data_ type>[length])
CONVERT()	CONVERT() (<data_ type>[length], <expression> [, style]) select cast(100+99 as char) convert(varchar(12), getdate()) 运行结果如下 ————————————————— ————————— 199 Jan 15 2000

（5）日期函数

表 C-12　日期函数

DAY()	函数返回 date_expression 中的日期值
MONTH()	函数返回 date_expression 中的月份值
YEAR()	函数返回 date_expression 中的年份值
DATEADD(<datepart> ,<number> ,<date>)	函数返回指定日期 date 加上指定的额外日期间隔 number 产生的新日期
DATEDIFF(<datepart> ,<number> ,<date>)	函数返回两个指定日期在 datepart 方面的不同之处
DATENAME(<datepart> , <date>)	函数以字符串的形式返回日期的指定部分
DATEPART(<datepart> , <date>)	函数以整数值的形式返回日期的指定部分
GETDATE()	函数以 DATETIME 的缺省格式返回系统当前的日期和时间

（6）系统函数

表 C-13　系统函数

APP_NAME()	函数返回当前执行的应用程序的名称
COALESCE()	函数返回众多表达式中第一个非 NULL 表达式的值
COL_LENGTH(<'table_name'>, <'column_name'>)	函数返回表中指定字段的长度值

续表

COL_NAME(<table_id>, <column_id>)	函数返回表中指定字段的名称即列名
DATALENGTH()	函数返回数据表达式的数据的实际长度
DB_ID(['database_name'])	函数返回数据库的编号
DB_NAME(database_id)	函数返回数据库的名称
HOST_ID()	函数返回服务器端计算机的名称
HOST_NAME()	函数返回服务器端计算机的名称
IDENTITY(<data_type>[, seed increment]) [AS column_name])	IDENTITY() 函数只在 SELECT INTO 语句中使用用于插入一个 identity column 列到新表中 /*select identity(int, 1, 1) as column_name into newtable from oldtable*/
ISDATE()	函数判断所给定的表达式是否为合理日期
ISNULL(<check_expression>, <replacement_value>)	函数将表达式中的 NULL 值用指定值替换
ISNUMERIC()	函数判断所给定的表达式是否为合理的数值
NEWID()	函数返回一个 UNIQUEIDENTIFIER 类型的数值
NULLIF(<expression1>, <expression2>)	NULLIF 函数在 expression1 与 expression2 相等时返回 NULL 值,若不相等时则返回 expression1 的值

（7）SQL 中的保留字

表 C-14   SQL 中的保留字

A	action add aggregate all alter after and as asc avg avg_row_length auto_increment
B	between bigint bit binary blob bool both by
C	cascade case char character change check checksum column columns comment constraint create ross current_date current_time current_timestamp
D	Data database databases date datetime day day_hour day_minute day_second dayofmonth dayofweek dayofyear dec decimal default delayed delay_key_write delete desc describe distinct distinctrow double drop
E	End else escape escaped enclosed enum explain exists
F	fields file first float float4 float8 flush foreign from for full function
G	global grant grants group
H	having heap high_priority hour hour_minute hour_second hosts
I	Identified ignore in ndex infile inner insert insert_id int integer interval int1 int2 int3 int4 int8 into if is isam
J	join
K	Key keys kill
L	last_insert_id leading left length like lines limit load local lock logs long longblob longtext low_priority
M	Max max_rows match mediumblob mediumtext mediumint middleint min_rows minute minute_second modify month monthname myisam
N	natural numeric no not null
O	on optimize option optionally or order outer outfile

P	pack_keys partial password precision primary procedure process processlist privileges
R	read real references reload regexp rename
	replace restrict returns revoke rlike row rows
S	second select set show shutdown smallint soname sql_big_tables sql_big_selects sql_low_priority_updates sql_log_off sql_log_update sql_select_limit sql_small_result sql_big_result sql_warnings straight_join starting status string table
T	Tables temporary terminated text then time timestamp tinyblob tinytext tinyint trailing to type
U	use using unique unlock unsigned update usage
V	Values varchar variables varying varbinary
W	with write when where
Y	year year_month
Z	zerofill

参 考 文 献

[1] 张婷. Microsoft Access 2003 公司数据管理范例应用[M]. 北京：中国青年出版社，2004.

[2] 梁灿，赵艳铎. Access 数据库应用基础教程[M]. 北京：清华大学出版社，2005.

[3] 朱诗兵. Microsoft Access 2002 中文版标准教程[M]. 北京：海洋出版社，2005.

[4] 韩泽坤. Microsoft Access 2003 公司数据库管理综合应用[M]. 北京：中国青年出版社，2005.

[5] 刘大伟，王永皎，巩志强. Access 数据库项目案例导航[M]. 北京：清华大学出版社，2005.

[6] 李春葆，曾平. Access 数据库程序设计[M]. 北京：清华大学出版社，2005.

[7] 桂思强. Access 行家实战问答集[M]. 北京：中国铁道出版社，2004.

笔记栏